글 : 류영균

▲ 2017년 유몽인(柳夢寅) 묘역 문화재(가평군 향토문화재 14호)등록기념 고유제 모습

역사학자와 예술인 등 많은 지인이 알고 있는 어우야담(於于野談)의 저자, 어우 유몽인(於于 柳夢寅, 1559~1623)이 바로 우리 조상이다.

1589년, 증광문과 3장에 합격한 유몽인(柳夢寅)의 성품은 대쪽처럼 강직했다. 1592년 조선이 임진왜란으로 초토화되었으나 선조(宣祖)는 정사를 돌보지 않고 여인의 치마폭에서만 쌓여있었다. 사헌부 지평으로 있던 말단 관리 유몽인(柳夢寅)이 상소를 올렸다.

"지금 왜적을 물리치는 것도 힘이 벅찬데 궁첩들과 시간을 보내서야 쓰겠습니까."

또한 광해군(光海君) 말년에 이정구(李廷龜)가 대제학을 권하자 "코 묻은 떡을 놓고 서로 다투란 말인가!" 하면서 거절했다. 하지만 이런 강직한 성품이 화를 불렀다, 1623년 인조반정(仁祖反正)이 일어나자 권력 맛에 길들어진 철새들이, 유몽인(柳夢寅)이 폐주 광해군(光海君)을 복위시키려 한다고 무고했다.

국청장에 잡혀온 유몽인(柳夢寅)을 심문관이 심문하니, 유몽인(柳夢寅)은 얼굴색 하나 변하지 않고 "못난 아버지라 할지라도 자식은 힘을 다하지 않을 수 없듯이 군주가 못났더라도 신하는 목숨 바치는 것이 당연하다."면서 자신의 마음을 담은 상부시(孀婦詩)를 보여주었다. 유몽인(柳夢寅)의 절개를 높이 산 이원익(悟里 李元翼)이 풀어주긴 원했으나 신왕 인조(仁祖)는 백이숙제처럼 유몽인(柳夢寅)을 따르는 무리가 많은 것 같아 가납하지 않았다.

이제 본론으로 들어가 시인으로서 유몽인(柳夢寅), 서예가로서 유몽인(柳夢寅). 문장가로서의 유몽인(柳夢寅)의 내면을 들여다보겠다.

▌시인으로서 유몽인(柳夢寅)

상부시孀婦詩 (임창순 역)

七十老孀婦 칠십이 된 늙은 과부가
單居守空壼 외로이 빈방을 지키고 왔다
慣誦女史詩 여자로서 가질 교양을 상당히 받아
頗知妊姒訓 옛 훌륭한 부인들의 교훈을 잘 알고 있다
傍人勸之嫁 다른 사람은 그에게 재혼을 권하며
善男顔如槿 잘 생긴 미남자가 있다고 하지만
白首作春容 늙은 얼굴에 모양을 내다니

寧不愧脂粉 연지분이 도리어 부끄럽지 않으랴?

• 註 : 자신의 마음을 과부의 절개로 표현한 상부시(역모죄의 원인이 된 시)

襄陽途中 양양 도중에 (김홍백 역)

貧女鳴梭淚滿腮 북 놀리는 가난한 여인 뺨에 눈물 가득하니
寒衣初擬爲郎裁 처음엔 낭군을 위해 겨울옷 지으려 하였다오
明朝裂與催租吏 아침에 세금을 독촉하는 관리에게 갈라주었는데
一吏纔歸一吏來 한 관리 막 돌아가자 다른 관리가 또 오네

• 註 : 경인년(1590.선조23.關東錄) 강원도사로 있을 적에 백성의 가난과 탐관오리의 수탈을 겨울옷으로 표현했다.

鼎小 소쩍새 (정민 역)

鼎小復鼎小　　　솥적 솥적
鼎小豈憂無大鑊　솥이 적다고 큰 솥 없음을 근심할까.
但願年豐穀有餘　해마다 풍년들어 곡식 남는 것이 소원이니
一鼎百爨殊不惡　한 솥에 백번을 밥 지어도 즐겁기만 하단다.
萬鍾吾自營　　　아무리 곡식이 많아도 나 혼자 맡아 할게.
遮莫呼鼎錚　　　제발 '솥텡' 이라고만은 울지 말아다오.

• 註 : 봄날 소쩍새의 울음소리를 들으면서 솥적 솥적하고 울면 풍년이 든다고 기뻐했고, 혹 솥텡 솥텡하고 울기라도 하면 가슴이 덜컥 내려앉았다. 한해 농사에 삶의 희망을 걸고 살아가던 우리 백성들의 마음이 소쩍새 울음소리 속에 담겨있다.

이처럼 유몽인(柳夢寅)의 시 세계는 그 당시 유행했던 성리학적 사고를

벗어나 삼당시인(三唐詩人, 백광훈 이달 최경창)처럼 현실의 암담하고 혹독한 현실을 우언의 방식으로 민초의 아픔을 표현했다.

▌ 서예가로서 유몽인(柳夢寅)

▲ 초서로 쓴 유몽인(柳夢寅)의 필력

· 오세창(葦滄 吳世昌 1864~1953, 독립운동가, 서예가)

선생의 근역서화징에 기록된 것처럼, 조선의 서예가들이 중국의 서예가(왕희지 구양순)의 필력을 임모해 자신들의 필력을 완성했지만 유몽인(柳夢寅)은 달랐다. 멀리 있는 것은 배우기 어렵고 가까이 있는 것은 배우기 쉽다는 자주적인 정신으로, 우리나라의 유명한 서예가 최치원(孤雲 崔致遠), 김효인(金孝印), 백광훈(玉峯 白光勳)등의 서체를 임모, 자신만의 독창적인 필력으로 만들었다. 이는 사대주의에 물든 조선조의 사대부를 멀리하고 민족의 자긍심을 높이는 필력이라 볼 수 있다.

▌글씨를 쓰는 유몽인(柳夢寅)의 마음을 담은 시

허공에 쓴 글자 (정민 역)

張旭張芝不復生 장욱과 장지 다시는 안 나오니

龍蛇動筆也誰驚 꿈틀대는 글씨라도 놀랄 사람이 누구랴.

時將如意書空遍 때로 장차 마음대로 허공 가득 써 갈기니

一紙靑天字字明 푸른 하늘 종이 가득 글자마다 빛나도다.

> • 註 : 장욱과 장지는 당나라의 유명한 서예가다. 그들은 용과 뱀이 꿈틀대는 듯한 초서(草書)에 능했다. 이제는 누구도 그런 펄펄 나는 글씨를 쓰지 못한다. 나는 때로 무료할 때면 푸른 하늘 넓은 종이 위에 마음껏 글씨를 휘둘러 쓴다. 온 팔을 꿈틀대며 신나게 글씨를 쓰고 나면 푸른 천공(天空) 위에 붙박인 듯 글자들이 또렷이 떠오른다. 내 뱃속에 품은 마음을 이렇듯이 푸른 하늘에 내걸고 싶다.

역자의 해설처럼 유몽인(柳夢寅)은 초서, 해서, 예서를 잘 썼지만 그의 진본이 유묵 54쪽밖에 남아 있지 않으니 후손으로서 안타까운 미음 금할 수 없다.

▌문장가로서 유몽인(柳夢寅)

유몽인(柳夢寅)의 문장을 보고 노수신(盧守愼)과 유성룡(柳成龍)이 백년 만에 한번 나올 수 있는 기(奇)이한 문장이라고 칭찬했다. 유성룡(柳成龍)의 칭찬을 부응하듯 유몽인(柳夢寅)은 자신이 직접 겪은 임진왜란 참상과 백성들의 입으로 구전되어 내려온 설화, 노비. 명기, 명문거족의 삶을 자신의 문집인 어우야담에 사실적이고 구체적으로 조명했다. 말 그대로 남강의 논개나 황진이의 역사적 사실이 어우야담에 처음 조명되었으니 어우야담은 조선 중엽의 산 기록이라고 할 수 있다. 또한 어우야담의 스토리가 영화와 드라마로 재구성되어 태어나고 있으니 유몽인(柳夢寅)의 문학적 가치는 작

금의 잣대로 잴 수 없다고 생각한다.

※ 인어 이야기 모티브 : 푸른 바다의 전설로 2016년 SBS드라마로 방영.

人魚 인어 (신익철 역)

金聃齡 爲歙谷縣令 嘗行宿于海上漁父之家
問若得何魚 對曰 民之漁 得人魚六首
其二則創而死 其四猶生之
出視之 皆如四歲兒
容顏明媚 鼻梁聳 耳輪郭 其鬚黃 黑髮披額
眼白黑照晳黃瞳子 體或微赤 或全白
背上有淡黑文 男女陰陽一如人
手足揩蹠 掌心皆皺文 乃抱膝而坐 皆與人無別
對人無別 垂白淚如雨
聃齡憐之 請漁人放之 漁人甚惜之曰
人魚取其 膏甚美 久而不敗
不比鯨油日多而臭腐
聃齡奪而還之海 其逝也 如龜鼈之游焉
聃齡甚異之 漁人曰
魚之大者大如人 此特其小兒耳
曾聞杆城有魚欒 得一人魚 肌膚雪白如女人
戲則魚笑之 有若繾綣者
遂妨之洋中 往而復返者再三而後去之
余嘗閱古書
人魚男女狀如人 海上人 擒其牝 畜之池 相與交
亦如人焉 余竊笑之 豈於東海上復見之

김담령이 흡곡현의 고을원이 되어 봄놀이하다가 일찍이 바닷가 어부의 집에 묵은 적이 있었다.

어부에게 무슨 고기를 잡았느냐고 물으니 어부가 대답했다.

"제가 고기잡이를 나가서 인어 여섯 마리를 잡았는데, 그중 둘은 창에 찔려주고 나머지 넷은 아직 살아있습니다."

나가서 살펴보니 모두 네 살 난 아이만 했고 얼굴이 아름답고 고왔으며 콧대가 우뚝 솟아 있었다.

귓바퀴가 뚜렷했으며 수염이 누렇고, 검은 머리털이 이마를 덮었다. 흑백의 눈은 빛났으나 눈동자는 노랬다. 몸뚱이의 어떤 부분은 옅은 적색이고, 어떤 부분은 백색이었으며, 등에 희미하게 검은 무늬가 있었다. 남녀의 음양과 음호 또한 사람과 똑같았으며 손가락과 발가락이 있고 그 가운데는 주름 무늬가 있었다.

이에 무릎을 껴안고 앉히자 모두 사람과 다름이 없었으며, 사람을 대하면서도 별다른 소리를 내지 않고 하얀 눈물만 비 오듯 흘렸다. 김담령이 가련하게 여겨 어부에게 놓아 주라고 하지 어부가 매우 애석해하며 말했다.

"인어는 그 기름을 취하면 매우 좋아 오래되어도 상하지 않습니다. 오래되면 부패해 냄새를 풍기는 고래기름과는 비할 바가 아니지요."

김담령이 빼앗아 바다로 돌려보내니 마치 거북처럼 헤엄쳐 갔다. 김담령이 무척 기이하게 여기자, 어부가 말했다.

"인어 중에 커다란 것은 크기가 사람만 한데 이것들은 작은 새끼일 뿐이지요."

일찍이 들으니 간성(干城)에 무식한 어부가 인어 한 마리를 잡았는데, 피부가 눈처럼 희어 여인 같았다. 희롱하여 음란한 짓을 하자 인어가 다정히 웃기를 마치 정이라도 있는 듯 했다. 드디어 바다에 놓아주니 갔다가 다시 돌아오기를 세 차례나 반복한 후에 떠나갔다고 한다.

내가 일찍이 고서를 보니 "인어는 암수의 모습이 사람과 같아 바닷가 사람들이 암컷을 잡으면 못에 가두어 기르며 더불어 교접하는데, 마치 사람과 같다"라고 하여 웃은 적이 있는데, 우리나라에서 이를 다시 보게 될줄 어찌 알았으랴!

춘천고 동문 문집 발간을 축하드리며

류 영 균
(43회, 필고 대표, 어우학회 추진위원장)

　학창시절 연애편지 한 통 제대로 쓸지 모르는 제가 펜을 든 것은, 우리 씨족이 200여 년 동안 살고 있던 한양도성을 버리고, 과거시험을 보러 가려면 몇 날 며칠이 걸리는 오지 중 오지인 강원도 춘천시 남면 가정리에 집성촌을 이루고 살았는지, 그 내력을 말씀드리기 위해서였다.

　지금으로부터 395년 전, 우리 조상 한 분이 역적으로 몰려 참혹하게 돌아가시자 그 후손들은 살기 위해 모래알처럼 흩어질 수밖에 없었다. 결국 조상님의 뜻인지는 알 수 없지만 가정리가 후손의 고향이 되었고 내 고향이 되었다.

　그리하여 부족하나마 유몽인(柳夢寅)의 시詩와 서예書藝와 문장을 살펴보았다.

　또한 394년이 지난 2017년에서야 유몽인(柳夢寅)의 묘역이 가평군 향토문화재로 등록되었음은 경하할 일이다.

　이제 시작이 반이란 속담처럼 후손들이 뜻을 모아 유몽인(柳夢寅)의 사상과 문학적 가치를 연구하기 위해 역사학자와 국문학자를 초빙 가평문화원에서 학술세미나를 열었고, 어우학회(於于學會)를 설립하기로 하였으니 어우학회(於于學會)에 뜻있는 동문이 계신다면 많은 지도편달을 부탁드리겠다.

　끝으로 동문 문집의 귀한 지면을 내주신 춘천고 동문회장께 다시 한번 감사드리며, 동문회의 발전을 기원하겠다.

춘천고 동문문집 『상록』 발간을
축하드립니다

장 윤 석
(춘고 21회)

正道

법무법인 인의

대표변호사 박경준(60회)

서울시 중구 남대문로10길 9
(삼각동, 경기빌딩 17층)

TEL : 02-737-9900

FAX : 02-737-9919

Mobile : 010-3388-6167

E-mail : pkjun4333@hanmail.net

법무사 이복연사무소

법무사 이복연(32회)

강원도 춘천시 옥천길 1(중앙로1가)
(춘천시청 정문 앞, 피카소안경 2층)

TEL : 033-254-6305

033-253-6305

상록

2019

춘천고 동문문집

춘천고등학교문인회

시와소금

창간호에 부침

조 성 림
(춘천고등학교문인회 회장)

 몇 년 전부터 물방울 같은 이야기들이 모인 자리에서 나오곤 했었는데 그것이 아마도 이번에 순식간에 물줄기를 만들어 창간호까지 이르게 된 것이리라 생각된다.

 아무튼 이 사업은 정명균 춘천고등학교총동창회장의 결심으로 올해 진행된 뜻깊고 커다란 의미라 해도 과언이 아니겠다.

 왜냐하면 어떤 학연의 형이하학적 의미보다는 순수한 재학생들의 장학 사업이나 문학의 꿈을 갖는 학생들에게 더욱이 기폭제의 역할을 하자는 것이 그 의미인 것이다.

 춘천고등학교를 거친 등단 문인들을 헤아려 보니 전국에 대략 100여 명에 가까운 인원을 갖는 놀라운 사실을 우리도 확인하게 된 것이다. 물론 아직도 그 명단을 확인하는 상태이다.

 게다가 작고하신 이태극 시인, 신영철 시인, 류광열 시인, 박재릉 시인, 유장균 시인, 이승훈 시인들의 작품을 창간호에 실어서 그분들의 시 시조 동시를 감상함과 더불어 그분들에 대한 문학의 삶을 잠시나마 같이 호흡하고자 하는데 큰 의미를 갖는다 하겠다.

또한 이 책이 그분들의 가족에까지 전해져서 그분들의 삶이 다시 한번 큰 족적이고 등불이었다는 사실을 눈으로 확인하는 계기가 되었으면 하는 바람이다.

또한 이처럼 많은 문인이 배출되고 전국적으로 지금도 치열하게 작품 활동을 하는 그 뿌리가 어디로부터 왔는가 하는 의문을 갖는다. 소양강의 낭만적인 물줄기가 강인하게 흘러, 저 서해의 광활함에 닿은 것인지, 혹은 춘천이 갖는 이 분지의 기개가 폭발한 것인지는 아무도 모르는 것이다.

이 창간호를 엮으면서 어떤 동인지의 형태로서의 문예지가 아닌, 이 땅의 실존하는 활화산 같은 작품들을 만나기를 기대해 보는 것이다. 이번 창간호에는 우선 신작보다는 기존 대표 작품들이 대부분이라 하겠다.

이 창간호의 제목 『상록(常綠)』은 1937년 3월 항일 민족정신을 고취시켰던 본교 학생들의 혼을 담은 상록탑에서 유래되었다.

아무튼 이번 창간호의 지면 관계로 싣지 못하는 문인들에게 양해를 구한다. 또한 총동창회장의 의지로, 연간이기는 하지만 계속적으로 다음 호가 발간되기를 원한다. 그리하여 이 지면을 통하여 불같은 문인들의 신작들을 만나보기를 원하는 것이다.

국내 최초의 색다른 의미의 문집으로서 서점에서도 만나보고 판매를 통하여, 중요한 것은 재학생들의 문학의 향기를 이어주는데 큰 주춧돌이 되기를 앞으로도 기원한다.

동문 문집 발간을 축하드리며

정 명 균
(춘천고총동창회 회장)

　문학으로 아름다운 세상을 꿈꾸는 춘천고등학교 출신 문학인들의 깊은 뜻이 모여 춘천고등학교문인회(회장 조성림)가 발족하였습니다.

　뜨거운 가슴을 풀어헤치고 고단한 일상사에 시원한 한 줄기 바람과 같은 작품들을 한 데 묶어 동문들을 만나기 위해 이태극 님을 비롯하여 전상국, 이승훈, 이무상, 박민수, 운용선, 최종남, 이도행, 임동윤, 최승호, 박찬일, 양승준, 조성림, 최수철 님 등 춘고 출신 문인 100여 명의 필력을 모아 춘고 동문문집 『상록』이 발간되기에 이르렀습니다. 이에 총동창회장으로서 너무나 감격스럽고 영광스런 역사에 함께하게 된 것에 진심으로 축하드립니다.

본 동문문집은 냉철한 지성과 불굴의 의지로 춘고의 역사와 전통을 이룩해 놓으신 선배들과 이를 계승·발전시키기 위해 애쓴 후배들의 땀과 노력이 그대로 녹아있는 춘고인의 아름다운 흔적이라고 생각합니다.

　우리 춘천고등학교는 올해로 창학 95주년을 맞이하게 되는 역사와 전통의 명문고입니다. 일제의 압제하에서는 독립투쟁가로, 한국전쟁 때는 학도병으로, 애국애족의 기치를 높이 들었던 숭고한 정신이 배어있는 자랑스러운 학교입니다.

　이제 모교의 명예 선양과 지역사회 그리고 국가발전을 위해 각계각층에서 중추적인 역할을 다하고 있는 3만여 동문들의 정신과 뜻을 올바로 계승하여 동문문집을 통해 훌륭한 문인 선배들의 뒤를 이을 동문 후배와 재학생들의 다양한 재주를 발굴, 육성하고 이해관계가 한층 복잡하고 다양해진 현 사회에서 자신만의 고유한 소질과 능력을 개발하여 그 분야의 전문가가 되는 길로 안내될 것입니다.

　춘고 동문문집을 통해 동문 여러분과 재학생들 간의 아름다운 교류와 가교가 될 수 있기를 바랍니다. 지금에 이르기까지 많은 노력을 아끼지 않으셨던 춘고 동문문인회 회원들의 노고를 치하드립니다.

　다시 한번 춘고 동문문집 『상록』 발간을 진심으로 축하드리며, 건강과 행복이 항상 함께하기를 기원합니다.

『상록』 창간을 축하드리며

신 용 준
(재경 춘천고등학교동창회 회장)

결실의 계절 가을의 문턱에서, 춘천고등학교 문인들의 숙원이 좋은 결실을 맺어 문집이 창간된다는 기분 좋은 소식을 접하였습니다. 진심으로 축하드립니다.

전국 최초의 동문 문집 창간을 이끌어주신 춘천고등학교 문인회 조성림 회장님 이하 동문 문인 여러분들께 감사드립니다.

시인으로 소설가로 수필가로 활동하시는 동문 문인들의 작품을 문집을 통해 만나볼 생각을 하면 벌써부터 설렙니다. 고등학교 동문으로 청춘의 시절을 함께 했기에 공감되는 부분이 더 많을 것이라 생각합니다.

많은 고비를 넘겨 창간되는 만큼 앞으로도 꾸준히 문집이 발간되어, 역사와 전통의 문집들과 견줄 수 있는 최고의 문집으로 거듭나길 기원합니다. 저 또한 재경춘고동창회 회장으로서 최선을 다해 지원하겠습니다.

다시 한번 문집 창간을 진심으로 축하드리며, 동문 문인 여러분께서 문학 분야에서 우리 춘고의 명예를 드높여 주시길 부탁드립니다.

응원하겠습니다. 감사합니다.

상록

제1집 창간호 춘천고문인회춘천고문인회춘천고문인회춘천고문인회춘천고문인회춘천고

제2부 | 시 · 시조

상록

제3부 | 단편소설

제4부 | 수필

제1부

시 · 시조

작고 문인 특집

이태극

▌이태극(1913~2003)

- 춘천고 졸업, 서울대학교 문리과대학 국어국문학과 졸업
- 1955년 한국일보에 〈산딸기〉 발표로 문단 등단.
- 시조집으로 〈꽃과 여인〉 〈노고지리〉 〈자하산사 이후〉 등.
- 수필집 〈저 창가의 하얀 그림자〉
- 문학이론서 〈시조개론〉 〈고전문학연구논고〉 등 다수.
- 1960년 《시조문학》 창간, 시조 운동 펼침.
- 1965년 한국시조작가협회 창립.
- 1975 이화여대 국문학과 교수 정년 퇴임.
- 한국시조시인협회장, 세종대왕기념사업회 부회장, 국어국문학회 대표이사 등 역임.
- 노산문학상, 동곡학술상, 외솔상, 중앙시조대상, 육당시조학술상, 문화예술상, 보관문화훈장 등.

산딸기 외 4편

이태극

1
골짝 바위 서리에
빨가장이 여문 딸기

가마귀 먹게 두고
산(山)이 좋아 사는 것을

아이들 종종쳐 뛰며
숲을 헤쳐 덤비네

2
삼동(三冬)을 견뎌 넘고
삼춘(三春)을 숨어 살아

되약볕 이산(山) 허리
외롭 품고 자란 딸기

알알에 부픈 정열(情熱)이사
마냥 누려 지이다

시조송 時調頌

시조(時調)가 하도 좋아 나도 읽어 보던 것이
그벌써 한이십년(二十年)에 제런듯 흘렀구료
오늘 또 한수(首) 얻고서 어린인양 들레라

이루 다 못 푸는 정(情) 그려도 보고파서
옛가락 그 그릇에 삶의 소릴 얹어 보니
새로움 더욱 더 솟아 내못 잊어 사노라

묶는듯 율(律)의 자윤 내일(來日) 바라 벋어나고
부풀어 말의 자랑 갈수록 되살아나
이노래 청자(靑磁)를 감넘어 보람적게 크리라

영신부 迎新賦

올해는 복(福) 많으라 뜻대로 살아져라
남북(南北)에 나뉜 형제(兄弟) 얼싸 잡고 일어서라
향(香)피워 손을 모두며 하늘 우러 고(告)하네

얼고 구긴 넋에 헐벗어 주린 무리
길가 새싹마냥 봄을 그려 사는 것을
이해엔 자로 거두어 늘봄 누려 지어다

저어기 금(金)실 던지며 둥실 떠 오른 태양(太陽)
사뿐히 눈날리며 태고(太古)를 살은 바람
여기사 인간(人間) 의젓이 이햴 맞아 섰노라

삼월은

1

진달래 망울 부퍼 발돋움 서성이고
쌓이던 눈은 스러 토끼도 잠든 산속
삼월(三月)은 어머님 품으로 다사로움 더 겨워

2

멀리 흰 산(山) 이마 문득 닦음 언젤런고
구렁에 물소리가 몸에 감겨 스며 드는
삼월(三月)은 젖먹이로세 재롱만이 더 늘어

머루

1

아름차게 이고진 머루 손에 넘어와서

기계가 날고 기는 장안(長安)뒷집 툇마루에

산정기(山情氣) 맛보란듯이도 광우리에 담겼네

2

머루랑 다래랑 먹고 청산(靑山)에 살고진 계절(季節)

그래 까아만 동자 같은 알알을 손에들고

내 여기 삶의 주름 헤며 무한정(無限定)을 그린다

신영철

▌신영철(16회)

- 1925년 출생(한글학자)
- 아호 : 위정
- 본적 : 강원도 춘천 (거주 : 서울)
- 저서로 〈고시조신역〉 〈고문신역〉, 기타 논문 기행 등.
- 기타 한글 연구. 한글학회 회원. 한글사전 편찬위원.
- 중앙여자대학교 교수 역임.
- 6.25 때 납북.

깃발은 피에 젖어 외 4편

신영철

오백 해 겪은 풍판 옛일로만 여길테냐
오늘도 부는 바람 마음 어이 놓을소냐
피 묻은 한글의 깃발 지키는 이 몇이뇨

철창 찬 마루에 발 끝이 끊어질제
서리 친 유리 위에 익혀 그린 한글 공부
눈물도 얼어 지어서 꽃무늬를 그렸네

앵무새 아니언만 남의 말 남의 소리
헐벗고 굶주리며 아첨의 혀 배우나니
가시관 쓰고 가오신 임의 자취 보느냐!

아아! 한글의 깃발은 피에 젖어
우리의 가는 앞길 하늘높이 휘날린다
한글에 한글 나라에 자유 영광 빛나라

잠 깨인 친구들아! 한길로만 달렸으라
이 깃발 빛난 앞길 어둔 강산 두루 밝혀
한글의 겨레 힘차게 쏜살같이 내닫세

병란한丙亂恨

흘러 천만년(千萬年)에 물도 산도 바뀌거늘
수치론 역사(歷史)만이 마음속에 남다더냐
못갚은 원수이기에 풀때까지 못잊어

나라라 불렀거든 모래같이 밝히다니
삼군(三軍) 병마(兵馬)들이 허수아비 되단말이
집안쌈 볶는 사이에 칼과 창이 녹슬어

무상無常의 바람

가엾다 저 토성(土城)아 너를 믿고 살았으니
만리성(萬里城) 쌓고 뻐긴 진(秦)나라도 망(亡)했거늘
하물며 여린 나라를 어이 지녀 지키리

백년(百年)도 꿈결처럼 천년(千年)도 구름같이
흐르는 물을 따라 흥망(興亡)도 거품인양
오늘도 무상(無常)의 바람 쉴새 없이 부노나

농민農民

풍년이 온다는데 아직도 맨발이냐
좋은 때 왔다면서 상기도 헐벗었나
고픈 배 몇때나 채워 밥근심을 말려니

쌀은 많다는데 어데로 새어 가나
새도 가마귀도 먹고 남을 쌀이련만
모자라 굶주리다니 알고 모를 일일세

영릉전英陵前에서

어져 이 석인(石人)아 입 열어 말하여라
돌라선 양마(羊馬)들아 소리내어 울지어다
오백년(五百年) 지내온 일을 이제 바로 일러라

이마 조아리어 포의(布衣)들이 뵙나이다
망국(亡國)에 울던 무리 임을 그려 왔나이다
기대고 믿을 곳 찾아 여기까지 왔나이다

엎드린 어린 무리 옛날과 같나이다
뜻대로 살고 싶어 원(願)하고 비나이다
끼치신 크신 마음을 다 못폄을 우나이다

류광열

❚ 류광열(24회))

· 1928년 춘천 동면 평촌리 출생.
· 서울대학교 사범대 졸업. 중앙대학교 국어국문학과 수료
· 1987년 골든스테이트대 명예철학박사 학위 받음.
· 시집으로 〈생화(生火)〉 〈이야로(離夜路)〉 〈조국〉
  〈평시인(平詩人)〉 〈서울의 노래〉가 있음.
· 1946년 강원일보 기자. 월간신문 〈성화〉 발행인.
· 도서출판 〈성화사〉 대표.
· 한국문협, 국제펜클럽, 현대시협 회원, 한국참전시인협회 회장,
  한국자유시인협회 명예회장 역임.

개화開花의 이미지 외 3편

류광열

애당초, 그것이
개화開花의 이미지로써 굳어져 있었더라면 어땠을까.

그렇지만, 그걸
평상사平常事 예대로 생각하면
어딘가 모르게 거북해져

여기가 어때서 이렇고
거기가 어때서 그런데

애당초, 그것이
「개화開花된다」는 이미지로써
살게 되었더라면 혹 어땠을지.

이토록도
모르겠으니.

아침의 말

새벽
잠에서 깨어난 나에게

꽃병의 꽃은
카네이션 꽃은
정갈스런 차림으로 인사를 한다

진분홍 꽃송이는
태양을 위한 피로회에서
마이크를 잡고 있었고

연분홍 꽃은
짝 달라붙은 옷을 입고
발레를 출 채비가 돼있었다

나는 무릎을 꿇고 다시 앉아
맞절을 하는 것이다

근근사 近近事

사람은, 나더러

무엇 아직도
이 세계의 주인공인양
이 세상의 주인이라고, 하면서
좀 조용스리 살라고 타이른다.

언제는 내
어디가 그렇게 싱싱해서,
유독히 펄펄해서
큰 기침 한번이라도 제대로 해본 적 있는가.

뿌리가 거기서 왔으니
다만 조금이라도 바탕을 남겨 들고
출장일 끝날 때 돌아가려는 거지

나, 모자라는 대로
조금이나마 본 그루터기가 남아 있으면

비록, 거기에
헌 넥타이 하나일망정

되도록 깨끗이 빨고 말리고 다려서

내 받은 턱이 다소 꼴 궂더라도
그 한 가운데 예쁘게 곧 세워 늘이워 보는
어설픈 작업이나마 보태려고 그래.

덜 미안스런 내 꼴을 해가지고
갔으면 해서, 하는 껏 부산을 떠는 거야.

하늘이나 땅이나
언제라도 어렵지 않게 대할 수 있으면
그로써 좋지 않겠는가.

그것이 꽃 되어

그냥 두거라
별것이 아니니라.

이편에서는, 그때
마침 눈 크게 뜨고 받았지만
저편에서는 아무 생각없이
그냥 통과했던 것이니라.

옆에, 굴러다니고 있는
종이에라도 싸서 시렁에 얹어두면

그것이 꽃되어

난데없는
뜨거운 눈물의 감이 되어
되돌아올 일 있을지 누가 알랴.

호기豪氣에 차
물방울 몇 알쯤 튀기며
지내간 게 무엇 그리 대수냐.

두어두거라
별것이 아니니라.

박재릉

▌ 박재릉(28회)

- 1937년 강릉 출생. 연세대 국문과 졸업.
- 1961년 《자유문학》 등단.
- 시집으로 〈작은 영지1집〉
〈작은 영지 2집〉 〈꺼지지 않는 존재〉 〈밤과 연화와 상원사〉
〈망부제〉 〈삭발하고 분바르고〉가 있음.
- 한국문인협회, 국제펜클럽한국본부, 한국현대시인협회 회장 역임.
- 현대문학상(1973년), 한국현대시인상(1992년) 수상

새벽이 밝아오면 외 4편

박재릉

새벽이 밝아오면 어쩌나.
내 치맛자락이 남아 있으면 어쩌나.
암소 타고 장 보러 가는 에미의 귓가에
내 울음이 바람결에 남아 있으면 어쩌나.

—북망산은 왜 이다지도 먼가.

밭 가는 지아비의 시큰한 콧마루에
내 냄새가 남아 있으면 어쩌나.
밭 두던 위에
내 속옷자락이 속옷자락이…….

어른어른 뿌옇게
고인 세상 눈물이 핑핑 돌아.
새벽이 와서
소쩍새의 울음으로 멎어버리면 어쩌나.
밤나무가지 위에
삼베옷으로 멎어버리면 어쩌나.

—북망산은 왜 이다지도 먼가.

어느 눈먼 소녀의 말

어머님
지금 내리는 빗소리가
제겐 염주알 구르는 소리로 들려요.
무지개는 어떤 색깔로 솟아 있나요.

어머님 간밤 꿈엔
어떤 사내아이를 보았지요.
시금 어머님 가슴에 숨소리가 멎고 있잖아요.

천길 수심 밑으로 가라앉으세요
천수경의 독경처럼 가라앉으세요.
수백 년 전 잊혔던 시댁 가문의 원혼 하나가
빗소리 속에서 이제야 살아나고 있잖아요.

조심하셔요. 어머님
새벽녘엔
뜨락에 또 억수의 까마귀떼 울음이 깔리겠지요.

눈을 뜨면 혼령 있는 미치는 날입니다.
살얼음 같은 나날을
잠든 바위처럼 안으로 굳게 감고만 건너세요.
깨지도 잠들지도 않는 바로 곁의 이곳은
늘 변함없는 어머님 편인 어둠이어요.

달동네로 가요

주름살로 쩔뚝거리는 어른들은
허리춤에다 술병을 차고
쪽제비이마 곰보낯짝을 쳐든 애들은 깡통을 차고
달동네로 가요.
병든 달이 뜨는 달동네로 가요.

찌들은 속옷 내의가 너덜거리는
아낙을 겨드랑에 끼고
이조 육자배기 깨진 가락으로
달동네로 가요.
병든 하늘님이 뜨는 달동네로 가요.

낯 시린 얼굴을 치켜들고
낮달처럼 떨고 싶어요.
부끄럼처럼 이지러진 얼굴이
치 떨리게 서럽고 싶어요.

하마와 같이 무거운
세월의 덜미에 잡힌 개 팔자.
등 굽은 꼽추와 같은
웅크린 웅얼거리는 한 많은 설움아.

달동네로 가요.
병든 극락이 있는 달동네로 가요.

구천하늘의 비파소리
억수의 푸른 소나기 쏟아지는
새도록 뜨고 앉은 하얀 밤으로 가요.

손 없는 날에

손 없는 날에
병신처럼 웃어라.
옷고름 풀고 비렁뱅이처럼
신작로를 쏘다니거라.
손 없는 날에 발가벗고
밝은 볕에 나와서
울먹이던 가슴을 천둥치거라.

미치는 날이 아니라서
동쪽 붉은 복사나무아래로
익어가는 시악시를 알몸채로 갖거라.
부끄러움이 없는 날이라서
신방도 없이 풀섶에서
나자빠지고 뒹구는 푸른 날을 갖거라.

손 없는 날에
병신처럼 등 굽은
숨긴 꼽추의 네 춤을 추거라.
네 모습 알아차리는
뭉실뭉실 흰구름을 알몸으로 휘감거라.

미치는 날이 아니라서
흰 구름 사이로
숨 쉬는 하늘을 네 혼령으로 갖거라.

탐라도

1

나, 저 멀리 조선 나라
탐라도로 귀양 가고 싶어.
족쇄 차고 흙발로
파도 파도 산더미 같은 멀미를 먹고 싶어.
바람 바람 아우성치는 돌무덤을 먹고 싶어.

나, 저 멀리 탐라도
막살이집 골방 속에 외로이 갇히고 싶어.
비바리 색시 웃는 곁에 옥칼 메고 앉고 싶어.
백발 상투를 늘어뜨리고
촉루가 되도록
아른아른 하얀 뼈다귀로 빛나 있고 싶어.

2

나, 저 멀리 탐라도 뜨락 위에
백두장사로 웃는 눈 큰 보살님 같은
하루방으로 태어나고 싶어.
탐라를 지키는 일등공신
붉은 두건 푸른 띠 두르고,

수많은 파도와 비바람을 다스릴
가슴까지 치밀어 오르는
벅찬 힘이 살아나거니.
죽창 들고 부릅뜨고 서서
열병 앓듯 활활 달아오르고 싶어.

유장균

▍유장균(32회)

- 1942년 강원 춘천 출생.
- 고려대학교 국문학과 졸업.
- 1962년 조선일보 신춘문예 시 등단.
- 시집으로 〈조개무덤〉(1990) 〈고궁 돌담을 걷고 싶네〉(1991)
  〈세크라멘토의 목화밭〉(1994)
- MBC 보도국 기자 역임
- 1974년 미국으로 이민.
- 1990년 월간 《현대시》 재등단.
- 1998년 미국 LA에서 타계

구름의 노래 외 4편

유장균

한 생애의 욕망과 좌절은 결국
여기에 와서야 조용히 만나 갈등을 풀었다.
덜컥 관이 멈추고 따라 들어갔던
시선들이 하릴없이 다시 이승으로 되돌아와서
비로소 쏟아지는 햇살을 받으며
풀잎을 흔드는 바람소리를 들었다.
산이 몇 번 꿈틀꿈틀 잠자리를 흔들다가
편안한 자세로 돌아누워 큰 숨을 토한다.
서둘러 흙을 덮어주고
우리는 돌아섰다. 세상은 이제 모를 것이다.
그를 찾아 내지 못할 것이다.
다시 깨우지도 못할 것이다.
울먹울먹하던 구름도 산 너머로 사라지고
난데없이 산제비 한 마리
앞을 가로 세로 가르며 날다가
아주 가볍게 사라졌다.
이 길을 빠져나가면 작은 신작로가 있고
작은 신작로를 지나
우리가 돌아가야 할 곳이 눈 감고도 훤하다.
수없이 긴장하고 놀라 깨어야 할 그곳이.

고궁 돌담을 걷고 싶네

고궁 돌담을 걷고 싶네
이조의 흙냄새에 온 몸을 적시고
걷다가 햇살 아래 누워 잠들어도 좋으리
꿈 바닥으로 던져 주는 엽전 몇 냥 헤아리며
가을하늘 파랗게 낮술에 취해
아낙네들이 흘리고 가는 눈부신 웃음소리,
가랑잎처럼 구르는 장안소식을 듣고 싶네
몸뚱어리는 세상얘기에 버려둔 채
얼굴만 깨어나 돌담 가까이 귀를 세우고
때때로 궁에서 들려오는 글 읽는 소리
차락차락 궁녀들 치맛자락 끄는 소리 듣고 싶네
황희의 백발은 어디 가고
낯선 정승들의 송사는 언제 끝날 것인가
신문고 소리 고층건물을 쓸쓸히 흘러
최루탄 연기 자욱이 매운 하늘로 사라지는
시끄러운 한낮을 지나
임금님의 귀는 당나귀 귀, 귀를 때리는
서릿발 같은 대갈일성의 어명을 듣고 싶네
문득 죄 없는 시민들 발걸음 멈추고
고개 들어 끄덕일 때 나도
번쩍 낮술도 깨고.

아마존 밀림에서 온 앵무새

한동안 그놈은 날개를 펼쳐 곤두세우고
나를 위협했다. 화려한 깃털들이
꽃피어 파르르 떨었다.
그 다음 또 한동안은 소나기 소리
짐승들의 신음소리, 가지가지
밀림 속 비밀들을 나직하게 떠벌리다가
입을 다물어 버렸다. 그 얼마 후
아예 식음까지 전폐하면서
절망의 날개도 접어 버렸다.

나는 안다 옮겨 심는 뿌리
연한 실뿌리에 닿는 다른 토양의 충격을.
며칠 분의 기억력과 함께
일제히 퇴색해버린 내 가지의 엽록소
그 시절 아내와 나는 입덧을 하며
며칠 밤을 울어 샜는가.

그놈은 밀림이 그리웁겠지
새벽부터 야성을 찾아다니는
야생들의 움직임이 그리웁겠지
차단되지 않는 소리가 그리웁겠지

그런 빗살이 그리웁겠지
심신을 적시는 마약의 풀냄새도
곤한 낮잠을 튀기는 소나기 소리도 그리웁겠지
그러나 곧 느끼겠지, 실뿌리에서부터
가슴 깊이 스며드는 슬픔을.
그 슬픔 끝에서 아프게 다시 태어나겠지
태어나서 나를 흉내 내겠지
내 닫힌 그리움을 흉내 내겠지
멀리서 떠올리는 서울
서울의 아마존, 아마존의 서울을.

생활을 칭칭 얽어놓은 쇠창살 속에서.

조개무덤

세상 너머 저 바닷가
검붉은 하늘의 휘장 아래
조개껍질들이 달그락거리고 있다.
언제부터 조개들은
세상을 피해 문을 잠그고
오색의 꿈을 꾸며 살았을까, 어떻게 살면
저렇게 백골만 곱게 남기고
백골 속에 반짝이는 사리 몇 개만 남기고
갈 수가 있을까. 어떻게 살면
어느 날 일제히 미련없이
속살만 빠져나와 사라질 수 있을까
조개껍질 속으로 색깔 속으로
자취없이 숨어버릴 수 있을까, 일제히.

세크라멘토의 목화밭

악물었던 진통을 깨뜨리고
수천의 목화송이들이 일제히 터진다
히죽히죽 바보 같은 웃음이나 풀면서
하얗게 떠오르는 목화송이들은, 어떻게 보면
공포의 색깔 같기도 하고
고통의 색깔 같기도 하고
죽음의 색깔 같기도 하고
어떻게 보면 그저 침묵의 색깔 같기도 하지만
어쨌거나 목화밭은 원색의 일 번지
백(白)은 이렇게 일단 목화밭에서 출발한다.

도시는 이곳에서 10여 마일
쉿 비밀이야, 도시로 가는 고속도로가
거칠게 입을 틀어막는다. 닳고 닳은 고속도로는
저 순백들을, 아니 숙맥들을 끌고나가
쥐도 새도 모르게 구기고 얼룩으로 물들일 것이다.
순결도 꿈도 걷잡을 수 없이 다 구겨버린
객지의 허송세월, 우리는 다만 나른한 이 한낮을
저 순백의 백치미가 얼마나 슬프고 아름다운지
오래오래 아끼면서 바라보고 싶었다
도시에 닿자마자 우리는 곧
흐려지겠지만.

이승훈

▌ 이승훈(32회)

- 1942년 춘천 출생. 춘천중학교, 춘천고등학교 졸업
- 한양대 국어국문학과 졸업. 동 대학원에서 석사 학위.
  연세대학교 대학원 졸업(문학박사).
- 1962년 박목월 시인 추천으로 「현대문학」 등단.
- 춘천교대 부교수, 한양대 국어국문학과 교수 역임.
- 저서로 〈모더니즘시론〉〈포스트모더니즘시론〉〈해체시론〉〈선과 하이데거〉 등.
- 시집 〈사물A〉〈당신의 방〉〈비누〉〈이것은 시가 아니다〉〈화두〉 등.
- 현대문학상, 한국시인협회상, 시와시학상, 백남학술상, 김삿갓문학상,
  이상시문학상, 김준오시학상, 현대불교문학상 등.
- 홍조근정훈장 수훈.
- 2018년 1월 16일 별세, 춘천 가족공원묘지 안장.

위독危篤 외 4편

이승훈

  램프가 꺼진다. 소멸의 그 깊은 난간으로 나를 데려가 다오. 장송(葬送)의 바다에는 흔들리는 달빛, 흔들리는 달빛의 망토가 펄럭이고, 나의 얼굴은 무수한 어둠의 칼에 찔리우며 사라지는 불빛 따라 달린다. 오, 집념의 머리칼을 뜯고 보라. 저 침착했던 의의(意義)가 가늘게 전율하면서 신뢰(信賴)의 차건 손을 잡는다. 그리고 시방 당신이 펴는 식탁(食卓) 위의 흰 보자기엔 아마 파헤쳐진 새가 한 마리 날아와 쓰러질 것이다.

사물A

　사나이의 팔이 달아나고 한 마리의 흰 닭이 구 구 구 잃어버린 목을 좇아 달린다. 오 나를 부르는 깊은 명령의 겨울 지하실에선 더욱 진지하기 위하여 등불을 켜놓고 우린 생각의 따스한 닭들을 키운다. 닭들을 키운다. 새벽마다 쓰라리게 정신의 땅을 판다. 완강한 시간의 사슬이 끊어진 새벽 문지방에서 소리들은 피를 흘린다. 그리고 그것은 하아얀 액체로 변하더니 이윽고 목이 없는 한 마리 흰 닭이 되어 저렇게 많은 아침 햇빛 속을 뒤우뚱거리며 뛰기 시작한다.

나목이 되는

이 길을 가면
나의 마음은 비어간다.

어쩌면
겨울 한나절 같은 햇살이
퍼져오는
오후의 잔상들이
하나씩 떨어져 간다.

새벽별 빛날 때마다
다시 살아나고 싶은 그 몸짓
항시 서 있어야 할
나 혼자의 모습을

언덕을 향하여
오르는 것은
얼마나 오랜 기다림이었나.

바람이 잔잔히 다가오는
순간마다
안으로 지니고 싶은

나의 사랑은
가을 하늘 함께
하나씩 떨어져 간다.

* 춘천고등학교 재학시절 작품

내 고향 춘천

내 고향은 춘천이다 아닌가? 난 고향을 사랑한다
누구나 고향을 사랑한다 춘천은 작은 도시다 가을부터
안개가 끼고 춘천에 가고 싶지만 못 가는 내가
불쌍하다

난 여행을 싫어하기 때문이다 여행은 힘이 든다
객지에선 잠도 잘 오지 않고 물을 갈아 마시면 배탈이
난다 그만큼 난 장이 약하다는 말씀이시다

춘천엘 가고 싶지만 오늘처럼 하얀 해만 쏟아지는
날이면 춘천엘 못 간다 춘천은 서울에서 두 시간 거리
지금은 5월이므로 안개도 없을 것이다

그러나 춘천은 내 고향이다 아우는 춘천에 살고
춘천엔 그리운 사람들이 많다 난 고향을 위해 좀더
공부도 하고 좋은 시도 써야 하리라

춘천엔 돌아가신 어머니와 아버지 무덤도 있고 내가
처음 교수가 된 춘천교육대학도 있다 난 지금도 춘천
명동과 석사동과 효자동 길을 걷는 느낌이다

춘천엔 고교 친구 철준 형이 경영하는 카페 오페라도
있다 난 그 카페 창가에 앉아 겨울밤 맥주도 마셨다
소설가 전상국 형은 내 고교 동창이다 (모르는 분이
많겠지만)

춘천의 봄

주머니에 손을 찌르고 공지천 다리 건너면 봄이 히히 웃으며 온다. 바람
도 불지 않는 오후 두 시 햇볕 한 움큼 던진다.

시와 시조

김희목	심상운	이국남	이무상	박민수
윤용선	조영수	홍종원	이충용	임동윤
신현봉	최현순	이언빈	조성림	최승호
박찬일	양승준	장승진	권혁수	권준호
최계선	한승태			

셀레네Selene에게 보낸 편지 외 2편

김희목

나는 달을 보다가, 월면도를 보다가 지난 정월 대보름 다음날 눈밭에서 달구경을 하였다. 홀연히 달빛 왕자를 보았는데 그가 나를 달나라로 초대하였다. 나는 뛸 듯이 기뻐하며 오랜 시간 여행을 하는 중 보고 싶은 Selene에게 편지를 썼다.

지구로부터 약 38만Km 거리에 있는 달은 지구의 유일한 위성이다. 달 표면은 크게 바다와 육지로 구분된다. 바다는 검게 보이는 부분으로 다른 지역보다 상대적으로 낮고 평평한 지형이다. 바다라고 불리지만 실제 물이 있는 것은 아니다. 바다보다 상대적으로 높은 지역을 육지라 부르며, 이곳에는 크고 작은 운석구덩이가 널려 있다.

여러 개의 바다와 만, 산맥과 계곡의 지명은 지구의 것과 연관성이 전혀 없다. 편의상 띄어쓰기를 하지 않았다. 달에는 화산이 없어 분화구도 없다. 월면도에 분화구처럼 보이는 것은 운석구덩이들이다. 그곳은 인명이나 신화의 인물들로 이름 지어져 있다.

* Selene : 그리스신화의 달의 여신

꽃구경 갔다 꽃만 보고 왔네

달빛 눈밭 오백 리 길
취한 듯 어지러워
옛이야기 나눌 벗이 있어
물어물어 찾았더니
임은 어이없고
꽃만 보고 가라 하네

꽃들은 노래하고
꽃들은 춤추고
꽃들은 시를 쓰네

비릿한 바람에 젖은 채
홀로 돌아와
긴 밤 날개를 펴네

나는 지금 엠마오로 갑니다

14 나는 지금 엠마오로 갑니다

서푼짜리 인생이지만
어떤 욕심이 나를 구속하지만
무지개를 좇는 소년 같지만
인생은 기껏 70이라 해도
때가 되어 마음이 타오르면
사람들을 불러 축배를 들겠습니다
나는 지금 엠마오로 갑니다

• **김희목(32회)** _ 1941년 춘천 출생. 김유정 마을 산국농장 주인으로 지금까지 농사만 지어왔음. 시집으로 〈산국농장 이야기〉 〈산국농장에 올 때는 티코를 타고 오세요〉 〈나는 지금 엠마오로 갑니다〉가 있음. 그의 시는 깊은 성찰이 담긴 언어로 직조되어 있음. 그는 아직 소년이고, 여전히 세상을 향해 조용히 미소를 짓는 금병산 산지기 시인이다.

강과 여인 외 2편

심상운

궁둥이가 백자 항아리같이 흰 여인들은
나루터 배 기다리가 늙어갔지
임진 병자 동학란 의병 징용
가까이는 6.25
집 떠난 지아비 이야길 하며
백골이 되어 돌아온 아들의
뼛가루 훨훨 강물에 뿌리며
강가에서 늙어갔지
남은 아이들 껴안고 누워
몹쓸 놈의 세상 원망하며
용왕님께 치성굿 올리고
달 밝은 가을밤
시집 올 때 가지고 온
오동나무 머릿장 경대 놋요강
어루만지다 어루만지다 늙어갔지
동지 섣달 긴 긴 밤에는 호롱불 밝히고
장화홍련전 숙영낭자전 심청전 읽다가
겨울 강바람이 쏴쏴 소리내는 갈대밭머리에서
푸른 하늘 안고 미쳐서 잠든 건너 마을 언년이
첫정 주고 떠난 억쇠 생각에
바위 밑 시퍼런 용소에 처녀 몸 던져

물귀신이 되었다는 붉은 댕기머리
언년이의 꿈도 꾸고
허전한 가슴 쓸어내리다 쓸어내리다 늙어갔지
밤새도록 검푸른 살 달빛에 번득이며
몸을 뒤척이던 강물도
어둠 속 불 켜진 강마을 둑 밑을 굽이치며 흘러가고
궁둥이가 백자 항아리같이 흰 여인들은 밤마다
나루터 배 기다리다 늙어갔지

파란 의자

아침 10시, 그녀는 파란 의자에 앉는다

앉아 있는 그녀를 하얀 구름이 휩싸고
빨간 버스가 그녀와 구름을 싣고 달린다

(TV 속에서는 굶주린 하이에나 두 마리가 뚝뚝
뻘건 피 떨어지는 누우새끼의 허벅지를
입에 물고 아프리카 초원을 달리고 있다)

그녀는 구름이 만든 아이스크림을
한 입 베어 물고
무거운 가방을 든 검은 외투의 사내에게 손을 흔든다
사내도 그녀를 보고 웃으며 손짓한다

버스 안은 침묵들이 움직이고 있는 빈 악보 속 같다
아직 태어나지 않은 음표들이 투명한 물방울로
둥둥 떠다니고 있다

그녀는 그 방울들을 손가락 끝으로 톡톡 터뜨린다
그럴 때마다 방울 속에서 나온 노란 알몸의 소리들이
쪼로롱거리며 버스 안에서 뛰어놀다가
바람에 실려서 도시의 하늘로 줄지어 날아간다

도시를 빠져나온 빨간 버스는
돌고래들이 솟구치는 태평양 바다 위를 달린다
출렁이는 바닷물이 그녀를 덮친다
그때 그녀의 가슴 속에서 뛰쳐나온 물고기 한 마리가
은빛 지느러미를 퍼들거리며 튀어오른다

순간 그녀의 눈앞에 나타났다 사라지는
2001년 9월 11일 아침, 뉴욕 무역센타 쌍둥이 빌딩
눈부신 유리창 속으로 날아 들어가 꽝음을 내며
폭발하는 은빛 비행기

(그 은빛 비행기에는 검은 외투를 벗어버린
알몸의 사내가 타고 있었다고?)

아침 11시, 빨간 버스는 아마존 숲 위를 날아가고
그녀의 파란 의자는 더 반짝이기 시작한다

풀밭에서

풀밭에 누우면
모든 말에서 자유스럽다
참 신나게 반짝이는 풀의 눈
햇살도 가끔 몸을 씻고 나온다
그러나 다시 풀밭에 누우면
몇 번이고 일어서다가
쓰러져 다시 솟아나는
풀줄기가 옆에 있다.
겨우내 캄캄한 땅 속에서
햇살을 모으고
물을 길어 올리던 풀뿌리
그래서 약한 바람에도
곧잘 허릴 구부리는 풀의 생애
나는 아무렇게나 파헤쳐지는
풀밭에 누워
아무렇게나 파헤쳐질
무수한 나를 안아 본다

• **심상운(32회)** _ 1974년 월간 《시문학》 등단. 시집으로 〈고향산천〉 〈당신 또는 파란 풀잎〉 〈녹색〉 등 다수. 시론집으로 〈의미의 세계에서 하이퍼의 세계로〉가 있음. 월간 《시문학》 제정, 시문학상 수상. 사단 법인 한국현대시인협회 이사장 역임.

동창회는 제2의 교정 외 2편

이국남

언젠가 헤어져
제 갈 길만 분주타가
모여 살던 옛 못 못내 그리웠어라

남은 생 같이하며 건강내기 할 듯
회귀의 연어 몰려와 형제우애 되다지는
우리 한생애지기 산란가족 아닌가

여직 것 오가는 말투 변함이 없고
동안악동 되 움튼 동양화 속 욕쟁이 우정
아 동창회사무실 젊음의 교정일세

주름이든 노안이야 무르익은 인생
노을 진 백발은 더 빛나 뵈는 건아증표
거듭거듭 만남마다 천금 같음이고

마주한 가슴엔 다감도 충만하거니
서로서로 격려로 모두
천수 누리소서

이희철 선생님

이희철 국어 선생님
손꼽자니 어언 세월 오십 년
반세기나 지나 뵙는 고교은사님
어쩌면 옛 모습 그대로실까

팔순선상 노익장도 고마울 텐데
아 여직 선비의 고고함 물씬하시니
당신의 우아한 세월 걸음걸음이

불현 옛 악동들 교실 문을 두드립니다
까까머리들과의 눈 교감은 오죽했을라

창밖만 응시하며 낭송하던 시편
묘한 미소 은은하게 멋스러워 뵈던
선생님, 당신이 곧 시 였읍지요

꼿꼿하신 자태 믿기지 않고
맥없이 늙어버린 제자들의 눈엔
마냥 젊어 뵈는 우리선생님
요즘 하늘에 사셔요

그대 어려운 내 친구여

친구여
난 당신이 어렵소이다
어쩜 그대를 우러러보면서도
가까움에 이는 조심스러움 같은 거라오

그건 진정 당신 향한 마음이
세파에 묻어나는 어줍지도 않은 일로
자칫 퇴색하여 바래지지 않을까 하는
연약한 심성이기도 하오이만

그 또한 사랑이고 당신 아끼는 마음이라오
친구여 그대와의 벗이 된 건 행운이오이다

하루아침에 이루어짐도 아닌
오랜 세월 아무런 다툼 하나 없었기에
이제껏 인연의 끈들을 더욱 당겨가며
서로가 간직함에 감사드리오

늦 나이 되고야 알 것 같은 기나긴 시간
자칫 한순간에 잃을 수 있어
난 그대가 어렵소이다
친구여

• 이국남(32회) _ 2006년 《문학마을》 신인상 등단. 시집으로 〈시각의 전환〉 〈진주조개〉 〈춘천크로키〉 등. 수필집 〈밍크코트〉가 있음. 강원문인협회 회원. 춘천문인협회 회원. 춘천 〈삼악시〉 회장 및 수향시낭송회 회장 역임.

민들레 외 2편

이무상

깨진 콘크리트 사이
톱날 잎 세워
싱싱한 꽃 피었다.

온갖 높은 가지 위
원색의 웃음 웃어도
민들레는 부끄럽지 않다.

욕심내지 않고
시기하지 않고 한세상 살다
잎은 나물로
뿌리는 발한發汗, 강장제로
아낌없이 주고 가는
우리 민들레

봉의산

기어오르다, 기어오르다 지친 언덕
소망은 자라 한 잎 꽃이 되고
한 줌 흙으로 돌아가는 바람은
영嶺 넘어 쉰다.

수 없는 날은 오고 또 가고
숱한 날(日)들이 떨어져 쌓인 자리엔
또 다른 나무가 자란다.
해발 306m
시지포스*의 역사가 계속되는
이승의 언덕
구레네 시몬*의 지친 얼굴을 본다.
해가 뜨고 또 지는 하룻길에서
끝이 없는 산술(算術)
숱한 발자국엔 흥건한 눈물이 고이고
한줌 흙으로 돌아가는 세월은
내 창가 파문 짓는다.

* 시지포스 : 까뮈 작, 신의 벌에 의하여 시지포스는 굴러 내린 바위를 정상까지 굴려 올리는 작업을 반복한다는
          이야기.
* 구레네 시몬 : 예수의 십자가를 대신 지고 따라간 사람.

모교 앞에 서면

모교 앞에 서면
촛농 떨구어 모자 깃 세우던
옛날이 보이고
겨울날 난로에 타던
나무 냄새의 향수와
먼— 운동장 가에 무수히 빛나던
미루나무의 아름다운 기억.
그리고
도로를 사이한 외인부대엔
밤낮없이
전투기며 수송기들의 굉음과
음울하던 전쟁의 흔적들…

60년 세월
판잣집이 대리석 집이 되고
논밭이 도시가 된
변하고 변하는 오늘
언제나 그 자리 그 모습의
모교母校가 경이롭다.

어린 날
거친 마음 밭 큰 돌 고르고

처음 내 인격
처음 사랑할 수 있는 마음을
가르쳐준 모교여
사랑하리
영원히 사랑하리!

강원도 땅
한국 10대 명문의 춘고春高
수직과 수평의 질긴 고리
존경과 사랑과 우정이
무서우리만큼 아름다운 모교여
이제
세계에 우뚝하라!
세계에 우뚝하라!

• 이무상(32회) _ 1940년 춘천 서면 출생. 1980년 《현대문학》 천료. 시집으로 〈사초하던 날〉 외 5권. 저서로 춘천지명연구서 〈우리의 소슬뫼를 찾아서〉가 있음. 강원문학상, 강원도문화상(문학), 한국문학백년상(한국문인협회) 수상. 현재 강원문인협회 고문, 한국문인협회 지회 지부 협력위원. 한국현대시인협회 지도위원.

눈 외 2편

박민수

아침에 일어나 창밖을 보니 온 세상 흰 눈이구나

산비탈 소나무 숲에도 억새풀밭에도

황소 몇 마리 허연 입김을 내뿜는 마구간 지붕 위에도

지난 밤 술 축제 끝난 시장 뒷골목 작은 마당에도

재개발 지역 공사 현장에도

흰 눈 덮여 모두가 하얗게 아름답구나

하느님께서 밤새워 바구니 속 간직하셨던 눈가루

우리 세상에 뿌리신 것이겠지 때때로 눈에 거슬리는 것들 있어

저렇게 온 세상 하얗게 눈 덮어

보시기에 아름답게 만드신 것이겠지

그렇다면 우리가 사는 안방에도 흰 눈 좀 뿌리시지

아직은 잠들어 코를 골고 있는 사람들 깊숙한 마음 위에도

높게높게 흰 눈 가루 가득 좀 뿌리시지

눈에 거슬리는 것 어디 바깥세상뿐인가

차라리 바깥세상 청소나 하면 되지 속속들이

사람들 마음속에 이리 뒤틀리고 저리 비틀린 오장육부

그게 참으로 문제야 그건 하느님께서 더 잘 아시지

그런데 왜 하느님께서는 바깥세상에만 흰 눈을 뿌리시는지

그것을 알 수가 없네

우리 마음 위에 가득가득 흰 눈 덮어두면

아무것도 보이지 않을 것 아냐?

아무것도 보이지 않는다고? 아무것도 보이지 않으면

이리 뒤틀리고 저리 비틀린 오장육부가 없어지는 거야?

아무렴 내 생각이 짧았지 내 생각이 짧았지

보이지 않게 잠시 감추어 두는 것은 거짓이야

하느님께서는 거짓을 하지 않으시지

하느님께서 온 세상 흰 눈 뿌리시는 것은

눈에 거슬리는 것 감추기 위해서가 아니야

보시기에 그냥 아름다우니

저렇게 잠시 우리에게 보여주시는 거야

하야니까 온 세상 그렇게 아름다우니까

사람의 추억

서울역에 가면
사람들이 참 많다
모두 바쁜 걸음이다
저들 사람마다 가진
마음의 그 천연색 영상들
가릴 것 없이 한데 모아
커다란 흰색 스크린 가득
비추어 보면 어떨까?
그곳에 내 그리울 추억의 그림자
비록 하나인들
봄날 노랑나비처럼
나풀거리며 춤추고 있으면
정말 좋겠다

달맞이꽃

달은 가고 없는
푸른 숲길
달맞이꽃 떼 지어
여전히 달을 품은 듯
눈부시다
문득 나도 저렇게
눈부시고 싶다
어떤 유혹에도 흔들리지 않는
가슴이 되어
해가 중천에 뜬다 한들
그리운 사람 그를 위하여
나도 저렇게
날마다 반짝이며
빛나고 싶다

• 박민수(34회) _ 춘천 출생. 춘천고. 춘천교대. 서울대 문학박사. 춘천교대 교수 및 총장 역임. 1975년 《월간문학》 신인상 등단. 시집으로 〈강변설화〉〈개꿈〉〈낮은 곳에서〉〈잠자리를 타고〉〈어느 그리운 날의 몽상〉〈사람의 추억〉 등. 저서로 〈현대시의 사회 시학적 연구〉〈현대시의 리얼리즘과 모더니즘〉〈아동문학의 시학〉〈창조성중심교육〉〈하나님의 상상력〉 등. 산문집 〈삶의 중심을 찾아서〉 등이 있음. 인간의 〈뇌〉를 기반으로 인간의 존재 양상과 비전을 연구하는 〈박민수뇌경영연구소〉 운영 중. 사진에도 몰두하여 몇 번 개인전 개최함. 최근에는 성경을 중심으로 인간의 존재 근원과 미래를 밝히는 〈그리스도인의 아름다운 비전〉을 집필하고 있음.

별 외 2편

윤용선

구태여 생각하지 않고도
나는
지금 숨을 쉬고 있다
두 눈을 깜빡거리고 있다
아주 명료하다
하늘의 별처럼 나는
살아있다
살아있는 것이 무엇인가를
생각할 필요도 없이
나는 숨을 쉬고
두 눈을 깜빡거리며
하늘의 별처럼 살아있다
아주 명료하다

11월과 12월 사이

먼 산 숲에 은성하던 나뭇잎들이
찰랑이는 햇살에 바람결에 시나브로 물들다가
어느 하루 우수수 지게 되면
그때 하늘은 더 투명하고, 더 깊어지는 것처럼
이제는 우리도 마음 정갈하게 비울 때입니다
끈적거리는 욕망 같은 거
무슨 흔적 같은 거 하나 남기지 말고
거기 미련 두지도 말고
소중한 것들은 모두 꼭꼭 접어서
기억의 갈피 깊숙이 끼워 둘 때입니다
그리하여 지울 수 없는 그리움이
오랜 시간 삭고 삭아서 마침내 첫눈으로 내릴 때
비로소 우리는 눈처럼 순결한 영혼이 되어
가슴에 꼬옥 품고 있던 사연들 하나씩 풀어가며
오래오래 꿈꿀 일입니다
정처 없이 떠돌 일입니다

첫눈이 내립니다

첫눈이 내립니다
이제는 아련하여 잘 짚이지 않는
기억의 뿌리를 흔들어 깨우기도 하고
더러는 때 묻고 상처받은 마음의
아픈 곳과 부끄러운 델 덮어주기도 하며
첫눈이 내립니다
어쩌면 마지막 그리움으로 남은 사랑의 갈증이
뜨거운 적요 속에 흐르는 눈물이 되어
하얗게 하얗게 내리는지도 모릅니다
오늘은 먼 마을에서
며칠을 두고 숨 가쁘게 달려온 악사들이
고단한 악보와 무거운 악기를 꺼내 들고
굳이 연주하지 않아도 됩니다
첫눈은 그 이름만으로도
벌써, 지친 영혼을 정갈하게 헹궈내는
아주 오래된 음악이며
고단한 세상일 잠시 잊고 꿈꾸게 하는
어떤 예감이기 때문입니다

• 윤용선(34회) _ 1973년 강원일보 신춘문예 등단. 1989년 《심상》 신인상 당선. 시집으로 〈가을 박물관에 갇히다〉 〈꼭 한 번은 겨자씨를 만나야 할 것 같다〉 〈사람이 그리울 때가 있다〉 〈딱딱해지는 살〉이 있음. • 현재 계간 《시와소금》 편집자문위원, 문화커뮤니티 〈금토〉 고문, 춘천문화원 원장.

풍경 소리 외 2편

조영수

산사 처마 끝에 고여 있는 풍경소리에
지느러미 마르지 않게 적시고 있던
청동물고기가 말을 걸어온다

수 백 년 품고 있어야 하는 고향바다
그리움보다 더 짙은 그 물빛에다
한번쯤 몸을 품어놓을 수 있겠느냐고

내안을 휘돌아나가면서 더 헝클어놓은
풍경소리의 속내를 읽어내지 못하고
하산하는 내 뒷덜미에다 되묻는다

세상에서 가장 뭉클한 몸짓 다듬고 있는
파도 한 자락 걸려있는 산사 풍경소리에다
부끄러운 귀를 씻어보지 않겠느냐고

꽃잎의 상처

꽃잎의 상처가 울음을 참으며
향기로운 몸짓을 꺼내놓고 있다

바람의 상처도 꽃잎 대신
아픈 기억에서 빠져나간 시간들을
단정하게 꺼내놓고 있다

바람의 상처가 다시 덧나고 있지만
내 아픔이 억울하지 않은 건
꽃잎의 상처가 향기롭기 때문이다

어디에다 내 안에서 아물지 못한
세상 모든 상처를 꺼내놓아야 할까.

달에 대한 기억

낮달을 참하게 틔워 놓은 맥주집 〈月光〉에서 우린 몇 번씩 접었다 편 제 그림자를 깔고 앉아 달보다 차가운 생맥주를 마셨다. 생화라고 우겨대는 시든 여자들보다 더 뜨겁게 취하고 싶었다. 우린 남들이 죽여 놓은 뒷이야 기를 휴대전화에서 다시 꺼내 취기 없이 마른안주로 씹었고, 여자들은 목숨 보다 질긴 시간을 바동대며 씹어댔다. 모두 달보다 더 맑은 정신으로 〈月光 〉을 나왔다.

봉분을 열고 나온 아버지의 창부타령을 탁본해놓은 장터 〈月仙집〉 목로 에서 우린 2차를 했다. 개밥바라기별이 감나무에서 익고 있는 노을을 지워 낼 때를 기다렸다가 한 사발씩 달을 권하지 않고 마셨다. 어둠이 달라붙지 않은 달빛이 온몸을 들쑤시며 타오른다. 〈月光〉에서 취한 걸까. 〈月仙집〉 에서 취한 걸까. 참으로 오랜만에 그림자 없는 달 한 덩이씩 안고 세상 밖 으로 나왔다.

• **조영수(36회)** _ 1980년 **《월간문학》** 등단. 시집으로 〈세상 밖으로 흐르는 강〉 〈네 안에서 내 안으로〉 〈꽃은 꽃으로 피게〉 〈시간 밖의 꽃밭〉이 있음. 윤동주문학상, 한국예총예술문화상, 강원도문화상, 관동문 학상 등 수상. 현재 한국문인협회 자문위원. 강원문인협회 자문위원.

이별과 영원한 만남 외 2편

홍종원

이별도 아닌 것이 만남도 아닌 것이

우연한 인연으로 청산에 노닐다가

삶이란 조용한 이별 아침 이슬 같은 것

별꽃

시어를
생각하다
조용히 잠듭니다

무수한
언어들은
밤하늘에 반짝이다

찬란한
별꽃이 되어
꿈속에서 핍니다

비움

버리고 내려놓고
또 버리고 내려놓고

비우면 비운 만큼
행복이 가득하다

인생은
배려하면서
겸허하게 사는 것

• **홍종원(36회)** _ 2003년 《시조와비평》 으로 등단. 저서로 〈향기로운 시조 사랑〉 외 13권.

악수 외 2편

이충용

헛수를 읽은 끝에 탈출할 길이 없다
잘못된 포석으로 날 옭아맨 악수 한 점
몇 수를 내다보기는 커녕 한 수 앞도 못 본 행마

궁지에 내몰린 개 물어나 보겠다고
덜커덕 내주고만 사석들이 안타깝다
새파란 지전 한 장이 내 손을 또 떠난다

헛수를 읽은 날이 왜 그리 많았는지
남의 꾀 못 알아채고 손 따라 둔 악수들은
사석을 내주지 못해 손 절매 된 내 삶이다

바람

그에게는 몸이 없다 손도 없고 다리도 없다

입도 없고 귀도 없고 아무것도 가진 게 없다

그래도 겨울 피부에 닿는 한기 무척 서늘하다

그에겐 머리가 없다 생각도 하지 않는다

형체도 없어서 만지지도 못한다.

하지만 서 있는 것들을 흔드는 힘 대단하다

패랭이꽃

붉은 놀 잠겨 드는 공지천에 들어섰다
갈대숲 가운데서 그리움을 가득 안은

긴 목에
패랭이 눌러쓴
그녀를 만났어요

고향 마을 버덩 가에 곱살 맞게 피어나도
그때는 아무도 눈여겨보지 않던 그 꽃

토라져
돌아서 가던
그녀 닮은 패랭이꽃

• **이충용(37회)** _ 1997년 강원일보 신춘문예 동시 당선. 《시조와비평》 신인상 시조 등단. 동시조집으로 〈아버지의 프리즘〉이 있음. 강원시조시인협회, 달빛시조문학회 회장 역임. 현 춘천시울림 회장. 강원아동문학상, 강원시조문학상 수상.

유적의 그늘 외 2편

임동윤

옛집창고에서 비스듬히 녹스는 삽 하나
기척 없이 누웠다는 것은 아버지의 유적遺跡이고
거기서, 나는 당신의 구부러진 내력을 읽는다
흘린 땀의 무게와 눈물의 흔적을 읽는다
이를테면, 저 이빨 빠진 삽에서 지난 몇 년간의 투병과
소나무 벼랑길을 헤매던 복령의 그림자를 읽는다
콩밭에 돋아나던 무성한 그늘과
어둑어둑한 산그늘과 밭고랑의 태풍을 읽는다
그해 가을 콩알의 수난사를 읽는다
그때마다 아버지의 발은 탱탱하게 부어올랐고
등창이 도진다는 것은 죽음, 혹은 녹슨 것으로 알았다
병동 밖은 나뭇잎이 시뻘겋게 지고 있었다
가장이 될지도 모른다는 생각이 번개처럼 스쳐갔고
왠지 모를 그늘로 녹슬고 있다고 여겨졌다
혼자였고, 훌쩍 커버렸고, 남몰래 밤길을 걸어야 했다
거울 속의 나는 아버지를 많이 닮아 있었다
그러고 보니 나는 당신의 유적이었다

* 복령 : 소나무 뿌리에 기생하는 균체(菌體)로서 혹처럼 크게 자라는데,
　　　소나무 그루터기 주변을 쇠꼬챙이로 찔러서 찾아낸다.

분천역에서

작별의 손 흔들던 당신의 뒤가 아프다

저 산모퉁이 돌아 소실점이 되는 그 등이 아프다

몇 번인가 손 흔들던 등 굽은 그림자가 아프고

깊게 주름 파인 주근깨 얼굴이 아프다

비 내려서 어두워지는 것들이 더욱 아프다

작별의 손 흔드는 모든 저녁은 아프다

저쪽 길모퉁이로 사라지는 새들이 아프고

새들이 사라진 저쪽 기슭의 골목이 아프다

아직 마련되지 못한 이 저녁이 아프고

오지 않은 막차가 아프고, 대합실의 고요가 아프고

비에 젖어 몸 부풀리는 저탄貯炭더미가 아프다

오오, 마침내 보이지 않고 사라지는,

막차를 타기까지 기다리는 내가 아프다

저 보랏빛 꽃그늘 아래

대낮인데도 보랏빛 꽃그늘은 풍성하다
아파트 노인들 늘어진 꽃들을 머리에 이고
어제의 사건과 오늘의 문제를 풀어놓고 있는데
보랏빛 향기는 낮술처럼 돌아
이제 마지막 세월을 축내겠다는 듯이
먹고 사는 일엔 도무지 관심이 없다는 듯이
바람결에 머리칼만 희게 날리고 있다
이따금 등꽃 그림자가 내려와
그들의 얘기를 지겹게 들어줄 뿐,
내일의 색다른 얘기는 좀체 엿들을 수 없다
뒤틀린 등나무 껍질 같은,
배배 꼬인 검푸른 몸뚱이의 절규 같은
거역할 수 없는 몸에 그래도 조금 남은 체온
종일 유모차에 몸을 기대고
또 하나의 저녁을 기다리는 노인들
축 늘어뜨린 왼손보다
무릎을 짚고 일어서는 오른손이 더 성실하다
어느 날 등나무 벤치는 비어갈 것이고
보랏빛 잔영들이 그 위를 덮을 것인데
지금은, 참새 떼 마냥 둥글게 앉아서
철 지난 봄날을 죄없이 달구고 있다

• **임동윤(38회)** _ 1968년 강원일보 시 등단. 1992년 문화일보 경인일보 시조 당선. 1996년 한국일보 시 당선. 시집으로 〈연어의 말〉〈나무 아래서〉〈따뜻한 바깥〉〈사람이 그리운 날〉〈숨은바다찾기〉 등 11 권. 수주문학상 대상. 김만중문학상 등 수상. 현재 계간 《시와소금》 발행인 겸 편집주간.

인연 외 2편

신현봉

원하든
원하지 않든
가야 할 때가 있다

다 버리고 떠나면

저 앞에는 또,
만나야 할
인연이 있다

쌓이는 고요 속에서

하루 일과가 끝나면
집으로 가는 버스를 타고
히말라야를 향해 가곤 했다
그곳에 무엇이 있는지
누가 나를 기다리고 있다는 것인지는
조금도 생각지 않았다
나는 그저 히말라야의 흰 등뼈가 보고 싶었다

어둠이 내리고
고요가 쌓이는 시간
나는 아주 가끔 나를 몰래 빠져나와
창탕고원으로 간다
양을 키우며 살아가는 유목민 부부를 만나고
야생의 당나귀를 만난다
치우곰빠는 신성한 호수 마빰윰쵸가 내려다보이는
용의 머리에 있다
파드마삼바바 부처님은 바위에 발자국을 남겨 놓으시고
어디로 가셨는지
히말라야 산맥의 끝자락 그 너머에
솟아오른 세계의 중심
강린포체의 이마와 가슴에 걸린
흰 구름이 걷히면

두둥실 떠오른 달처럼 좌정한
수미산
나는 여기서 마음이 몸을 떠나 돌아다니지 않도록
마음에 몸을 묶는다

인도차茶 짜이

인디아에는 사탕수수밭이 많아서인지
짜이는 달다
홍차도 달고
커피도 달다
삶은 고해苦海가 아니라는 듯이
달다
달다

• **신현봉(43회)** _ 1952년 충북 제천 출생. 한양대 교육대학원 졸업. 1987년 《현대시학》 추천 완료 등단. 시집으로 〈난지도〉 〈작은 것 속에 숨어있는 행복〉 〈히말라야를 향하여〉 〈사원으로 가는 길가에서〉 외. 한국현대시인상 수상 한국문인협회, 펜클럽 한국본부, 한국시인협회 회원.

소보로 외 2편

최현순

소보로 하면
소불알이 떠오르지,

맛나당이란 빵집에서 만난 소보로빵.

에이프런을 예쁘게 두른 소녀가
은쟁반에 담아 "소보로 에요" 내놓던

곰보빵으로 알고 있던 그 빵을
"소부랄…,에요?"하니, 당황하면서도
모찌 같은 입 가리고 웃음을 터뜨리던
우리가 나갈 때까지 웃음이 빵빵하던 그 빵집.

까까머리 내 또래 그 여자애가 보고 싶지.

빵집에 가면 우선 먹었던 고소한 소보로빵!
지금도 빵집에 가면 제일 먼저 반겨주는 그 빵.

이제는 "소부랄" 해도 웃지 않을 계산대에서
카드 하나 긋고 헛헛한 발길 돌려 빵집을 나오지.

소보로, 소보로……,

색소폰 부는 남자

섹스폰인지 색소폰인지
이름부터 아무튼 섹시한…,

S라인 휜 관능을 끌어안고
금빛 교성으로 자지러지게 흐느끼는
온 몸 탐닉하며 애무하는 저 사나이!

때론 끊어질 듯 이어질듯
손끝으로 더듬다가 허벅지로 조이다가
둘이였다가 하나였다가 흐드러지게

붉은 카펫에 볼레로 리듬으로 늘어지다가
트럼펫처럼 허공에 절규하듯 숨 넘어 가다가
원시이다가 문명이다가 더 이상 본능일수 없다가

색소폰 하나면 안 먹어도 배부른 남자
색소폰 하나면 그리워도 안 그리운 남자

별빛 같이, 바람 같이, 불나방 같이
고독하고 싶은 남자, 자유롭고 싶은 남자, 섹시 하고픈 남자,
저기, 오늘도 혼자서 색소폰 부는 남자!

두미리 가는 길

팔봉산을 끼고 굽이굽이 홍천강을 따라가면
두미리 가는 길이 나오는 데요
그 길을 예전엔 버스가 끊기면 걸어서 갔지요
휴일에 가족들과 차로 달리니 한 시간도 안 걸리는데
아이들은 이해를 못 했습니다
저 산과 강을 따라 반나절은 걸었다니까요
또 그렇게 먼 길을 왜 다녔냐고 했죠
친구가 보고 싶어 간 길을, 호롱불 아래 환히 웃는
친구 누이들이 보고 싶어서 간 길을 말이죠
어머니는 언제나 큼직한 두부모를 들기름에 지지셨죠
이제 추녀 내리고 문짝 떨어진 빈집을 들렀습니다
잡초 난 뒤란을 서성이며 이끼 낀 장독대를 보고 있을 때
아이들은 어서 가자고 내 등을 떠밀었죠
더 머무를 까닭이 없는 마당에서 나오는 순간
밤하늘에 반짝이는 별들을 보았어요, 쑥불 피워 놓은
멍석에 누워 누이들과 하나씩 헤던 그 옛날의 별들을 말이죠
이렇게 한 평밖에 안 되는 마당에서…를 되뇌며 돌아올 때
산등성이 너머에는 그 때의 내 눈물이 아직도
강물을 따라 흐르고 있는 것을 보았습니다.

• **최현순(43회)** _ 2002년 《창조문학》 등단. 시집으로 〈두미리 가는 길〉 〈아버지의 만보기〉가 있음. 한국
농어촌공사 강원본부장, 상임이사 역임. 한국문인협회, 현대불교문인협회, 수향시낭송회, 삼악시 회원.
현 풀무문학회, 춘천문인협회 회장.

아우를 위하여 외 2편

이언빈

감자꽃이 피었다, 아우야
우리 살던 집터 위로 하얀 기억이 한창이다
바람 불 때마다
부황 든 모가지를 쳐들고
보리 이삭들이
바스스 바스스
제 몸의 수분을 다 내어주던
유년의 저녁
한 사발 냉수로
허기를 지우던
깨끗한 내장의 기억을 들고
나 지금 옛 집터 위에 서 있다
이제는 밭가에 누워
여름밤을 경영하는 아우야
밤마다 집터를 거니는 네 신발소리로
땅속의 기억들이 둥글둥글 굵어지는
화안한 소식을 알겠다만
감자꽃이 흐드러진들
어찌 유년의 일만 평 허기를 다 채우겠느냐
밭가에 나를 오오래 세워두고
어찌 감자의 몸만 뜨거워지겠느냐

나도 풍란

아내가 외출하자
집은 완벽하게 해체된다
아들 녀석은
오래전에
방을 끌고 서울 갔다
평생 달팽이처럼 집이라는 이름에 도착했지만
명절 끝나자
모든 방은 일제히 불 꺼지고
이제 지상에 집은 없다
낡은 책꽂이 빈방에 홀로 담겨
쇼펜하우어와 소주를 마셔야 하나
백석과 함께 허름한 나조반이라도 마주해야 하나
멸종위기 식물처럼
허공에 긴 수염뿌리 내리고
굵어지는 빗소리 듣는 밤
언제 다시 명절이 와서
식구들은 방 한 칸씩 떼메고 올 것인가
따뜻한 집 한 벌 온몸으로 껴입는
하얀 갈증 속으로
비가 내린다
빗소리 악착같이 뿌리에 매달고
허공에 맨발로 서서 마시는 소주는 날이 파랗다

소나기에 기대어

땅북 울리며
소나기 감정이 격렬해지는 동안
나무들은 탬버린 흔들며
오랜만에 푸른 성대를 꺼내 본다
이런 밤엔 귀 세우고
베란다 구석에 갇혀 화초들과 나는
먼 옛날을 골똘해 본다
이제는 식어버린 음정이지만
세상 길 위에
북소리 깔면서
신나게 몸 버리던 시절
목마른 민주주의와
잠든 칠판 깨우던 푸른 기억
아직 배달되지 않은 세마치장단의 꿈
잎잎이 날개 달고
느닷없이 방문하는 밤엔
소주잔 온몸에 달고 출렁이고 싶다
지금은
달 뒤켠으로 거처를 옮긴
시백이 형과 함께
온몸이 북이고 떨림이던 그 가락과 함께
아주 아주 달아 오르고 싶은 밤이다

창밖 땅북이 격렬해지는 동안
나무들이 탬버린 꺼내 들고
열창하는 동안
생의 모서리 돌다 문득 마주치고 싶은
시간의 천장에 매달린 물방울들이 굵어지는 밤이다

* 황시백(1951-2008) : 교육노동운동가. 시인. 목수. 유고집 『애쓴 사랑』 등이 있다.

• 이언빈(44회) _ 강릉 사천 출생. 1976년 《심상》 신인상 당선으로 등단. 시집으로 〈먹황새 울음소리〉 등이 있음. 대한민국문학상 수상. 한국작가회의 회원, 목월문학포럼 회원.

겨울 초상 외 2편

조성림

그해 겨울, 짧은 해
헐벗은 생각을 몰고 황급히 떨어지고
어두움 가득한 가파른 산기슭에
형은 혼자 남아
단단히 얼어붙은 수로水路를 손질하고 있었다
깊고 어두운 골짜기에 여린 불을 그어대며
뼈저린 아픔으로 당겨내던 물줄기를
또다시 묻고 있을 때
거기 무슨 생각을 끝내 덮고 있었을까

봄은 아득히 멀더니
황사 바람 일던 어느 봄날
파란만장한 서울 생활을 마침내 청산하고
근근이 모은 세월로
바람 많은 산자락에 과수원을 장만했다
그것으로 막막하던 하행선의 꿈도 모두 이루었을까
봄부터
식구들은 온종일 과일나무에 매달려 과일나무가 되고
하얀 얼굴의 과일봉지가 되고
다디단 수액이 되어
밤마다 색깔 고운 꽃을 피우더니

한밤의 된바람에도 허방으로 굴러 떨어져
슬픔으로 불어나던 강물

흑염소로 자라나던 아이들을 좇아서
나는, 저녁놀 묻어나던 강나루를 건너
마을 끊어진 눈 덮인 길을 끝없이 걸어갔다
뒤로는 어느새
은빛 발자국들 하나 둘 속삭이며 겨울강을 이루고
저녁놀 잔잔히 뿌려진 얼음 위로
미끄러지던 사계의 온갖 상념들

가스등 하나로도 넉넉히 밝아오던 그 밤
두런대던 횃대에서 씨암탉마저 잠이 든
깊은 정적 속에
하늘엔 유난히 밝은 별들이 언 채로 빛났고
우리는 밤이 이슥하도록
서러운 꽃들을 주우며
겨울 계곡에 남아 있을 우리들의 수로를 찾아
밤새도록 맨발로 헤매었다

그리고 다음날, 얼음 깨지는 소리와 함께

강은 빛났고
날개 가득 눈부신 햇살을 떨어뜨리며
힘껏 날아오르던 물오리 떼들을
한없이 눈물로 바라보았다

평야의 정거장

갈말읍에서의 하룻밤은 상현달 같았다
친구는 철원평야를 책처럼 펼치며
지금부터는 쇠기러기들의 계절이라 하고는
들판을 꺼내들었는데
좋은 친구를 소개하던 자들이 꽃처럼 떠올랐다

금학산은 이미 저녁 해를 막 삼키고 있어
가을에서 겨울로 가던 들판이 마치
장엄한 미사의 시간 같아
가슴이 말발굽처럼 들끓었다

어느 옛사람은 여기에 한 나라를 꿈꿔
백성들을 볍씨처럼 모았겠지만
필시 무언가 꿈꾼다는 것은
누군가에게 젖을 내주는 일이리라

비어있는 들판이 잠시
쉴 참에도 맨살을 드러내놓은 채
한 생을 긋고 가는 철새들에게 남은 젖을 물리듯,
먼 길 가는 나그네들 불러 예로써 대접하는
저 들판이 얼마나 뜨거운 경전인가

친구도 이 빈들에서 밥을 얻어
하룻밤 내주는 깨달음으로 가고 있겠지만

철새들도 수시로 하늘에 붓질하며
까마득한 춤으로 수를 놓아
낱알 같은 별들이 밤새 쏟아졌고
저 뜨거운 들판을 혼처럼 껴안고 싶은 나는 밤새
새들의 날개를 닦아주고 있었다

천안행

그는 산처럼 아직 천안에 계셨다
나는 모든 것을 거두절미하고 빗속을 떠났다
떠난다는 것은 빗속이건 맑은 날이건 아무 상관없다
빗줄기는 장대처럼 장대壯大했다
그래도 음악처럼 빗줄기에 기대어 보았다
음악이 또다시 쏟아졌다
하늘이 편안했다

그는 요사이 무無조차 잊는다 하셨다
나는 워낙 깨달음이 느려 다다르지 못했다

금강 가를 거닐었다
강은 드넓은 옥수수밭과 비단 살결같이 흐르는 강물을 함께 펼쳐놓았다
압권이었다
강은 정靜과 동動의 요사채를 한눈에 보여준 것이다
느림과 빠름의 한 획이 그어졌다

마음은 늘 그렇듯 한 획 안에 있다
나도 늘 그 안에서 길을 잃었다
내가 무엇을 쌓고 무엇을 허물었는가

또 부여의 궁남지도 걸었다

서동과 선화공주의 애틋한 사랑은 아직도 유효하다

연못에는 연꽃들이 연잎 사이에서 입술처럼 피어났다

연못과 연잎과 연꽃들의 저 조화가 장관을 넘어서 저녁처럼 장엄했다

어느 숨결 하나 큰소리로 외치지 않았다

그것이 그대로 큰소리였다

깨달음은 어디에서고 느닷없이 불쑥 나타났다

아주 순간적이었다

• **조성림(45회)** _ 2001년 《문학세계》 신인상 등단. 시집 〈지상의 편지〉〈세월 정류장〉〈겨울노래〉〈천안행〉〈붉은 가슴〉〈눈보라 속을 걸어가는 악기〉〈그늘의 기원〉이 있음. 춘천문인협회 회장 역임. • 홍천여자중학교 교장 역임. 춘천 〈표현시 동인회〉 회원.

눈사람 자살 사건 외 2편

최승호

  그날 눈사람은 텅 빈 욕조에 누워 있었다. 뜨거운 물을 틀기 전에 그는 더 살아야 하는지 말아야 하는지 곰곰이 생각해 보았다. 더 살아야 할 이유가 없다는 것이 자살의 이유가 될 수는 없었으며 죽어야 할 이유가 없다는 것이 사는 이유 또한 될 수 없었다. 죽어야 할 이유도 없었고 더 살아야 할 이유도 없었다.

  아무런 이유 없이 텅 빈 욕조에 혼자 누워 있을 때 뜨거운 물과 찬물 중에서 어떤 물을 틀어야 하는 것일까. 눈사람은 그 결과는 같은 것이라고 생각했다. 뜨거운 물에는 빨리 녹고 찬물에는 좀 천천히 녹겠지만 녹아 사라진다는 점에서는 다를 게 없었다.

  나는 따뜻한 물에 녹고 싶다. 오랫동안 너무 춥게만 살지 않았는가. 눈사람은 온수를 틀고 자신의 몸이 점점 녹아 물이 되는 것을 지켜보다 잠이 들었다.

  욕조에서는 무럭무럭 김이 피어올랐다.

거울의 분노

　그 거울은 무심(無心)하지 못하였다. 날마다 더러워지는 세상을 자신으로 여긴 거울은 혐오감을 참지 못하고 분노의 힘으로 온몸을 산산조각 내버렸다. 일종의 자살이었다. 그러자 조각조각마다 보기 싫은 세상의 파편들이 또다시 비쳐오는 것이었다.

고수

한 검객이 제자들을 이끌고 고수(高手)를 찾아가서 물었다.

"어떻게 칼을 써야 하는지 곧바로 보여주십시오."

고수가 말했다.

"나에게 칼을 주게."

검객이 예의 바르게 칼날을 쥐고 칼자루를 고수에게 건네주자마자 고수는 검객의 목을 단번에 잘라버렸다.

• **최승호(45회)** _ 1977년 《현대시학》 등단. 시집으로 〈대설주의보〉〈고슴도치의 마을〉〈진흙소를 타고〉〈세속도시의 즐거움〉〈회저의 밤〉〈반딧불 보호구역〉〈눈사람〉〈여백〉〈그로테스크〉〈모래인간〉 외 다수. 오늘의 작가상. 김수영문학상. 이산문학상 대산문학상. 미당문학상 등 수상.

두 마리의 사람 외 2편

박찬일

사람 속에 개가 있다. 개가 나서기도 하고 사람이 나서기도 한다. 개와 사람은 만나지 못한다. 개 속에 사람이 있는 경우도 만나지 못한다. 개가 사람이 되기도 하고 사람이 개가 되기도 하나함께 있지 못한다. 개로 사람을 방문하지 못하고 사람으로 개를 방문하지 못한다. 별개이다. 개에 대한 기억도 없고 사람에 대한 기억도 없다. 별개의 방에서 개는 개를 추억하고 사람은 사람을 추억한다. 죽어서 하나가 되지만 개였던 줄 모르고 사람이었던 줄 모른다. 개로 죽으면 갠 줄 알고 사람으로 죽으면 사람으로 안다. 개와 사람이었던 줄 모른다.

회복기의 노래 · 2

남편을 설득하지 못한 클라라는 자신의 목에
총알을 박았다. 인생이란 그런 것이다.
예기치 않게 술을 매우 마시고 교통사고로
죽게 된다. 인생이란 그런 것이다.
분노를 주체할 수 없다 11층에서 뛴 ▽▽▽, 인생일랑
그런 것이다. 죽음 아닌 것이 없게 된다.
아버지 가시고 시름시름 시들어 가신 어머니, 인생이란
그런 것이다. 그날까지 살아라, 혹시 그날 이전에
너 자신의 오성을 사용해
죽을 용기를 내어 죽으라. 인생이란 그런 것이다.
죽음 아닌 것이 없거나 이성적 죽음이거나
꼼짝없이 당하거나
죽음이란 인생이거나.

초록 무덤

무덤이 빙산의 일각이란다.
거대한 무덤이란다, 지구가.

무덤 위에 무덤이, 무덤 위에 무덤이
쌓이고 쌓여,

단단해졌단다. 동글동글해졌단다.
초록 풀이 입혀졌단다.

바다가 무덤 아닌가요? 죽은 자를 물에 타서,
죽은 자에 죽은 자를 타서,
초록빛을 내는.

그렇단다. 그래 지구가 초록이란다.
초록무덤이란다.

• **박찬일(47회)** _ 1993년 《현대시사상》 등단. 시집으로 〈나비를 보는 고통〉 〈나는 푸른 트럭을 탔다〉 〈모자나무〉 〈하느님과 함께 고릴라와 함께 삼손과 데릴라와 함께 나타샤와 함께〉 〈인류〉 〈「북극점」 수정본〉 〈중앙SUNDAY-서울 1〉 〈아버지 형이상학〉 등. 유심작품상. 박인환문학상. 이상시문학상 등 수상. 현재 추계예술대 문예창작과 교수.

오늘 외 2편

양승준

오늘은 2017년 1월 6일 금요일, 음력으로는 병신년 동짓달 초아흐레다 현재 시간 11시 10분, 07시 43분에 떠오른 태양은 17시 25분의 약속된 일몰을 향해 천천히 서진 중이다 이곳에서 태양까지는 대략 1억 5천만 Km, 빛의 속도로는 8분 18초, 소리의 속도로는 14년 8개월이 소요되는 아득한 거리다

그렇다면 내 방 안쪽까지 찾아 들어온 이 햇빛은 최소 8분 18초 전에 저 6,000도의 불구덩이 태양 표면을 떠나왔을 터, 장담컨대 난 오늘저럼 햇살 가득한 날을 골라 죽을 것이다 그런데 지구와 태양 사이가 가장 가깝다는 1월이 왜 가장 추운지 좀처럼 이해되지 않는다 이 발화 형식은 지구와 태양 사이가 가장 멀다는 7월이 왜 가장 더운지 이해되지 않는다는 문장과 동일한 문맥이다

그러나 시인이 이런 것까지 궁금해 하면 천문학자들은 모두 시를 쓰겠다고 할 것 같아 이쯤에서 의문을 닫기로 한다 생뚱맞겠지만 난 말문을 닫아 버린 지 꽤나 오래 되었다 사실 내겐 닫아야 할 것들이 너무 많다 욕망도 슬픔도, 어쩌면 목숨마저도 하루속히 닫아야 할지 모르겠다

오늘 낮의 길이는 9시간 42분, 책력을 펼쳐보니 춘분까지는 아직 일흔 밤 이상 남았다 하루, 하루가 내겐 지구와 태양의 거리보다도 더 아득한 느낌이다 문득 울안 측백나무 숲속으로 딱새들이 떼 지어 날아드는 것을 보았다 아마도 세상이 다시 시끄러워질 모양이었다

참외

냉장고에서 오래된 참외 하나가 나왔다
아내가 넣어 두고는
그만 잊어버린 모양이었다
쭈글쭈글한 게 잘 깎이지 않았다
쉽게 과육을 내주지 않겠다는 듯
제 몸을 꽉 움켜잡고 있었다
괜한 고집을 부리는 품이
쥐뿔도 없이
자존심만 내세우는 나를 닮았다

며칠만 늦었더라면
참외 속은 누렇게 농익어
아마 쉰내가 났으리라
분명 먹지도 못하고
버렸어야 했을 것이다
그렇다면 나는
아직 쓸모가 있을까
버렸어야 했는데,
어젯밤에도 아내는
소파에서 졸고 있는 나를 보고

그렇게 생각했는지 모르겠다

갑자기 내게서 노인 냄새가 났다

무섬*

물 위에 있는 섬, 무섬에 가면
마치 차안과 피안을 이어주는 듯
내성천이 만든 맑고 너른 모래밭 위에
어젯밤의 애틋한 꿈결 같기도 하고
열세 살 적, 남몰래 품었던
첫사랑의 아스라한 추억 같기도 한
외나무다리가 길게 놓여 있다네

다리 위를 천천히 걷다 보면
언젠가 한 번쯤 살아본 듯한 나의 전생과
지금과 크게 다를 게 없을 듯한 나의 후생이
평생 잊지 못할 아름다운 풍경 하나를
금생의 내게 선물로 보내준 듯
가슴이 온통 파랗게 저려 오는데

물 속에 있는 섬, 무섬에 가면
끊어질 듯 끊어질 듯
여기까지 이어져 온 내 목숨 같은,
어쩌면 당신과의 기연으로
세 뼘은 더 깊어졌을
내 외로운 생애를 닮은 것 같은

긴 외나무다리가 놓여 있다네

* 무섬 : 경상북도 영주시 문수면 수도리에 있는 마을로 안동의 하회마을, 예천의 회룡포, 영월의 선암마을과 함
  께 마을의 세 면이 물로 둘러싸여 있는 대표적 물돌이 마을이다.

• **양승준(47회)** _ 1992년 《시와시학》(시) 및 1998년 《열린시학》(시조) 등단 시집으로 〈적묵의 무늬〉
〈뭉게구름에 관한 보고서〉 〈슬픔을 다스리다〉 등. 강원문학상, 원주예술상 등 수상. 현재 원주문인협회
회장.

저항령 투구꽃 외 2편

장승진

저항령 통해 황철봉 가는 길
우툴두툴 돌들 참 많네
계곡물에 잠긴 길을
돌에게 묻고 나무에게 물어
마침내 올라앉은 봉우리
노오란 돌채송화 작은 꽃송이
절정의 바람은 흔들리네
엉겨 붙은 바위들의 고요한 주검
검버섯 돋아나듯 세월만 살아
쉽사리 구원을 말하지 않네
절망조차 말하지 않네

하산길에 몇 번이나 넘어지며 보았네
칠부능선 그늘 속
투구꽃들 모여 앉아
그 절정의 침묵을 지키는 걸
잠시도 투구를 벗지 않는 걸

열목어

보고픈 것이
제일 슬픈 병이다
얼음물로 눈 씻으며
너는 또 우느냐

나무들만 물소리 듣고
물소리에 묻힌
네 울음소리 듣고
그래 그래 그렇지 고개 끄떡인다

슬픈 것이
제일 깨끗한 마음이다
맑은 마음자리 얼굴 하나 떠오르면
다시 네 눈동자 붉은 동백 꽃송이다

갈 수 없는 땅 그곳의 냄새 좇아
이 깊은 산골 들어
너는 숨어 운다

환한 사람

환한 사람 되고 싶다
어둠 탓이 아니라 스스로 환한
단아하며 은근히 밝아
움직이는 모든 것 모여들게 하는
그런 사람 만나 닮아가고 싶다

화난 사람 세상에 너무 많아
전화 받기 겁나고 마주치기 싫어
가만 앉아 입 닫고 귀 막고 살 수도 없고
환한 데서 환하게 안 되니 화가 났는지
샛길 찾고 빈틈 노려 찌르는 사람들

환한 사람 만나고 싶다
환하게 인사하며
환한 꽃 피우는 사람들
무슨 말을 해도 어떤 일을 해도

조용하게 은근하게 빛나는 사람

• **장승진(47회)** _ 강원 홍천 출생. 강원대 영어교육과 졸업. 1990년 《심상》, 1991년 《시문학》 신인상으로 등단. 시집 〈한계령 정상까지 난 바다를 끌고 갈 수 없다〉 〈환한 사람〉 등. 〈시마을 사람들〉 〈빈터〉 동인. 현재 춘천문인협회 회원, 속초 〈갈뫼〉, 춘천 〈A4〉 〈삼악시〉 동인.

흐린 날의 변명 외 2편

권혁수

연못가에서 풀벌레 소리를 듣는다

연못 수면이 출렁인다 출렁이는 수면 위로

물안개가 비스듬히 틈을 벌린다 그 틈으로

풀벌레 소리가 기어 나와 갈대 끝에 앉는다 요염하게

앉아서 갈대 잎사귀를 뾰족하게 세운다 세워진

잎사귀에 입술을 대고 동그랗게

운다

—미안 미안 미 미 미……

물결이 주름진 수면 위에 파문을 녹음한다

내가 듣지 못한 갈대의 언어로

갈대를 흔든다

연못이 출렁인다

내 얼굴에 주름을 그린다

그곳의 정체
― 춘천 중앙시장

그 시장엔 골목이 있다
휘어진 길과 버려진 길이 이어진
바람이 먼저 지나간 미로
지도에서 삭제된 그 절망의 길을
무시로 혼자 걷는다
폐업 대방출 전단지처럼
구석진 그늘을 등에 업고

내 자리가 어디였는지

신발가게가 보인다 아니 비단가게다
술도가가 보인다 아니 순대국집 낡은 탁자 밑이다
커튼 없는 다방 창문마다 흰 구름이 너풀거린다
과일장수 리어카 바퀴소리가 굴러간 뒤, 푸른 하늘자락 붙잡고
저녁노을이 가루분처럼 번지는
습성이 꼭꼭 숨어버린 골목을 걷는다

나만 보이지 않아

잊혀진 것들의 정류장처럼
눈을 감아야
찾아갈 수 있는

그 시장은 늘 나의 길 끝에 있다

오리털

오리털 이불에서 빠져나온 흰 오리털이 유영한다

오리처럼 방바닥과 거실 평면을 헤엄치다

기린선인장 가시에 깃을 꽂고 날갯짓 한다

부드럽게 어둠을 거슬러 베란다 너머로 떠나간다

오리구이집 오리에게로 날아간다

• **권혁수(48회)** _ 1981년 강원일보 신춘문예 소설 당선. 2002년 계간 《미네르바》 시 등단. 시집으로 〈빵나무아래〉 〈얼룩말자전거〉가 있음. 2009 서울문화재단 젊은예술가지원 선정. 한국현대시인협회 작품상 수상. 현재, 건강보험심사평가원 시니어 홍보위원.

유정, 이정 외 2편

권준호

춘천의
김유정
진이정
모두 폐결핵으로 떠났다

가슴 깊이
별이 박혀
날카로운 별의 모서리가
숨주머니를 찢어대는 병이다

김유정은
박녹주를 짝사랑하였고
붉은 피와 웃픈 소설들을 토해냈으며
돈, 돈, 슬픈 일이다……
마지막 편지를 쓰고
이십구 년의 여행을 끝냈다

박수남은
진이정을 짝사랑하여
그녀의 이름을 필명으로 시를 썼고
마지막 원고지 앞에 앉아

약 냄새, 돈은 슬퍼라……
칸칸이 메우고
삼십사 세 나이로 바삐 돌아갔다

봄은 짧지만
봄내엔 늘
유정이 이정이 아리게 흐르고 있다
그것도 모르고 사람들은
춘천이 까닭 없이 아름답고 슬프다 한다

조때루 괴기 잡을랴구

사십여 년 전, 키만 한 족대를 메고
친구와 만천리萬泉里 물고기 잡으러 갔다
밤꽃 내 흐르는 개울가에
개망초꽃들이 하얗게 재잘거렸다
둑길에서 만난 할아버지 빙긋 웃으며,
조때루 괴기 잡을랴구?
앞니까지 빠진 그 할아버지 멀어질 때까지
꾹꾹 웃음을 참다가
조때루 괴기 잡을랴구? 연신 흉내 내며
바람에 흔들리는 강아지풀처럼 깔깔댔다

경월 사 홉들이 빈 소주병 들고
친구와 만천리 메뚜기 잡으러 갔다
수놈이 올라탄 쌍메뚜기 쫓다가
논 한 가운데까지 들어갔다
논 주인한테 잡혀 삐질삐질 혼나고 있을 때
병 속의 메뚜기들도 겁을 먹고 난리가 났다
젊은 농부는 왼손으로 병 모가지를 잡고
오른손 손바닥으로 병 주둥이를 내리쳤다
퍽, 병 밑바닥이 떨어져 나가고
메뚜기들은 뿔뿔이 흩어졌다

이젠 조때루 잡을 물고기도 없고
젊은 농부도 메뚜기도 없는 만천리,
만 개의 샘들은 다 어디로 숨었을까
만천사거리의 상습 정체 해소를 위해
좌회전 전용 차로를 신설한단다

오래된 일기

입시를 앞둔 빡빡머리 중3이지만
영화가 보고 싶었읍니다
친구와 극장을 빠방틀기로 했읍니다
극장 뒤편 담을 기어올라
화공실 지붕 위를 지나
화장실 창문으로 들어가야 했읍니다
자근자근 양철지붕에 발자국 소리가 찍혔읍니다

화공은 붓을 들어
우리 이마에 글씨를 썼읍니다
극장 입구에 세워진 우릴 보고
사람들은 웃었읍니다
이마 위의 붉은 낙인은
'빠방' 이었읍니다

몰래한 사랑은
들키면 안 됩니다

* 빠방틀다 : 극장이나 기차 등을 표 없이 몰래 들어가거나 타는 행위를 가리키는 속어.

• 권준호(53회) _ 1997년 《예술세계》 신인상 등단. 시집으로 〈고로쇠노동조합〉 〈금붕어꽃〉 〈혼자가 가장 완벽하고 아름답지만 혼자가 아니어도 꽤 좋은 시간〉이 있음. 2002년 춘천문학상 수상.

소　외 2편

최계선

고삐 풀고 나가본 적 없는데
열 가지 이야기 들려오네.
잃고 찾고 얻음은 모르겠으나
밭 갈고
논 일구고
한 집으로 들어가
한 대문으로 나오다 보니
농부의 마음 하나는 알 듯하네.

염소

기억이 없을까
기억에 없을까
아주공갈염소똥일원에열두개
그 다음은?

늙은 수컷 염소의 비애가 시작되었다.

닭

닭은 오래 키우는 게 아니라던
어른들의 말은 지금도 아리송하다.
무슨 일이 있었나.

　　무슨 일은요. 기억에 없네요.

볏짚 쌓아놓은 뒷마당 파헤치며
고개를 연신 까닥댄다.

　　햇살만 좋구만요.

• **최계선(53회)** _ 1986년 《세계의 문학》 등단. 시집으로 〈검은지층〉 〈저녁의 첼로〉 〈동물시편〉이 있음.

가물 외 2편

한승태

일렁이는 물결에 여보, 라고 기대 본 적이 있다
당신 물살과 눕고 싶었으나 연줄마냥 팽팽했다

당신의 등에 가 닿으면 썰물은 저만치 달아났다
당신에게 등 돌려 누우면 밀물은 눈동자에 차기 시작했다

빗방울 흐르고 눈물방울 흘러 땀방울에 가뭇없고
쌓여가는 부채는 뱃살로 늘어가고 말들은 말라갔다

당신과 나 사이에는 물이랑 높은 파고가 몰아쳤다
궁싯거려도 달의 창백蒼白에 조금씩 허물어지기도 했다

손을 잡은 기억이 시계 속 모래처럼 빠져나갔다
검버섯은 눈가에서 자라나 온몸으로 가물거렸다

입었던 옷들을 버리지도 못하고 입지도 못하는 사이
먼 곳에서 오는 별빛처럼 눈 밑에 차곡차곡 쌓여서

잠자리에 같이 포개져도 가 닿는 해안의 체위는 달랐다
빠져나간 온기의 말들이며 말하지 않아도 그 깊던 가물이며

내가 가질 수 있었던 너의 다정을 물밀 듯 다 흘려보내고
썰물 빠지는 저물녘 내가 지나온 길에 등을 대어본다

11월

어깨 기운 나무 전신주
가물거리다 흐릿하고 고요하다 깊어진다
햇살은 노드리듯 날비처럼 나리다
골짜기마다 고이고 고여서
날개를 접은 까마귀 하나 눈이 멀었다
이승의 반대쪽으로 기울어진 그림자
볕바른 도사리나 마른 삭정이처럼 오래
마르고 있다

이깔나무 해 바른 등성이마다
털갈이 하는 짐승들의 숨소리 더 깊어지고
푸섶길마다 햇살은 실없이 건너뛴다
타버린 나무둥치 아래로
쑥부쟁이나 구절초 감국 뭐 이런 것들도
어서 추워져서 눈물을 말리고 싶다는 듯
시베리아 찬바람을 불러들인다

한 사내가 밀고 나갔다
난기류에 꺾이고 밀고 밀려서는
더 나아갈 수도 돌아갈 수도 없는 아홉사리재
배고픈 젖꼭지마냥 쪼글쪼글해지고
주름 깊은 아스팔트 위에 두 발이 푹푹 빠져

깃털 빠진 한 生 을 토해내게도 하는 것이다

다른 생을 지나는 구름에게는

이장移葬

한여름 윤달이 뜨고
한 가지에서 뻗어 나간 가족들이
한자리에 모였다 저승과 이승을 가로질러
상남上南의 산골에서 내려오신 할아버지와
내린천 골짜기에서 나오신 작은할머니
성남城南의 시립묘지에서 오신 큰아버지 내외분
제일 가까운 해안의 뒷골목에서 유골 대신
몇 가닥의 머리카락만 보내오신 큰할머니와
공원묘지에서 나를 보내신 아버지

사촌들은 말없이 구멍을 팠다
야트막한 산은 마치 여자의 음부처럼 둔덕이었다
지관은 음택이라고 했다
나는 그게 왠지 음핵처럼 들렸다

잣나무 그늘에 누워 뼈를 말리는 망자들
나는 검불을 긁어모았다 여기 저기
떨어진 삭정이는 꼭 집 떠난 큰할머니의 뼈 같았다
그나저나 어디로 가신 걸까요, 할아버지
알 수 없는 작은 벌레들이
나뭇가지를 갉으며 아기처럼 울었다

패철을 든 지관의 말에 따라
망자는 다시 동서남북을 가려 누웠다
망자의 집이 꼭 애기집 같았다

아내의 뱃속에서 둘째가 자꾸 발길질을 했다

• **한승태(59회)** _ 강원 내린천 출생. 1992년 강원일보 신춘문예와 2002년 《현대문학》 등단. 시집으로 〈바람분교〉가 있음. 현재 춘천 애니메이션박물관장Director, 수석학예연구사Chief Curato.

제 3 부

단편소설

전상국

한수산

황원갑

이도행

최종남

이병욱

최수철

김도연

우상의 눈물

전상국

　학교 강당 뒤편 으슥한 곳에 끌려가 머리에 털 나고 처음인 그런 무서운 린치를 당했다. 끽소리 한 번 못한 채 고스란히 당해야만 했다. 설사 소리를 내질렀다고 하더라도 누구 한 사람 쫓아와 그 공포로부터 나를 건져 올리지 못했을 것이다. 토요일 늦은 오후였고 도서실에서 강당까지 끌려가는 동안 나는 교정에 단 한 사람도 얼씬거리는 걸 보지 못했다. 더욱이 강당은 본관에서 운동장을 가로질러 많이 외떨어져 있었다. 재수파들은 모두 일곱 명이었다. 그들은 무언극을 하듯 말을 아꼈다. 그러나 민첩하고 분명하게 움직였다. 기표가 웃옷을 벗어 던진 다음 바른손에 거머쥐고 있던 사이다 병을 담벽에 부딪쳐 깼다. 깨어져 나간 사이다 병의 날카로운 유리조각이 기표의 걷어 올린 팔뚝에 사악사악 금을 그었다. 금 간 살갗에서 검붉은 피가 꽃망울처럼 터져 올랐다. 기표가 그 팔뚝을 내 눈앞에 들이댔다. 핥아! 기표 아닌 다른 애가 말했다. 내가 고개를 옆으로 비키자 곁에 둘러선 서너 명의 구

두 끝이 정강이에 조인트를 먹었다. 진득한 액체가 혀끝에 닿자 구역질이 났다. 오장이 뒤집히듯 역한 것이 치밀었다. 나는 비로소 온몸을 와들와들 떨기 시작했다. 나 자신도 헤아릴 길 없는 거센 공포로 해서 나는 그 자리에 무릎을 꿇고 앉아 두 손을 비벼댔다. 재수파들이 나를 일으켜 세웠다. 내 바지에서 혁대가 풀려 나간 다음 벗겨져 맨살이 드러난 허벅지에 칼끝이 박히는 것 같은 아픔이 왔다. 나는 그들에게 양쪽 겨드랑이를 잡힌 채 몸부림쳤다. 도저히 견딜 수 없는 고통이었다. 칼끝은 상당히 오랜 시간 허벅지에 박혀 있는 것 같았다. 나는 내 살 타는 냄새를 맡았다. 칼침이 아니라 그들은 담뱃불로 내 허벅지 다섯 군데나 지짐질을 했던 것이다. 소리질러 봐, 죽여버릴 거니. 한 놈이 귓가에 속삭였다. 나는 드디어 허물어져 내리듯 의식을 잃어 갔다. 그런 몽롱한 의식 속에서 기표가 씨부렁댄 한 마디 말소릴 놓치지 않았다.

　-메시껍게 놀지마!

　어처구니없게도 그들이 내게 린치를 가한 이유란 단지 그것이었다. 2학년 재수파들이 나를 첫 표적으로 삼은 것은 내가 그들 눈에 메스껍게 보였기 때문이다.

　"유대야, 너 그대로 참을 꺼냐?"

　분식집에서 만난 형우가 슬쩍 내 심중을 떠보고 있었다. 내가 입 한 번 벙긋하지 않는데도 그 소문은 파다했다. 소문이 쉬쉬 떠도는 며칠 동안 나는 심한 공포에 휩싸였다. 그 소문이 학교 선생들에게 알려져 문제가 생길 경우 십중팔구 나는 결딴이 나고 말 것이다. 기표는 그런 일을 충분히 해낼 수 있는 아이였다.

　"그 새끼 악마다"

　형우가 동정 어린 눈으로 나를 충동질했다. 그러나 나는 대답 없이 빙그레 웃어 보였을 뿐이다. 누구에게나 그렇게 해 보였다. 그것은 이미 엄청난 것을 겪어냈다는 우월감 같은 것이었다. 나는 나를 충동질하는 형우의 눈에서 자기도 미지에 당해야 하는 두려움과 아울러 내게 대한 선망이 깔려 있음을 놓치지 않았다. 형우가 기표에게 당할 것은 너무나 뻔했다. 그것은 기표와 같은 배에 오른 우리들의 공동 운명이라고 할 수 있었다.

그 날 반 편성이 끝나고 키 크기에 따른 각자의 번호와 교실 좌석까지 다 정해졌을 때 새 담임이 된 김 선생이 입을 열었다.

"이제부터 육십육 명이 운명을 함께 하는 역사적 출항을 선언한다. 목적지에 이를 때까지 단 한 사람의 낙오자나 이탈자가 없기를 진심으로 기원한다. 아울러 이 시간 분명히 밝혀 둘 것은 우리들의 항해를 방해하는 자, 배의 순탄한 진로를 헛갈리게 하는 놈은 용서하지 않을 것이다. 우리가 나무를 전정할 때 역행 가지를 잘라버려야 하듯 여러분의 항해에 역행하는 놈은 여러분 스스로가 엄단할 수 있어야 한다. 더 중요한 것은 일 년간의 일사불란한 항해를 위해서는 서로 사랑과 신뢰로써 반을 하나로 결속하는 슬기를 보이는 일이다."

새 담임선생은 과학교사답지 않게 적절한 비유로써 자기가 맡은 반 아이들에게 뭔가 불어넣으려 애쓰고 있었다. 그에게 중요한 것은 무사안일 속의 일 년이었을 것이다.

"고삐는 여러분 손에 쥐어져 있다. 필요하다고 생각할 때 그 고삐를 당겨 여러분 스스로를 제어해 주기 바란다. 내가 가장 우려하는 바는 여러분 스스로가 내 손에 그 고삐를 쥐어 주는 일이다. 나는 자율이라는 낱말을 좋아한다."

담임 선생님은 자율이라는 낱말로 요술을 부려 우리들을 묶고 있었다. 어느 연극잡지에서 완숙한 연출가는 배우 스스로가 연출하도록 유도하는 비결을 가지고 있다는 것을 읽은 적이 있었다. 대단한 담임을 만났다는 기대로 아이들은 가슴을 부풀리며 앉아 있었다. 열네 개 반에서 사오 명씩 떨어져 나와 새로이 편성된 새 반의 분위기는 사뭇 숙연했다. 나는 문득 이런 숙연한 분위기가 우습게 생각되었다. 단 며칠 못 가 형편없이 허물어질 아이들이 목에 잔뜩 힘을 주고 앉아 담임선생의 말을 경청하고 있는 게 우습게 보였던 것이다. 그들의 긴장을 풀어주고 싶은 충동이 일었다.

"선생님, 우리가 탄 배의 선장은 누굽니까?"

내가 불쑥 일어나서 물었다. 선장은 도대체 누구란 말인가. 자율이라는 낱말로 우리를 묶으면서도 실상 우리들 머리 위에 군왕처럼 군림하고 싶은 담임의 저의를 찔러주고 싶었던 것이다. 아이들이 내 느닷없는 물음에 부스럭부스럭 굳은 몸을 풀고 있었다.

"이 배의 선장이 누구냐, 그렇게 묻고 있는 사람의 번호와 이름은?"

담임이 얼굴 가득 미소를 잡으며 여유 있게 나를 훑었다. 반격을 당한 나는 얼굴을 붉히며 엉거주춤 다시 일어나야 했다.

"삼십오번 이유댑니다."

"예수를 판 유댄가, 이스라엘 유댄가?"

아이들이 와하하 웃음을 터뜨렸다.

"오얏 리, 옥유, 큰 댓자, 이유대입니다."

"좋았어. 이유대군이 오늘 이 시간부터 일주일간 이학년 십삼반의 임시 선장이다. 물론 일주일 뒤에는 새 선장을 뽑겠다. 다시 한번 강조해 두겠다. 이 배의 주인은 여러분 자신이다. 이유대 선장, 내 말의 뜻을 알겠나?"

아이들이 와하하 웃으며 박수를 쳤다. 반장하고 싶어 몸살 난 애라구요. 그렇게 소리 지르는 놈도 있었다. 실로 난처한 입장이 돼버렸다. 한낱 농으로 시작한 일이 담임의 임기응변에 의해 꼼짝없이 임시 반장 감투를 쓰게 되었다. 꽁무닐 빼고 어쩌고 할 기회를 주지 않은 채 담임은 첫 만남을 끝냈다. 이렇게 해서 된 임시 반장이 기표의 비위를 사납게 하는 결정적인 이유가 됐을 것이다.

"어떤가, 약 일주일간 반장을 하면서 느낀 우리 반에 대한 소감은?"

담임선생이 가정방문을 나왔다. 학교에서 만나는 선생과 집에서 만나는 선생의 이미지는 전연 다르게 마련이다. 학교에서보다 훨씬 부드럽게 대해 주는데도 공연히 거북스럽고 몸이 짜부러든다. 그래서 우리들이 경험한 바에 의하면 담임선생에게 가정방문을 당한 뒤로는 독 빠진 뱀처럼 맥을 쓸 수 없게 된다. 가정방문을 나온 담임선생은 대개 여러 가지 정보를 얻어내려 부심한다.

"얘네 반 아이들이 좋은 담임선생님을 만났다고 좋아들 한답니다."

곁에서 엄마가 의례적인 아부의 말을 했고 담임은 내 얼굴에서 눈을 떼지 않은 채 못 들은 척했다. 사실 아이들은 좋은 선생이 어떤 사람인가를 알았다. 좋은 선생이란 조건 없이 아이들의 입장을 이해한 다음 그것을 가볍게 입 밖으로 내지 않은 사람이었던 것이다.

"어때, 유대가 그대로 반장을 맡는 게?"

이번에는 담임이 엄마의 귀를 겨냥한 말을 했다.

"아닙니다. 전 그런 일이 적성에 맞지 않습니다."

내가 단호한 어조로 말했고 엄마가 거들었다.

"그래요 선생님, 얜 반장하는 게 죽어두 싫다는군요"

뭔가 아쉬워하면서도 엄마는 내 뜻을 따라 주었다. 반장을 하면 성적이 떨어지게 마련이란 내 생각을 잊지 않고 있었던 것이다. 남 앞에 나서는 일, 남들보다 한 발짝 높은 데 선다는 일이 얼마나 외롭고 번거로운 일인가를 나는 엄마의 극성에 의해 중학교 삼 년간 반장을 하면서 절실히 체득했던 것이다. 그것은 내게 무서운 구속이었다. 남을 다스리는 그런 자유보다 남에게 다스림 받는 데서 얻는 마음의 평화가 내게는 더 좋았다. 나는 고독하기를 바라지 않는다. 기표 같은 애들이 누리는 지배욕 그 안쪽에 몸을 뒤틀고 있는 고독의 그림자를 나는 어렴풋하게나마 본 것 같았다.

"맞습니다. 사실 유대는 반장을 하는 것보다 공부에 달라붙는 게 더 좋을 겁니다. 아깝지만 유대를 위해서 제가 양보할 수밖에요."

우리의 담임 선생은 일을 요령 있고 재치 있게 풀고 마무리하는 명수였다. 아무튼 나는 굴레에서 벗어났고 담임 선생의 논리대로라면 누군가 내 대신 희생이 되어야 한다.

"임형우, 걔가 반장으로 괜찮지 않을까?"

일주일 동안 그는 우리들을 상당히 깊게 파악한 것처럼 보였다. 그의 안목은 대단했다. 반장이 되고 싶어하는 아이를 알고 있었던 것이다.

"형우라면 틀림없습니다."

내 말의 꼬리를 잡아 엄마가 껴들었다.

"형우라니? 어머, 형우하고 또 한 반이 됐냐? 선생님, 얘하고 형우는 중학교 때부터 친구랍니다. 걔하고 늘 전교에서 일 이등을 다퉜는 걸요. 그룹 과외도 같은 데서 죽 함께 해 왔고…… 우리 유대가 늘 앞선 편이긴 했지만…… 그래요, 걘 반장 같은 건 잘할 거예요. 애가 통솔력이 보통이 아녜요."

중학교 삼 년 동안 아들에게서 위대한 통솔력이 나타나 주기를 고대했던 엄마의 푸념이 깃든 말대로 형우는 반장이 될 만한 여건을 많이 갖추고 있었다. 무게가 있고 때로는 교만하지만 일단 자기가 마음먹은 것은 무슨 일이 있어도 해 내는 결단력이 대단했다. 학교 당국의 지시에는 일단 긍정적인 생각을 가지고 임하다가도 어떤 결점이 보일 때는 무섭게 반격을 가하는 용기도 있었다. 한 마디로 그는 아이들에게 인기가 많았다.

"어떤가, 우리 반에 크게 문제가 될 만한 애는 없겠지?"

첫 만남에서 담임이 말한 우리들의 항해에 방해가 될 만한 그런 역행가지를 귀띔해 달라는 것일 게다. 나는 불현듯 담뱃불에 지짐질 당해 아직도 진물이 줄줄 흐르는 내 허벅지를 내보이고 싶은 충동을 받았다. 어쩌면 담임도 내 입에서 기표에 대한 얘기가 나오길 기대하고 있을는지 모른다. 일학년 때의 기표 담임이 기표가 유급생으로서 문제가 많다는 것을 이미 귀띔했을 것이 분명했다. 그러나 나는 입을 열 수가 없었다. 엄마 앞에서 반우를 매도하는 일 같은 건 할 수 없다고 생각한 것이다.

"최기표, 그놈 괜찮을까?"

담임선생이 조심스럽게 내 반응을 살폈다. 나는 내 허벅지의 상처를 내보인 것처럼 불유쾌한 기분이 되어 얼굴을 돌렸다.

"최기표라면 일학년 때 낙제해서 한 해 묵었다는 그 애 말이구나?"

엄마는 교육에 관심이 많았다. 학교에서 일어나는 모든 걸 알고 싶어 안달했다. 일주일에 두 번씩 담임선생한테 전화를 걸곤 했다. 그러나 엄마는 가장 가까운 데 있는 내 허벅지의 담뱃불 자국을 알지 못하고 있다. 최기표의 이름을 알고 있으면서도 최기표가 어떤 아이인지를 진정 모르는 어른들에 대해서 내 상처를 내보이는 것은 무의미한 일이었다.

"맞습니다. 걘 유급한 것도 문제지만 보통 말썽꾸러기가 아니지요. 왜, 한눈에 이건 범죄형이다, 그렇게 보여지는 얼굴이 있지 않습니까. 걔가 바로 그런 전형적인 범죄형이지요. 음침하고 포악스럽고…… 일학년 때 걔 담임을 한 선생이 그러더군요. 십년감수를 했다구요. 그러면서 나를 동정한다는 얘기였어요. 그 정도면 알쪼가 아닙니까."

"그런 애가 어떻게 여태 퇴학을 안 당했나요. 교칙이 엄하기로 이름난 학굔데…."

엄마가 의아하다는 듯 얼굴에 그늘을 깔았다.

"바로 그겁니다. 이놈이 원래 교활하고 지능적이어서 도대체 제적을 당할 만한 큰 일에는 직접 앞에 나타나지 않고 뒤로 쑥 빠진다 그겁니다. 엉뚱한 놈이 당하곤 하지요. 정학을 몇 번 당하긴 했지만 어떤 결정적 꼬투릴 잡을 수 없으니까 제적을 못 시키는 거지요."

기표가 무서워서, 그의 안하무인한 앙갚음이 두려워서 제적을 못 시켰다는 그런 얘기는 할 수 없을 것이다. 어떻든 나는 놀라지 않을 수 없었다. 며칠 사이에 기표에 대해서 이처럼 깊이 파악하고 있다니…. 과연 기표는 이름난 애라는 생각이 들었다. 더구나 기표 얘기를 입에 올리는 담임은 얼굴까지 벌겋게 상기돼 있었다.

나는 문득 이제부터 일년 간 담임선생과 최기표 사이에 치열하게 벌어질 싸움을 상상해 보았다. 이제까지의 결과로 미루어 보아 최기표에게 승산이 크다는 생각이 들면서도 우리의 담임선생 또한 그렇게 만만치 않으리란 예감이 들었다. 어쩌면 그 싸움에 임형우도 한몫 끼어들지 모른다. 그가 어떤 편에 서느냐 하는 문제도 퍽 흥미 있는 문제일 것이다. 아뭏든 이처럼 멀찍이 떨어져서 그네들 싸움을 구경한다는 것은 진정 즐거운 일임에 틀림이 없었다.

"이놈들이 옛날과 달라서 선생을 우습게 알기 때문에…."

담임선생은 엄마와 함께 자신들의 교육론을 펴고 있었다.

그랬다. 슬픈 일이지만 우리들은 언제부터인가 교사들을 한낱 껄끄러운 존재로 여길 뿐 오히려 그룹 과외선생의 완벽함에 더 매료되곤 했다. 그것은 상대적이었다. 우리들의 교사들을 존경하지 않는 것처럼 교사들도 우리를 사랑으로 가르치지 않았다. 그렇다고 그룹 과외선생처럼 철저하게 얼굴에 철판도 깔지 못하고, 어정쩡한 태도를 취했다. 문제는 지배에 대한 견해의 다름이었다. 그네들은 옛날 훈장이 누렸던 권위가 고스란히 쥐어주길 바랬고 실상 그러한 권위만이 변화된 가치 속에서 그네들이 누릴 수 있는 유일한 보상이었다. 그러나 우리들은 그러한 인습적 권위에 대해서 코방귀를 날릴 수 있을 만큼 그보다 더 완벽하고 조직적인 분명한 권위의 다스림 속에 몸을 맡기길 좋아하고 있었다. 그 한가지 예로 우리 엄마는 촌지 봉투로 담임 선생을 움직일 수 있다는 확신을 가지고 있었던 것이다.

"선생님, 그 기표라는 얘네 집에 가 보셨어요?"

무슨 얘기 끝인가 엄마가 물었다.

"아직 못 갔습니다. 일학년 때 담임들도 걔 부모를 못 만났다더군요. 놈이 중간에서 훼방을 놓은 거지요. 한양천 뚝방동네에 살고 있는 건 틀림이 없는데 번지를 제대로 알아도 집 찾아내기가 어렵다더군요. 어떤 애 얘기론 기표 아버지가 중풍으로 드러누운 폐인이래요."

담임선생은 우리 집 방문을 끝내고 다른 집으로 가는 도중에 내게 말했다.

"유대, 네 도움이 필요하다."

"뭘 말입니까?"

"우리 반을 위해서 네 협조를 받고 싶다는 얘기다. 물론 나는 네가 반에서 일어나는 일들을 일일이 고자질하는 그런 사람이라곤 생각하지 않는다. 다만 내가 원하는 것은 반 전체를 위한 너의 조언이다. 어때 협조해 줄 수 있겠지?"

나는 얼굴에 열기가 끼쳤다. 이것은 치욕이었다. 담임은 나를 자신의 첩자로 삼으려는 것이다. 일학년 때도 그랬다. 나는 담임선생이 원하는 대로 반에서 일어나는 일들을 하나도 빼놓지 않고 담임에게 알렸다. 그것은 즐거운 일이었다. 역사를 만든다고 생각하는 사람들이 바로 그런 즐거움을 느낄 것이다. 내 입에서 전해진 말이 요술을 부려 아이들이 일사불란하게 움직이고 있는 것을 시치미떼고 바라볼 수 있다는 것은 얼마나 통쾌한 일인가. 아이들 자신을 위해서 내가 이바지했다고 하는 자부도 없지 않았다. <우리>를 위해서 내 힘이 쓰여지고 있다는 기꺼움 때문에 나는 그러한 고자질을 해낼 수 있었던 것이다. 그러나 나는 내가 어수룩하다고 생각했던 많은 아이에게 따돌림받았다. 나는 한낱 <우리>의 힘을 해치는 담임의 첩자였을 뿐이다. 나를 이용해 먹은 담임이 그 사실을 새 담임에게 인계하는 배신을 했다는 것을 안다는 것은 울화통이 터질 일이었다.

"불쾌하게 생각하지 않기를 바란다. 다만 나는….."

내 표정이 꽤 굳어 보였던 모양이다. 담임선생은 내 눈치를 살피며 말했다.

"다만 나는 인간적인 면에서 네 도움이 받고 싶었을 뿐이다."

"선생님, 그런 일이라면 임형우가 잘 해줄 겁니다. 선생님이 염려하는 최기표도 형우가 잘 다스려 나갈 겁니다. 내일 당장 형우를 반장에 임명하세요"

"그럴까? 네 말대로 임형우가 최기표를 잘 다스려 준다면 고맙겠지만…, 내 생각엔 최기표를 부반장에 임명하면……."

"선생님, 기표 한 개인을 위해서입니까, 아니면 기표의 힘을 빼어 반아이들을 보호하기 위해서입니까?"

담임은 무슨 소리냐는 듯 내 얼굴을 뻔히 치어다보다가 음모의 한 귀퉁이를 드러내 보인 무안감을 감추기라도 하듯,

"여러 사람에게 해가 되는 그런 힘은 아예 빼어버리는 게 좋은 거다."

기표가 이 세상을 살아갈 수 있는 힘은 바로 그런 것에 있는지도 모르는데요…, 이렇게 말하려다 나는 그만두었다. 그 대신,

"선생님, 기표는 유급생인데다 여러 번 정학을 당했잖아요. 그런 아이를 간부로 임명하면 아이들이 좋지 않게 생각할 겁니다"

기표가 학교의 지시 사항을 전달하기 위해 교단 위에 서서 아이들한테 애원하는 광경은 생각만 해도 불쾌했다. 누가 사자를 울 속에 넣어 길들이는 발상을 처음 했는가. 나는 내 허벅지의 상처를 결코 격하시키고 싶지 않았다.

춘계 교내 체육대회를 위해서 우리는 정해진 체육복 외에도 마스게임용 추리닝 한 벌을 사야 했다. 협동심과 조화 속의 미를 창조하는 데 그것은 없어서는 안 되는 것이었다. 툴툴거리는 아이도 몇 없지는 않았지만 결국 그들도 그것을 모두 준비했다. 그러나 우리 반에 있는 재수파 두 아이들은 끝내 그것을 사 입지 않았다. 담임이 말했다.

"두 사람 때문에 반의 일사불란한 결속이 깨질 수 없다. 두 사람 모두 집

이 어려운 걸로 알고 있다. 그래서 담임이 두 사람 것을 준비했다. 받아주면 고맙겠다."

한 아이가 기표의 눈치를 살피며 머뭇거렸다. 그러나 기표는 무표정한 얼굴로 창쪽을 바라보고 있었다. 담임선생이 그 추리닝을 기표와 또한 아이의 책상 위에 놓은 다음 교실을 나갔다.

담임선생이 교실을 나가기가 무섭게 기표가 주머니에서 칼을 꺼내 그 추리닝을 찢기 시작했다. 너덜너덜 조각난 추리닝을 쓰레기통 쪽으로 던졌다. 다른 한 아이가 기표처럼 그렇게 추리닝을 찢었다. 기표가 반의 총무를 맡고 있는 정수라는 애한테 다가갔다.

"야, 네 추리닝 나 줄 수 없냐?"

정수가 고개를 끄덕거렸다. 정수 뒤의 애한테도 같은 말을 했다.

"쟤도 나처럼 돈이 없어 못 사 입었다. 네꺼 좀 얻자. 줄래?"

정수 뒤에 앉은 애도 고개를 끄덕거렸다. 이렇게 해서 우리 반 육십육 명 모두는 마스게임용 추리닝을 입게 되었다.

우리가 볼 때 기표는 구제불능이었다. 그의 환경이 그를 그렇게 만들었다고 보기보다 선천적인 어떤 포악성을 가지고 있는 것처럼 보였다. 냉혈동물처럼 피가 찬지도 모르는 일이었다. 그는 뱀처럼 작고 징그러운 눈을 가지고 있었다. 그는 교활한 자들이 가끔 보이는 그런 거짓 착함마저도 나타나 보일 줄 몰랐다. 철저하게 악할 뿐이었다. 평생을 두고 사랑이라는 낱말로 미화될 수 있는 행동거지를 해 보일 인간과는 거리가 멀어 보였다. 물론 그는 자신의 그런 포악성 때문에 누구에게도 사랑 받지 못한다는 것을 알고 있었는지도 모른다. 그의 표정은 항상 독기를 음울하게 깔고 있어 맞서는 사람으로 하여금 섬뜩함을 느끼게 했다.

그런데 이해하기 어려운 것은 중학교 때부터 기표를 알고 지내온 아이들 (대부분 3학년이거나 졸업했다.)은 기표가 그처럼 철저하게 나쁜 애임에도 불구하고 그에 대해서 좋지 않게 말하는 것을 들어 본 적이 없다는 것이다. 물론 좋은 애라고 말하는 일도 없었지만 아무도 기표를 욕하지 않았다. 피해를 직접 받은 애들마저도 기표에 대해 나쁘게 말하지 않았다.

말하길 꺼려하는 거야. 악에 대한 공포 때문이지.

나는 이렇게 생각해 보았다. 그러나 나는 내 생각이 옳지 않음을 내 자신의 경험 속에서 너무나 잘 알고 있었다. 기표에 대한 공포는 그에게 린치를 당할 때뿐이었다. 내가 린치를 당한 사실을 아무에게도 털어놓지 않은 것은 앙갚음에 대한 두려움 때문이 아니었다. 나는 또한 그처럼 무자비한 린치를 당했으면서도 그를 미워할 수가 없었다. 무언가 헤아릴 수 없는 힘이 그에게 있는 것 같았다.

"형!"

동급생이면서도 우리들은 이학년에 재학하는 유급생 이십여 명을 매우 정중히 대했다. 그것은 재수파들을 이끌고 있는 기표에 대한 우리들의 당연한 예우였다.

"야, 체육복 좀 빌려 줘라."

유급생들을 잘 몰라보고 말을 함부로 놓는 이들이 더러 있었다. 그럴 때 그 아이는 영락없이 얻어터졌다. 일의 전후 사정을 따지지 않는 게 기표가 행하는 악의 특징이었다.

- 명칭, 조직의 목적, 모임의 횟수를 모두 대라구!

교실에서의 집단 구타 사건으로 그들이 걸려들었을 때 학생주임은 전말서를 내밀며 소리쳤다. 기표들은 일학년 때부터 음성 써클로 지목되어 수차례 조사를 받아왔다. 그러나 학생주임은 번번이 그들에게서 아무것도 알아내지 못했다. 그들에 대해 알고 있는 게 너무 형편없었기 때문이다.

재수파는 우리들이 편의상 붙인 이름이었을 뿐이다. 조직이 아니기 때문에 어떤 목적이나 정기적인 모임 같은 게 없었다. 동물 영화를 보면 밀림을 달리는 맹수 떼들은 한 리더를 중심해서 같은 방향으로 달려간다. 그들도 그랬다. 그냥 기표를 중심해서 그들은 모였고 계획된 것이 아니라 지극히 우발적인 폭력이 그들에 의해서 저질러졌을 뿐이다.

기표는 교실에서 담배를 피웠다. 그의 담배 은닉처는 고흐의 자화상이 있는 액자 뒤쪽이었다. 쉬는 시간이면 그는 액자 뒤쪽을 더듬어 담배를 꺼냈다. 미션 계통의 학교라 일주일에 몇 번씩 있는 채플 시간을 통해 교목이 인간 양심의 타락을 개탄했다. 바로 그러한 시간에 기표는 주번을 대신해서 교실에 남아 담배를 피거나 아이들 도시락을 먹어 버리는 일을 했다. 그는 적어도 하루 두 개의 도시락을 축냈다. 아무도 그것을 항의하지 않았지만 기표 또한 미안해하는 표정이나 사과의 말을 남기는 법이 없었다.

기표들에게 린치를 당하고 학교 골목을 절뚝거리며 나오던 그 고통스럽고 긴 시간 내가 생각한 것은 기표야말로 우리들이 흔히 말하는 악마의 자식이 아닐까 하는 생각이었다.

내가 이런 생각을 얘기해도 통할만한 집안의 어떤 형에게 말했더니 그가 대답했다.,

– 맞다. 신이 매우 거북하게 생각하는 악마란 바로 네가 말한 놈처럼 착함을 가질 수 있는 가능성이 전혀 없는 그런 순수한 악마지. 그러한 순수한 악마만이 신을 돋보이게 하기 때문에 신은 마음속으로 괴로운 거야. 그렇기 때문에 신은 결코 악마를 영원히 추방하지 않아. 항상 곁에 두고 자신을 돋보이게 하는 일에 그것을 이용할 뿐이야.

오월 중간고사가 끝나는 날 오후 반장인 임형우가 드디어 재수파한테 당했다. 아무도 상상하지 못한 일이었다. 그처럼 근본이 포악한 기표마저도 형우의 얘기라면 귀를 기울이곤 했었다. 그처럼 형우는 모든 아이들의 인심을 살 줄 알았다. 형우의 성실성이, 남을 위해 자기를 던질 줄 아는 의협심이, 그의 천성적으로 착하게 보이는 외모가 아이들을 사로잡았다. 형우에 대한 다른 반 선생들의 호감을 보통이 아니었다. 형우는 특히 기표에게 잘 해주었다. 아우가 형을 대하듯 스스럼없이 사랑해 주었다. 그렇다고 유독 그의 환심을 사려고 노력하는 것 같지도 않았다. 물론 다른 아이들이 기표에 대해 갖는 그런 공포 같은 것도 없어 보였다.

그런데 오월 고사에 이르러 형우가 결정적 실수를 했다. 시험을 며칠 앞둔 어느 날 형우가 반에서 성적이 괜찮은 몇몇 아이를 모았다.

"두 사람을 조금씩 도와주자."

그가 제의했다.

"이번 시험을 잘 못 보면 또 낙제할 가능성이 있다고 담임선생님이 말했다."

"나쁜 낙제 제도 때문에 그들이 구제불능의 상태에 놓이도록 방관하는 것은 옳지 못한 것 같다. 물론 공부를 잘 못하는 것은 그들의 책임이다. 그러나 책임으로 그들을 추궁하기에는 그들이 너무 한심한 상태라는 사실이다."

"결국 동정하자는 거군."

어떤 아이가 말했다.

"인간을 구제한다는 것은 값싼 동정과는 근본적으로 다르다."

"다투고 싶지 않다. 결국 우리가 어떻게 돕자는 거냐?"

먼저 아이가 물었다.

"조금씩만 돕자."

"결국 부정 행위를 하란 말이냐?"

"그렇다. 커닝이 교칙에 위반된다고 해서 하기 싫으면 안 해도 좋다. 나는 다만 너희에게 부탁했을 뿐이다"

"걸렸을 때는?"

"모든 책임은 내가 진다. 내가 시켜서 했다고 해라."

우리는 형우의 단호한 어조에 감명을 받았다.

"걔들이 우리들의 도움을 거부하면?"

어떤 애가 그런 우려를 내놓았다. 충분히 있을 수 있는 일이었다.

"거부하지 않을 것이다. 사월 고사에서 내가 약간 시도해 보았기 때문에 자신할 수 있다."

나는 형우의 눈꼬리에 매달린 교활해 뵈는 웃음을 보았다. 나는 참지 못하고 말했다.

"누구를 위해서 그렇게 하자는 거냐? 기표냐, 아니면 우리들 자신이냐?"

"유대, 네 말은 대답할 가치가 없다고 생각한다."

"대답해라. 대답 못할 것도 없을 텐데?"

내가 빈정거리는 투로 다그쳤다.

"그렇게 해주는 것이 옳다고 판단했기 때문이다. 왜 옳은가는 네 자신이 생각해도 된다."

"네 의협심을 존중한다."

내가 간단히 손을 들어버리자 형우가 당연하다는 듯이 씨익 웃었다.

"이왕 얘기가 났으니 말이지만 이 일은 우리 모두를 위해서 하는 것이라고 생각해도 좋다. 최소한 반장인 내가 기표의 환심을 사려는 개인적인 일이 아니라는 것만 알아줘라. 마지막으로 부탁할 것은 이 일이 내 제안에 의해 이루어졌다는 걸 기표가 모르도록 해달라는 것이다."

우리들은 형우의 말을 믿었다. 자기가 모든 것을 책임지겠다고 하는 얘기도 그의 진심으로 받아들였다. 사월 중순께 기표가 삼학년 형을 구타한 일로 벌을 받게 됐을 때 학급 전원이 서명해서 기표를 구하기 위해 일사불란하게 움직였던 것처럼 우리는 형우의 지시에 따라 세심한 계획을 짜고 시험 날짜를 기다렸다. 무슨 과목은 누가 어떤 방법으로 도와준다는 등 그들이 또다시 유급하지 않을 정도의 점수를 올리기 위해 우리들은 빈틈없이 준비했다. 남을 위해서 일한다는 것이 마음에 이다지 큰 기꺼움을 준다는 것도 비로소 알게 되었다.

삼일간 계속되는 중간고사 첫날이었다. 기표와 대각으로 앉게 된 정수가 자리의 이점을 이용해서 답안지를 바른쪽 허리께로 내리밀어 기표가 보기 좋게 해 주었다. 첫시간에 기표가 정수의 그러한 호의를 어떻게 받아들였는지는 알 수 없었다. 다만 그는 퇴장할 수 있는 삼십분이 되자 제일 먼저 답안지를 놓고 나갔을 뿐이다. 시간이 끝나고 답안지를 거둔 아이의 말에 의하면 기표의 답안지는 거의 백지에 가까웠다는 것만 알았을 뿐이다. 둘째 시간은 영어였다. 총무를 맡은 애가 시간 중간쯤에 문제 번호와 답을 쓴 커닝 페이퍼를 몇 사람 손을 거쳐 기표에게 전달했다.

그것이 문제였다. 기표가 벌떡 일어나 감독선생 앞으로 걸어나갔다.

"어떤 새끼가 이걸 나한테 전해 왔습니다."

그는 감독으로 들어온 선생한테 쪽지 한 장을 내밀었다. 그리고 제자리에 돌아와 앉으며 사방을 적의 깊게 둘러보았다. 기표의 입가에 간특한 미소가 고물고물 기어다녔다.

감독으로 들어온 선생은 마음 너그럽기로 이름난 영어 선생이었다. 그는 기표가 내놓은 종이쪽지를 한참 들여다 본 후에 말했다.

"누가 이 메모지를 지금 저 학생한테 전달했나?"

문제 풀기에 여념이 없던 아이들이 한번씩 고개를 들었다간 다시 문제로 돌아갔다.

"누군가?"

그래도 대답이 없었다.

"어떤 개새끼야?"

이번에는 기표가 자리에 앉은 채 으르렁거렸다.

"선생님, 제가 그랬습니다."

반장인 임형우가 벌떡 일어섰다. 감독 선생이 어이없다는 듯 허허 웃었다.

"아닙니다. 그건 제가 썼습니다."

불쑥 딴 자리에서 또 한 애가 일어섰다. 총무를 맡아보는 애였다.

"아닙니다. 제가 그랬습니다"

다른 아이 하나가 또 일어섰다. 함께 모의를 했던 아이 중의 하나였다.

"접니다"

또 다른 놈이 일어섰다. 접니다. 접니다. 사방에서 이이들이 우르르 일어섰다.

허, 허허, 허허허……감독 선생은 이 어처구니없는 사태에 어리둥절한 모양이었다. 기표의 얼굴이 노오랗게 질렸다.

"자, 모두 앉아요."

감독 선생이 뭔가 사태를 파악한 듯 이삼십 명의 아이들을 자리에 앉도록 지시했다. 아이들이 다 자리에 앉은 다음, 그 나이 많은 감독 선생이 말했다.

"오늘 이 일은 전연 없었던 것으로 해 두기로 한다. 아주 훌륭한 사람들이 모인 반이라는 생각이 든다. 종이쪽지를 가지고 여기 나왔던 사람의 곧은 정신이나 우정이 무엇인가를 여실히 보여준 여러분 모두의 결의는 대단히 훌륭했다."

일은 이런 방향으로 매듭지어졌다. 그 시간이 끝나자 아이들은 숨을 죽이고 기표를 살폈지만 그는 자리에 보이지 않았다. 끝 시간인 세째 시간도 별일 없이 끝났다. 종례가 끝나고 청소 시간까지 아무런 일이 없었다.

"유대야, 담임이 아까 오라고 한 사람들 빨리 교무실로 오래."

한 애가 내게 말을 전해 왔다. 종례가 끝나고 교무실로 돌아가던 담임이 복도에서 나를 불러내어 청소가 다 끝난 뒤 나와 반장 그리고 정수를 교무실로 오라고 했던 것이다.

함께 교무실로 가려고 찾으니 반장도 정수도 보이지 않았다. 나는 운동장으로 내려서는 계단 휴게실까지 가 보았다. 거기도 그들은 없었다. 교무실에 먼저 가 있겠거니 하고 계단을 올라서는데 정수가 학교 후문 있는 데서 뛰어오면서 손짓하고 있는 게 보였다.

"반장은 어디 갔나?"

담임선생은 그날 끝낸 화학시험지의 답안지를 정리하면서 건성으로 물었다.

"아무리 찾아도 보이지 않아 저희들만 왔읍니다"

나는 정수의 얼굴을 쳐다보지 않은 채 대답했다. 곁에 선 정수의 숨소리는 아직도 고르지 않았다.

"응, 됐어, 너희들 둘이 해도 되겠지."

짐작했던 대로였다. 우리는 담임선생님의 채점기계로 호출된 것이다. 답안지를 든 담임선생님을 따라 우리는 화학실로 올라갔다.

"나 화학실에 있다고 사환애한테 알려둬라. 밖에서 전화올 게 있어서 그런다."

복도에서 담임이 말했다. 내가 아래층 교무실로 뛰어 내려갔다. 우리들 사이에 넙쩍이라고 불리는 여자 사환애가 만화책을 보고 있었다.

"우리 담임선생님 화학실에 계셔. 무슨 일 있으면 그리 연락하라고!"

넙쩍이가 고개를 들지 않은 채, 알았어, 했다.

우리는 담임선생님과 함께 아이들의 답안지에 ○×해 나갔다. 맞은 것 틀린 것, 좋은 답 나쁜 답, 착한 놈 나쁜 놈…… 우리들이 동그라미 하나 더 치면 그 아이는 5점이 올라갈 수 있었다.

"야, 느덜 오늘은 속도가 느리구나."

담임의 말이 사실이었다. 우리는 다른 때와 달리 몇 장 넘기지 못하고 있었다. 정수나 나나 매한가지였다. 정수는 눈에 띄게 허둥거리고 있었다. 나역시 답안지의 내용이 자꾸 헛갈렸다. 적어도 일곱 명쯤의 재수파들 속에 형우가 무릎을 꿇고 와들와들 떨고 있을 것이다. 명치를 찌르는 주먹, 정강이 뼈를 겨냥한 구둣발 세례, 피가 꽃망울처럼 솟아오르는 기표의 팔뚝, 허벅지를 태우는 살 냄새…… 하나, 두우울, 세에--엣, 네에--엣, 다아…… 아악. 소리질러 봐, 죽여버릴 거니! 석공이 돌을 다듬듯 완벽한 솜씨로 그들은 형우의 육체와 영혼을 주장질시키는 일에 탐닉하고 있을 것이다. 형우는 지금 어떤 표정으로 무슨 생각을 하고 있을까. 정수가 담임에게 일러바쳐 지금쯤 자기를 구원해 주러 오는 사람들을 기다리고 있을 것인가, 아니면 죽기를 각오하고 그들에게 도도한 자세를 보일 것인가. 나는 짐짓 정수의 눈을 찾았다. 나를 바라보는, 정수의 눈이 애원하듯 타고 있었다. 그렇게 무서우면 네가 말해! 그런 뜻의 눈짓을 내가 보냈지만 목덜미를 더욱 벌겋게 달구며 고개를 꺾었다.

"너희들이 잘해 주어서 올해는 퍽 수월하게 넘어갈 것 같구나."

담임선생은 채점하는 일을 멈춘 뒤 담배를 피워 물었다.

"반장이 생각했던 것보다 잘해 주는 것 같단 말이야. 느이들이 아다시피 우리 반이 이학년 전체에서 제일이거든. 지난 춘계 체육대회 때 종합 우승이며 이번 이사분기 납부금 실적도 단연 으뜸이고…"

나는 실소하며 정수의 눈을 찾았다. 그러나 정수는 고개를 들지 않았다. 아직 한 권에서 반도 넘기지 못한 채였다. 나는 다시 한 번 속으로 웃고 있었다. 담임 선생이 지금 형우가 처하고 있을 상황을 안다면 어떤 표정으로 바뀔 것인가.

"참 알 수 없는 일은 최기표가 듣던 것과는 달리 양처럼 순하다 그거야. 몇 번 말썽이 있긴 했지만 그까짓 거야 별 거 아니지. 어떻든 그놈도 본성은 착한 놈인데 가정 형편이 못한가 보더라."

담임 선생은 자기가 부리는 채점기계의 묵묵한 작업에 눈을 보낸 채 자못 흐뭇한 표정이었다.

"다 담임 선생님께서 잘 지도해 주신 덕분이죠 뭐."

내가 시치미를 떼면서 말하자,

"아닌게 아니라 나로서도 그 동안 너희들이 이해 못할 애로사항이 많았다. 인간을 교육한다는 것이 새삼 어렵다는 걸 깨닫게 됐고, 또한 그런 어려움 속에서 교육하는 보람도 얻을 수 있었던 거지."

정수가 비로소 고개를 들어 나를 쳐다보았다. 그의 이마에 번지르르 땀이 배어나고 있었다. 그의 눈알이 불안하게 움직였다. 그는 몹시 괴로워하고 있음이 분명했다. 형우가 재수파들한테 끌려 학교 뒷산 으슥한 곳으로 끌려갔다는 사실을 내게 전해준 것만으로도 그는 마음이 가벼워질 줄 알았을 것이다. 그러나 그는 지금 그 사실을 나한테 얘기한 것을 몹시 후회하고 있는지도 모른다. 나라면 담임 선생한테 그 사실을 쉽게 알릴 수 있으리라고 생각한 자신의 판단이 빗나간 데 대한 당혹감으로 그는 떨고 있는 것이다.

– 임마, 느덜이 생각한 것처럼 난 담임 선생님의 첩자가 아냐.

나는 다시 정수의 눈에 맞춰 눈싸움을 벌였다. 정수는 금방 울음을 터뜨릴 것 같은 표정이었다. 자칫하다가는 이 녀석이 발광을 하는지도 모른다는 생각이 들었다.

일학년 때 나는 해중이란 아이가 기표 때문에 학교를 그만둔 일을 알고 있었다. 그 애 역시 재수파였다. 다섯 놈이 캠핑을 나가 여학생 하나를 결딴냈다. 피해자 측에서 사생결단하고 덤벼 일이 크게 번졌다. 당한 애가 인상을 말했기 때문에 범위는 대번 좁혀져 재수파들이 학생부실에 불려갔다. 그러나 그들은 한사코 잡아뗐다. 하루 내내 족쳐도 헛일이었다. 여학생과 대면을 시키겠다고 해도 되레 만나게 해달라고 날뛰었다. 그때 그들 재수파 중의 한 아이 어머니가 학교에 나타난 것이다. 그네는 학생부실에 들어가기가 무섭게 기표를 손가락질했다. 저 놈, 저 놈이 우리 해중일 맨날 불러냈어요! 우리 해중일 망치는 놈이 바로 저 놈이라우! 모두 기표를 바라보았다. 기표는 눈썹 하나 까닥하지 않은 채 해중이를 돌아다보았다. 이 새끼야 내가 느네 엄마 말대로 널 맨날 불러냈냐? 소름이 끼치도록 낮고 매서운 추궁이었다. 말해라, 이 녀석아, 왜 사실대로 말 못하는 게야? 해중이 엄마가 퍼댔다. 말해! 기표가 씹어 뱉듯 말했다. 해중이가 느닷없이 몸을 와들와들 떨기 시작했다. 그리고 미친 사람처럼 부르짖기 시작했다. 엄마, 기표는 우리 집에 한 번도 안 왔어. 우리 집도 모른단 말이야. 선생님, 접때 그 일은 제가 했어요. 딴 학교애들하고 그랬단 말예요. 그는 말을 마치기가 무섭게 학생부실 시멘트벽에 머리를 두어 번 부딪쳤다. 해중이가 병원으로 들려간 뒤 학생부 선생이 함께 조사를 받던 놈들한테 물었다. 해중이 말이 사실이냐? 기표가 고개를 끄덕거린 다음, 그 썅새끼-하고 중얼거렸다. 다른 애들도 모두 기표처럼 고개를 끄덕거렸다. 해중이가 스스로 학교를 물러난 것으로 일은 끝나 버렸던 것이다.

"아직 멀었냐?"

담배를 피운 다음 책상에 앉아 잠시 졸고 난 담임 선생이 다시 물었다.

"느 정말 오늘 왜 이렇게 늦냐?"

우리들은 대답할 수가 없었다.

"어때, 90점 이상 많이 나오냐?"

"하나도 없는데요."

"참 느덜 공부 안 해 큰일났다."

그때 화학실 문이 열렸다. 넙쩍이 아가씨가 거기 서 있었다.

"왜, 나한테 전화 왔냐, 여자지?"

그러나 넙쩍이 아가씨가 헐떡이는 목소리로 말했다.

"전화가 아녜요. 선생님 빨리 내려가 보세요. 큰일났어요"

담임선생님이 허둥지둥 달려나갔다. 정수의 얼굴이 하얗게 질리고 있었다.

"유대야, 말하는 건데 그랬다."

"난 네가 말할 줄 알았지."

"아까 네가 말하지 말랬잖아? 난 네가…."

정수는 금방 울음을 터뜨리기라도 할 듯 얼굴을 우그러뜨렸다.

"기표가 안 좋아할걸, 고자질하는 거 말이야"

"그렇지만 형우가…."

"아마 형우도 원하지 않았을 거다."

"왜, 왜 그렇게 생각하니?"

"응, 형우는 자신이 스스로 그렇게 당하길 원했거든."

정수가 무슨 얘기냐는 듯 나를 보았지만 나는 짐짓 딴전을 부렸다.

"죽진 않았을 거다."

우리들이 답안지를 정리해 들고 교무실을 내려왔을 때 교무실은 넙쩍이 아가씨 혼자 있었다.

"김선생님이 빨리 한강병원으로 오라고 하던데요."

"무슨 일이래요?"

"어떤 아줌마가 아까 막 달려와서 학생들이 뒷산에서 사람을 죽인다고 해서 학생주임선생님이 가봤더니요, 이학년 십삼반 반장이 혼자 뒹굴고 있더래요."

우리들은 학교에서 가까운 한강병원까지 단 한 마디 말도 않은 채 달려갔다. 죽지 않았을 거다. 나는 뛰면서 생각했다. 기표가 사람을 죽일 리가 없지. 기표는…….

형우는 응급실 침대에 엉거주춤 누워 있었다. 형우가 외관상 멀쩡해 보이는 데 대한 한 가닥 실망이 스쳤다. 그러나 자세히 보니 형우의 얼굴은 퉁퉁 부어 있었고 임시로 잡아맨 넓적다리의 붕대 위엔 꽃송이처럼 선명한 핏자국이 피어올랐다.

우리를 발견한 형우가 재빠른 동작으로 손가락 하나를 퉁퉁 부은 제 입술에 댔다가 떼었다. 나는 고개를 끄덕거려 주었다.

"유대야, 너 형우네 집 전화번호 알지?"

학생주임과 함께 서 있던 담임이 물었다.

"모르겠는데요."

나는 시치미를 떼며 형우의 표정을 살폈다. 형우는 얼굴을 찡그리며 말했다.

"선생님, 제발 저를 그냥 돌아가게 해 주세요. 전 아무렇지도 않단 말씀에요."

"임마, 여길 나가기 전에 사실대로 대란 말이다."

학생주임이 다그쳤다.

"말씀드릴 수 없습니다. 제가 잘못한 일로 싸웠는데 왜 친구들을 괴롭혀야 합니까"

"임마, 넌 싸우지 않았어. 본 사람이 그랬어, 네가 몰매를 맞더라고."

"아닙니다 선생님, 제가 먼저 그 아이한테 시비를 걸었던 겁니다."

"그게 누구냐 말이다."

"말할 수 없습니다."

"너 정말……."

학생주임이 혀를 내둘렀다.

"너 정말 날 허수아비로 아는 거냐? 학교 다니기 싫어?"

"저는 처벌을 달게 받겠습니다. 그러나 그 아이들을 말할 수는 없습니다."

담임 선생은 얼굴에 그늘을 깐 채 팔짱을 끼고 한 편에 묵묵히 서 있었다. 우리반의 일사불란한 항해를 거슬린 자가 누굴 것인가, 그것을 생각하고 있는지도 몰랐다. 이제야말로 우리들 손에서 고삐를 낚아채어 거머쥐고 목을 옥죄고 싶은 심정일 것이다.

"유대, 넌 알 거다, 형우를 때린 놈들이 기표네 패라는 걸 말이다."

"형우가 그렇게 말했나요?"

"그런 건 아니지만 그건 틀림이 없다. 기표 놈이 아니곤 그런 짓을 할 놈이 없다."

담임은 헐떡거렸다. 양같이 순하게 길들여졌다고 확신했던 자신의 어리석음을 질타하고 있을 것이다.

"선생님, 형우가 뭘 잘못했다는 걸까요?"

내가 짐짓 떠보았다.

"형우가 거짓말을 하고 있는 거다. 잘못하기는커녕 형우가 그놈들을 위해서 얼마나 많은 일들을 했는지 넌 모를 게다."

담임선생님은 몹시 흥분하고 있었다. 기표에 대한 혐오감으로 해서 얼굴이 벌겋게 달아올랐다. 기표를 미워하다니. 나 역시 담임선생에 대한 적대감으로 몸을 떨었다.

"뭡니까, 선생님. 형우가 기표를 위해서 무얼 했단 말입니까?"

내 반감 짙은 어투에 놀랐는지 담임선생은 좀 멈칫했다. 그러나 곧 비웃음을 섞어 말했다.

"임마, 나는 다 알고 있어. 기표가 저질러 온 짓 말이다. 유대, 너도 기표한테 당했잖아! 그리고 너희들이 그놈들 부정행위를 거들어 준 것도 알고 있다."

그랬겠지. 나는 속으로 신음처럼 중얼거렸다. 무서웠다. 어른들의 음흉스러움. 알면서도 모른 체 시치미를 뗀 그 저의는 무엇인가.

형우는 우리들 사이에서 일약 영웅이 돼 버렸다. 예상 안한 건 아니지만 그 여세는 보통이 아니었다. 삼학년에도, 일학년 하급생들도 이학년 십삼반 반장 임형우가 입에 올랐다. 전치 이주의 상해를 입고도 끝내 그 상대를 입에 올리지 않으므로 해서 형우의 존재는 풍선처럼 부풀었다.

기표가 그 사건 다음 날부터 내리 사흘이나 학교에 나오지 않아도 재수파들은 학생부에 불려 가지 않았다. 아무도 그것을 문제삼지 않았다.

담임이 학교에 나오지 않는 기표를 찾기 위해 뚝방 동네를 연 이틀이나 헤맨 사실도 학교에 널리 알려졌다. 기표가 학교에 나온 날 담임은 조회시간에 간단히 말했다.

"최기표군은 그 동안 피치 못할 가정사정으로 결석했다. 앞으로 다시는 결석이 없을 것으로 안다"

항상 빳빳하게 쳐들고 앉았던 기표의 고개가 잠깐 숙여지는가 싶게 느껴졌다. 그것은 매우 수상한 조짐이었다.

형우가 병원에서 퇴원을 해 이 주일만에 학교에 나왔다. 악수 세례가 쏟아지고, 등을 두드리고, 체육시간에는 헹가래까지 시키려고 했지만 형우가 도망을 쳤다. 그렇게 하면서 우리들은 숨죽여 기표의 동정을 살폈다. 그러나 그의 차가운 시선에 부딪친 아이들은 섬뜩한 느낌으로 고개를 돌리곤 했다. 나는 후우, 가슴을 쓸어 내렸다.

"형, 우리 미술시간에 라면 먹으러 갈까?"

내가 말을 건넸다. 우리들은 가끔 후동 교사 뒷담을 넘어 구멍가게에서 라면을 사 먹은 다음 감쪽같이 들어오곤 했다. 재수파들이 그 전문이었던 것이다.

"필요없어."

기표가 쳐다보지도 않은 채 퉁명스럽게 뱉았다. 그는 국어책을 읽고 있었다. 안톤 슈나크의 '우리를 슬프게 하는 것들'. 울음 우는 아이는 우리를 슬프게 한다.

다른 반 애들이 말했다. 선생들이 교실에 들어올 때마다 임형우의 일화가 예로 들어지면서, 학우를 아끼고 의리로써 지켜 준 참다운 우정과 반의 결속을 위해 담임선생님과 함께 남모르게 애써 온 그 숨은 이야기가 술술 펼쳐지더란 것이다. 교정에 모여선 아이들도 온통 형우의 얘기로 꽃을 피웠다.

"우리들이 커닝을 도와준 것이 기표의 비위를 상하게 한 모양이지?"

병원에 있을 때는 남의 눈을 생각해 못 물어본 걸 하교길 형우와 둘만의 자리가 됐을 때 내가 넌지시 물어보았다.

"글쎄 그런 것 같았다."

형우가 짐짓 좌우를 둘러보면서 대답했다.

"그때 그 일, 담임선생님이 시켜서 한 거지?"

내가 넘겨짚자 형우가 한 순간 당황하는 것 같았다. 언제고 밝히고 싶었던 것이라 나는 다시 다그쳤다.

"그렇지?"

"꼭 그런 건 아니지만 그 문제를 담임선생님과 의논한 건 사실이다."

"합법적으로 만들기 위해서냐?"

"아니다. 담임선생님이 기표를 나한테 일임하겠다고 말했기 때문이다. 선생님은 기표를 구원해 주고 싶었던 것이다."

"그랬겠지. 형우야, 넌 지금 네가 기표를 구원했다고 보니?"

"아직 완전히는…… 그러나 멀지 않았다."

나는 웃어 주었다.

"기표는 그렇게 생각하지 않을 걸. 형우, 네가 구원해 주고 있다고 말이야."

"그것은 기표가 생각할 일이 아니다."

"무슨 뜻이냐?"

"우리가 무서워했던 건 기표가 아니라 기표를 둘러싸고 있는 재수파들이었다."

"그런데?"

"이제 그 조직은 없어졌다."

"무슨 근거로 그렇게 말하는 거냐?"

"내가 병원에 있을 때 그 애들이 모두 나한테 사과하러 왔었다. 하나 하나 서로가 모르게 다녀갔다."

"기표두 왔었니?"

내가 헐떡이면서 물었다.

"오지 않았다. 그러나 난 그런 놈한테 사과도 받고 싶지 않다."

그럴 테지. 나는 후우 가슴을 쓸어 내렸다.

"그래, 다른 애들이 너한테 사과를 했다고 해서 재수파가 없어졌다고 생각하는 건 잘못일 거야."

"물론 겉으로야 그대로 남아 있겠지. 그러나 그들은 이미 이빨 뺀 뱀이나 다름없어. 걔들이 모두 나한테 말했다. 기표는 악마라고. 자기들 피를 빨아 먹고 사는 흡혈귀라고."

형우와 갈라서야 하는 길목이었다. 나는 형우네 집 쪽으로 따라가며 물었다.

"너 지금 무슨 얘길 하는 거냐?"

형우가 나를 향해 싱긋 웃었다.

"기표는 다 아는 것처럼 가난한 집 애다. 거기다가 그 부모가 다 병들어 누워 있다. 시집간 기표 누나가 대주는 돈으로 겨우겨우 먹고산댄다. 기표는 동생이 셋이나 있다. 기표 바로 밑의 동생이 버스 안내원을 해서 생활비를 보탰는데 요즘 무슨 일로 해서 그것도 그만두었다. 아뭏든 생활이 말두 아니란 거야. 재수파들이 매달 얼마씩 모아 생활비를 보태줬다는 거야. 집에서 돈을 뜯어낼 수 없는 애들은 혈액은행에 가 피를 뽑아 그 돈을 내놓았다는 거다."

"그렇게 해 달라고 기표가 강요한 건 아닐 텐데."

"마찬가지다. 재수파들은 기표가 무서웠다는 거야."

"지금도 무서워하고 있는 걸."

"그렇지 않아."

병원에서 지내는 동안 혈색이 더 좋아진 형우가 자신있게 말했다.

"이제 아무도 기표를 무서워하지 않게 될 거다."

형우가 손을 흔들고 자기집 골목으로 사라져 버렸다. 그는 유능한 반장이 틀림없다고 나는 생각했다. 씁쓸한 느낌이 가슴을 스쳤다.

담임의 예언대로 기표는 결석을 하지 않았다. 형우와 기표 사이에도 이렇다할 마찰이 없이 여름방학이 지났다. 교실에서 도시락이 없어지는 일도 드물었다. 물론 재수파들이 기표를 찾아 교실에 들락거리는 횟수는 잦았지만 아이들은 그닥 신경을 곤두세우지 않아도 되었다. 기표는 여전히 침묵하고 있었다. 담임선생이 가끔 기표에게 학급사무를 맡기는 게 눈에 띄었다. 기표가 별 표정 없이 그런 일을 맡아 했다.

그날도 기표는 담임선생의 지시에 의해 체육부실에 내려가 우리 반 아이들의 체력검사 통계를 내고 있었다. 그럴 시각 담임 선생이 말했다.

"육십육 명이 탄 우리 배는 순풍을 맞아 참으로 순탄한 항해를 하고 있다. 다 여러분의 노력에 의한 것이라고 생각한다. 그런데 한 가지 알려줄 게 있다. 여러분의 한 친구가 매우 어려운 처지에 놓여 있다. 그 자세한 얘기는 반장이 해 줄 것이다. 다만 담임으로서 당부하고 싶은 것은 그것이 남의 일 아닌 내 일이라고 생각해서 그 사람을 돕는 일에 앞장서 주기 바란다."

담임 선생이 교단에서 내려서고 그 대신 반장 임형우가 사뭇 엄숙한 표정으로 단 위에 섰다.

"담임선생님의 말씀처럼 지금 우리 친구 하나가 매우 어려운 처지에 놓여 있다. 좀 늦은 감이 있지만 지금이라도 힘을 합쳐 그 친구를 구원해 주어야

한다고 생각한다"

이렇게 서두를 잡은 형우는 언젠가 하교길에서 내게 들려 준 기표네 가정 형편을 반 아이들한테 이야기하기 시작했다. 그런데 놀라운 일은 형우의 혀였다. 나한테 얘기를 들려줄 때의 그런 적대감은 어느 구석에도 찾을 수 없었다. 오직 우의와 신뢰 가득한 말로써 우리의 친구 기표를 미화하는 일에 열을 올렸을 뿐이다.

기표 아버지가 중풍에 걸려 식물인간으로 누워 있는 정경이며 기표 어머니의 심장병, 그러한 부모들을 위해서 버스 안내원을 하던 기표 여동생의 눈물겨운 얘기. 라면으로 끼니를 때우는 기표네 식구들의 배고픔이 눈에 보이듯 열거되었다. 그런 가난 속에서도 가난을 결코 겉에 나타내지 않고 묵묵히 학교에 나온 기표의 의지가 또한 높게 치하되었다. 더구나 그런 가난 속에서 유급을 했기 때문에 일년간의 학비를 더 마련해야 했던 그 고통스러운 얘기도 우리들 가슴을 뭉클거리게 했다.

"나는 얼마 전 기표가 버스 안내원을 하던 여동생을 몹시 때린 일을 알고 있습니다. 그 여동생은 몸이 약해 버스 안내원을 그만두었던 것인데 생활이 더 어렵게 되자 돈을 벌기 위해 술집에 나가기로 했었다는 겁니다. 그 여동생이 앞으로 어떤 무서운 수렁에 떨어져 내릴는지 아무도 알 수가 없다는, 바로 그겁니다."

반 아이들은 사뭇 숙연한 자세로 형우의 말에 귀를 기울였다.

형우는 기표네 가정 사정을 낱낱이 얘기함으로써 이제까지 우리들에게 신화적 존재로 군림해 온 기표의 허상을 빈곤이라는 그 역겨운 것의 한 자락에 붙들어 맨 다음 벌거벗기려 하는 것 같았다. 기표는 판자집 그 냄새나는 어둑한 방에서 라면 가락을 허겁지겁 건져 먹는 한 마리 동정받아 마땅한 벌레로 변신되어 나타났다.

"한 가지 또 알려 줄 게 있습니다. 그것은 어려운 처지의 친구를 위해서 이제까지 남이 모르게 도와 온 우정이 있다는 것입니다. 그것은 기표의 가까운 친구들입니다. 이제까지 우리들이 재수파라고 불러 온 아이들입니다. 우리들이 무시해 온 그들이야말로 진정 아름다운 우정이 어떤 것인가를 보여주었던 것입니다. 그들은 매달 용돈을 저축하고 또는 방학 때 공사장에 나가 일을 해서 받는 돈으로 기표를 도와 온 것입니다. 그들 중에는 매달 자신의 귀한 피를 뽑아 그 돈을 내놓기도 했습니다. 한 달에 피를 세 번이나 뽑았기 때문에 빈혈을 일으켜 병원에 입원했던 사람도 있습니다. 사회에서 구원받지 못한 가난을 우정으로써 구원하려 한 그들이야말로 훌륭한 정신의 소유자들입니다. 협동과 봉사-기여 정신의 산 증인들입니다. 우리들은 가끔 학교에 싸 가지고 온 도시락이 텅텅 비어있는 것을 발견하고 기분 나쁘게 생각한 적이 있었습니다. 그것은 진정으로 배고파 보지 못한 우리들의 우매함이었습니다. 남의 찬 도시락을 훔쳐먹어야 했던 우리의 가난한 이웃을 우리는 너무나 모르고 지냈다는 겁니다. 나는 반장으로서 그 사실을 몹시 부끄럽게 생각합니다. 그것을 사과하는 뜻에서 나는 오늘이라도 우리의 친구 기표를 돕는 일에 앞장서기로 결심을 했습니다."

아이들이 술렁거리기 시작했다. 깊은 감동의 강물이 모두의 가슴 한 가운데를 출렁이며 흘러가고 있었던 것이다.

담임 선생이 교단으로 다가갔다. 그는 주머니에서 만원 짜리 한 장을 꺼내어 교탁 위에 놓았다. 반장도 안주머니에 손을 넣었다. 아이들이 조용한 술렁거림 속에서 모두 돈을 찾아 들었다.

"오늘 돈이 없는 사람은 내일 가져오는 게 어떻습니까?"

한 아이가 일어나서 큰 소리로 제안하자 모두, 그럽시다--소리쳤다. 박수가 쏟아져 나왔다.

모 일간지 편집부국장을 지내는 학부형이 우리 반에 있었다. 담임선생님과 반장이 그 학부형을 만나러 갔다. 그 신문사 기자가 학교에도 여러 번 다녀갔다.

며칠 뒤에 신문 미담란에 우리 반 얘기가 크게 다뤄졌다. 박스 기사였다. 기표의 갸륵한 효성에서부터 재수파들의 우정어린 피뽑기와 급우들로부터 시작된 친구 돕기 운동이 전교적으로 파급되어 이룩한 성과가 자세하게 났다. 기표의 여동생 얘기도 끼어 있어 그 기사를 읽은 우리들의 콧등이 새삼 찡 했다. 기사 멘 위에 담임 선생과 반장, 그리고 기표의 사진이 박혀 있었다. 교장선생님 지시에 의해 그 기사는 각 교실 후편 게시판에 붙게 돼 있었다.

그 신문 기사가 나가고부터 월요조회 때마다 교장선생님은 사회각계에서 보내오는 성금과 위문편지를 최기표에게 전달했다. 담임 선생도 종례 때면 기표에게 편지 여러 장을 건네며,

"거기 여학생 편지도 많이 있으니까 혼자 몰래 보라구."

아이들이 와하하 웃었다. 기표가 얼굴을 벌겋게 달구며 편지 다발을 책상 속에 넣곤 했다. 그럴 때마다 아이들이 박수를 쳤다. 실로 화기애애한 반이 되었던 것이다.

"기표 얘기가 영화로 된다며?"

"그렇대. 재수파들을 중심으로 한 얘긴데 TV에 나오는 제삼교실 같은 거 겠지."

어디서 나온 얘긴지 기표의 얘기가 영화로 만들어진다는 소문이 파다했다.

이제 아이들은 아무도 기표를 무서워하지 않았다. 형이라고 호칭하는 아이도 드물었다. 아무나 곁에 가서 말을 걸 수가 있었고 때로는 어깨도 쳤다.

그것은 기표가 아주 부끄러움을 잘 타는 아이로 변해버렸기 때문이다. 누구를 만나도 수줍어하는 그 아이는 그렇게 당당하던 체구마저도 왜소하게 짜부라진 채 우리가 보통 사진을 찍을 적에 <치이즈>하고 웃는, 바로 그런 미소를 얼굴에 담고 있었다.

우리는 그렇게 미소짓는 기표의 얼굴을 보면서 일사불란한 항해를 계속했다. 담임은 더욱 깊은 이해로써 우리 반을 돌봐주었다. 반장 형우는 그 나름의 성실과 지혜로 <우리>를 위해 헌신했다. 우리 교실에 들어오는 선생님마다 칭찬의 말을 아끼지 않았다. 기표의 얘기가 영화로 만들어진다는 얘기가 더욱 구체적으로 드러나기 시작했고 우리들은 덩달아 들떠서 술렁거렸다.

그러던 어느 날 우리는 기표의 자리가 빈 것을 알았다. 다음날도 그는 결석했다. 무단 결석이었다. 담임선생이 한 아이를 기표네집에 보냈다.

"집에도 없어. 이틀 전에 집을 나갔대"

우리들은 서로 얼굴을 마주보며 술렁거리기 시작했다. 뭔가 심상찮은 생각들이 머리에 젖어들었다.

기표가 내리 사흘이나 결석을 한 아침나절이었다. 수업중인데 담임이 형우와 나를 찾는 쪽지가 왔다.

우리가 교무실에 내려갔을 때 담임 선생은 병색이 완연해 뵈는 어떤 여자와 얘기를 나누고 있었다. 그네는 초가을인데도 낡고 두터운 오바를 걸치고 있었다.

"아이구, 우리 기표 친구들이구만, 시상에 이렇게 고마운 친구들이 어디 있겠누. 그런데 이눔에 자슥이……."

그네는 몸을 일으켜 우리에게 굽실거리며 때 낀 손수건으로 눈물을 찍어냈다. 그네는 우리의 손을 더듬어 쥐고 싶어했다.

"자, 이제 고만 돌아가십시오. 애들하고 의논해서 찾아보겠습니다."

담임선생은 기표 어머니를 내쫓듯 교무실에서 밀고 나갔다. 그네는 교무실을 나가며 자꾸 아쉬운 듯 우리들 얼굴을 돌아다보았다.

그네를 배웅하고 돌아온 담임이 의자에 소리나게 주저앉으며 부들부들 떨리는 손으로 담배를 피워 물었다.

"이 망할 새끼가 끝까지 말썽이란 말이야."

그는 담배 연기를 깊이 빨아들였다가 내뿜으며 투덜거렸다

"내일 천일영화사 사람들하고 만나기로 약속한 날이잖냐? 그런데 이 망할 새끼가……."

그는 서랍에서 편지 하나를 꺼내 우리들 앞에 내던졌다. 기표가 바로 밑의 여동생한테 보낸 편지였다. 편지 맨 앞줄에 이렇게 쓰여 있었다.

― 무섭다. 나는 무서워서 살 수가 없다. (1980)

• **전상국(32회)** _ 1963년 조선일보 신춘문예에 소설「동행」이 당선되어 등단. 작품집「바람난 마을」「하늘 아래 그 자리」「우상의 눈물」「아베의 가족」「우리들의 날개」「형벌의 집」「지빠귀 둥지 속의 뻐꾸기」「사이코」「온 생애의 한순간」「남이섬」등. 장편소설「늪에서는 바람이」「불타는 산」「길」「유정의 사랑」등. 이론서「당신도 소설을 쓸 수 있다」「김유정」등. 현대문학상(1977), 한국문학작가상(1979), 대한민국문학상(1980), 동인문학상(1980), 윤동주문학상(1988), 김유정문학상(1990), 한국문학상(1996), 후광문학상(2000), 이상문학상특별상(2003), 현대불교문학상(2004), 경희문학상(2014), 이병주국제문학상(2015) 등 수상. 현재 강원대학교 명예교수 및 대한민국예술원 회원.

사월의 끝

한수산

"참 싱싱해 뵈죠?"

다방 안으로 들어와 앉는 등산복 차림의 여자들을 보면서 형수는 말했다. 밖에는 문득 새 옷을 갈아입고 싶게 만드는 사월의 오후가 화사하게 가로수 위에서 반짝거리고 있었다.

나는 그들 중의 한 여자를 어디서 본 듯했다. 그때 저쪽에서도 나를 보았는지, 어머 선생님 안녕하세요, 했다. 나는 고개를 끄덕였다.

"아니, 선생님이라니…… 어떻게 되는 거예요?" 형수의 물음에 나는 웃었다.

"전에 그러니까 일학년 때 저 여자의 동생을 가르친 적이 있어요. 내게도 별 호칭이 다 있군요."

나는 또 웃었다. 그것은 '선생님'이라는 나의 대명사 때문은 아니었다. 영문과생인 나는 선배의 소개로 초등학교 6학년 여자애에게 영어를 가르치고 있었다. 영리하면서도 엉뚱한 데가 있어서 나를 당황하게 하던 애였다. 하루는 쉬는 사이에 라디오를 듣고 있었다. 음악이 끝나자 '두통 치통 생리통에 사리돈 한 알' 하는 약 선전이 들렸다. 아이가 연필을 깎다 말고, 선생님 전 두통 치통은 알겠는데 생리통은 뭔지 모르겠어요, 하고 말했다. 나는 혼자 죄스러워져서, 언니한테 물어봐, 그건 언니가 더 잘 아니까—해 버렸던 것이다. 직무유기는 내 목을 잘랐다. 이 착한 아이는 생리통에 대하여 아무것도 알지 못한 채 절망해 버렸고, 나는 아래층에서 들리는, 뭐 그따위 가정교사가 다 있어, 하는 여자의 커다란 목소리에 몸을 떨었다. 결국 나는 일차적인 성징도 느낄 수 없는 후임 여학생의 밋밋한 가슴에서 OX를 겹쳐 놓은 것 같은 국립 서울 대학교의 배지가 빛나는 것을 보면서 하야해야만 했다. 그 집을 빠져나오며 저 여자는 아마도 가슴의 배지처럼 모든 문제에 선명하게 O나 X를 그을 수 있으리라 생각했었다. 남자가 생리통 때문에 일자릴 잃다니.

혼자 웃고 있는 내가 형수는 또 우스운가보다. 공연히 웃는다. 우리는 차를 시켰다.

"갑자기 자신이 부끄러워지네요."

형수는 지친 듯 서른한 살의 나이를 의자 등받이에 기대었다. 창밖에서는 십육 층의 대학 병원이 우리를 찾으며 기웃거리고 있었다.

……이십 오 일 날 오십시오. 초기 단계인 것 같습니다만 일단 결과가 나오는 것을 봐야 정확한 진단을 할 수 있겠습니다. 밖에는 소리 없이 봄비가 내리고 있었다. 우리는 코너로 돌아오는 권투선수처럼 그녀를 둘러싸고 나왔다.

겨우 두 발을 들고 다니는 것으로 만물의 영장이라고 자위하면서 구더기의 탈바꿈도 도마뱀의 좌절도 배우지 못한 우리들, 우리들은 무엇을 아는가. 한 여자의 과오가 만든 부끄러움을 알 뿐이다.

나는 내설악 가까운 지방에서 어린 시절을 보냈었다. 깎아 세운 듯한 산

밑으로 강물이 흐르고, 맞은편에 논과 밭이 소복한 초가집을 에워싸고 있는 작은 마을. 거기에도 전쟁의 상처는 있었다. 폭격당한 초등학교나 강변의 웅덩이에 쌓여 있는 포탄에서는 아직 화약 냄새가 풍겼고, 산에 나무를 하러 갔다가 지뢰를 밟고 온몸이 해어져 들려오는 사람들의 피를 우리는 보았다. 그러나 아이들은 쉽고도 은밀하게 그 폐허들과 친해질 수 있었다. 밤이면 부서진 학교 건물에 숨으며 숨바꼭질을 했고, 포탄을 몰래 숨겨다 놓고 신기한 듯 바라보곤 했었다.

그때, 형이 학교엘 가 버리면 회앓이를 하는 배를 쓸면서 동무도 없이 한낮을 보내야만 했던 나에게 누나가 하나 있었다. 어머니와 아버지가 일을 하러 나가면 집을 지키느라 학교엘 못 가곤 하던 누나였다. 얼굴이 노랗게 들떠서 양지쪽에 쪼그리고 앉아 있는 내 배를 쓸어내리며 누나는 어느 날 이 모든 자연이 신비로 싸여 있음을 속삭였던 것이다.

봄이어서 포근한 햇살이 우리를 비추고 있었다. 나는 누나의 따스한 손에 배를 내맡긴 채 앞산을 바라보았다. 아지랑이 속으로 진달래가 한창이었다.

"너 저 산에 봉우리가 몇 개니?" "하나 둘 셋. 셋이야 셋."

"그럼 골짜기는?"

"다섯인가…… 아냐 둘이지? 그치?"

"그래 둘이야. 그중에 오른쪽 거가 양짓골이고 왼쪽 거가 음짓골이야." 나는 무슨 얘긴지 알 수가 없었다.

"양짓골은 우리 동네 이름인데……"

"그래, 바로 저 골이 우리 동네 골짜기란 말야. 윗것은 음짓말 거고." 나는 누나의 얼굴을 쳐다봤다. 누나는 속삭이듯 말했다.

"저 골짜기에서 여우가 울면 남자가 죽고 돌이 구르면 여자가 죽는대." "정말?"

나는 다급하게 물었다.

"그래. 전에 지뢰 밟고 죽은 사람 봤지? 그 사람이 죽던 날 밤에 음짓골에서 여우가 밤새도록 울었대. 그 사람이 음짓말에 산대."

나는 앞산을 바라보았다. 이미 그것은 진달래가 아름답게 물든 산은 아니었다. 골짜기마다 돌이 구르고 여우가 울며 달려올 것만 같았다.

그날 학교에서 돌아오는 형을 붙들고 앞산을 바라보라고 했다. 저건 음짓골이고 저건 양짓골이래. 돌이 구르면 여자가 죽는대.

"너 또 거시기가 목구멍으로 올라온 모양이구나. 빙신새끼."

형은 방으로 들어가면서 밥 줘, 하고 소리쳤다. 목구멍으로까지 회충이 올라와서 그때마다 까무러치곤 하던 나를 두고 한 말이었다.

형이 방으로 들어가자 나는 심한 부끄러움으로 눈물이 나왔다. 그것은 목으로 회충이 올라왔느냐는 모욕 때문만은 아니었다.

다방 음악이 영화 주제가를 노래하고 있다. 오랜 친구여, 어둠이여. 내 그대를 보러 다시 왔지. 사람들은 말없이 이야기하고 소리 없이 들었지. 내 말은 침묵 속으로 빗방울처럼 떨어지네…….

노래를 들으며 우리는 차를 마셨다, 형수는 왼손으로 나는 오른손으로. 거기에는 그녀의 결벽성이 있었다. 많은 사람이 오른손으로 찻잔을 들기 때문에 다방 찻잔에는 그쪽으로만 묻어 있는 사람들의 입술 자국을 보는 듯해서 왼손으로 찻잔을 잡는다는 그녀다. 이러한 여자가 어떻게 형과 결혼을 했을까. 형에게도 내가 알지 못하는 어떤 결벽함이 있는 것일까.

누나와 함께 강에 나간 적이 있었지. 잔잔한 강물 위로 산이 거꾸로 비쳐 있었다. 우리는 바위 위로 올라갔다. 누나는 말했다. 나 목욕하는 동안 넌 여기 있어. 그리고 누나는 나를 바위 위에 뉘었다. 너 일어나면 안 된다. 왜. 나 지금 옷 벗는단 말야. 누나의 목소리가 바위 밑에서 들렸다. 나는 하늘에 떠가는 구름을 바라보았다. 누나가 옷으로 앞을 가린 채 내 옆에 몸을 굽혔다. 너 여기 가만히 누워 있어, 옷이 날아갈까 봐 내 옷을 네 옷깃에 핀침으로 꽂아 놓고 갈 테니. 나는 돌아서서 내려가는 누나의 앙상한 어깨와 팔죽지를 보았다. 앞산에서 솔잎을 스치는 바람 소리가 쏴아 하고 들렸다. 나는 눈을 감았다. 돌이 구르면 여자가 죽고 여우가 울면 남자가 죽겠지. 양짓말에서…… 음짓말에서…… 나는 슬며시 일어났다. 강물에 비친 산속에 누나의 나신이 박혀 있었다. 나는 말했다. 누나, 나 간다. 그때 누나는 고개를 돌리는가 하자 엄마, 하고 소리치며 강물에 몸을 잠갔다. 그리곤 애애애 옷 가져와, 하고 외마디 소리를 질렀다.

나는 믿었었다, 열네 살의 누나가 벗은 몸으로 옷을 가져가기 위해서 뛰어올 것이라고. 그러나 누나는 달려오지 않았다. 반짝거리는 모랫길을 따갑게 밟으며 나는 집으로 돌아왔다. 누나의 옷이 허리에서 펄럭일 때 나는 더욱 무서웠다.

누나가 돌아온 것은 저녁 무렵 형이 옷을 내다 준 후였다. 열에 들떠 앓아 누운 누나에게 나의 모든 것을 이야기하기에는 나는 너무 어렸다. 전후의 식량난 속에서 누나는 그렇게 누웠다가 끝내 일어나지 못했다. 눈물을 흘리며 맞은 몇 대의 침이 그녀가 받은 치료의 전부였다. 그날 혼자 돌아와야 했던 소년은 신비와 오해의 줄을 풀어 누나의 얼굴 같은 연을 날리며 성장해 버렸다. 날아가 버린 연을 생각하듯 '부끄러움' 이라는 것을 생각하면서.

다방의 음악은 사월을 노래하고 있다. 사월이 가면 가야 할 사람. 오월이 오면 울어야 할 사람.

"형수님. 사월이 가면 무엇이 올까요?" "글쎄요. 군사 혁명이 오겠죠."

형수는 정치적이다.

"사월이 가면 마지막 토요일인 가정의 날이 오겠죠." 나는 참 가정적이다. 미혼, 성실남, 배우자 구함. "아버지가 가면?"

형수의 말에,

"어머니가 오겠죠. 아니지, 생명 보험금 탄 돈이 오겠죠."라고 나는 대답한다. "그럴까요? 아들이 오는 거겠죠."

형수는 종교적이다. 한 세대는 가고 다시 한 세대는 오되 땅은 영원히 있도다……. 이십 오 일, 그날이 다가와서 우리는 다시 링 위에 올라선 그녀를 보았었지. 수술을 하셔야겠습니다. 그러나 의사로서 책임 없는 말같이 들리시겠지만 자신을 가질 수는 없습니다. 최선은 다해 보겠습니다. 오늘이라도 입원을 하시죠. 하얀 가운이 일어섰다. 아녜요, 내일 하겠어요, 아니 모레……. 우리는 KO 당한 선수를 탈의실로 데려가듯 그녀를 둘러싸고 나왔다. 갑자기 햇살이 한없는 무게를 가지고 우리들의 어깨 위에 내려앉는다.

나는 다방 카운터 위에 있는 달력을 본다. 거기엔 삼십이라고 까맣게 씌어 있다. 사월이 가면 윤사월이 올 수도 있겠지. 한 세대가 가면 한 세대가……. 누나가 죽은 그 시골에 나는 몇 해 전에 다시 내려가 볼 수가 있었다. 할아버지의 장례식에 참석하기 위해서였다.

장지로 가는 영구차 위에서 나는 우연히 관 바로 옆에 앉게 되었다. 차가 움직이면서 나는 이상한 냄새를 맡기 시작했다. 그것은 오래된 간장 냄새와 생선 썩는 냄새가 혼합된 것 같은 악취였다. 장의사가 없는 시골이라 우리가 탄 차는 트럭을 세낸 것이었으므로 처음엔 생선 냄새거니 했다. 털거덕거리는 길을 한 시간가량 달려야 했는데 냄새는 점점 심해졌다. 코를 막고도 어쩐다는 도리가 없어서 바람 부는 쪽으로 얼굴을 내밀고 숨을 들이쉰 다음 다시 코를 잡곤 하였다. 그런데 옆에 앉아 있던 왕고모 할머닌가 하는 분이 내 어깨를 치셨다. 아이구, 얘야, 큰일났구나. 나는 그분이 가리키는 곳을 바라보았다. 관 한쪽 귀퉁이가 보랏빛으로 젖어 있었다. 나는 그제야 이 냄새가 무슨 냄새인지 알 수가 있었다. 여름철이라 이런 일이 나면 큰일이라고들 하시며 부랴부랴 삼일장을 치렀던 것인데 이미 시체가 썩고 있었다. 나는 그때부터 장지에 닿을 때까지 노란 물이 올라오도록 계속 토해야 했다. 차에서 영구를 내려 묘혈로 향할 땐 썩은 물은 흐를 정도가 되었다. 산제를 지내자 매장이 시작되었다. 관 뚜껑을 열자 모두들 고개를 돌렸다. 시커멓게 썩은 머리 부분에서 흘러나온 불그죽죽한 물은 관 한쪽 귀퉁이에 흥건히 괴어 있었다. 누구 하나 시체를 관에서 끌어내리려는 사람이 없었다. 바람이 불어서 냄새가 자기에게 날아오면 사람들은 코를 쥐고 자리를 옮길 뿐이었다. 결국 아버지가 팔을 걷으며 시체를 관에서 들어내려 했다. 그러자 누군가가 상주는 그러는 게 아니네, 하면서 앞으로 나섰다. 그가 머리 부분을 들자 다른 사람들이 다리며 허리를 들었다. 검붉은 물이 그의 손가락 사이로 흘러내리고 흰 두루마기 자락에 떨어져 검은 자국을 남겼다.

화톳불을 피우고 관을 뜯어서 그 위에 얹었다. 피익피익하며 관에 불이 붙었다. 그러나 썩은 물에 젖은 곳은 타질 않고 연기만 심하게 피어올랐다.

나는 허청대며 산을 내려왔다. 인간의 마지막이 이것인가 하는 허망함이 그냥 가슴에 덮쳐 와서 나는 더 그 자리를 지켜 설 수가 없었다. 그 모습은 시간을 전지해 버린 애정의 얼굴이 아니었을까.

언젠가 내가 좋아하는 영시 교수님은 이런 말을 한 적이 있었다. 교수님은 첫아기를 안고 집으로 돌아온 날 밤에 산모가 잠이 들자 서재로 나와 아이를 키울 생각을 하면서 잠을 못 이루었다고 한다. 그런데 며칠 전 다섯 살이 된 아이가 "아빠, 왜 우리 집은 마당이 기찻길 같애?" 하더라는 것이었다. 정원이 없이 다닥다닥 붙여 지어 놓은 저 많은 서울의 집들 가운데 하나인 교수님 댁의 마당도 폭이 한 발 정도는 되는 긴 직사각형 꼴이었다. 그것마저도 시멘트로 발라버려서 이 아이는 줄넘기를 하는 것이 마당에서 할 수 있는 전부였다고 한다. 교수님은 조금 쓸쓸한 얼굴로 아이에게 흙을 만지며 놀 수 있게 해 주어야 하겠다는 것이 이제는 어떤 신앙처럼 돼 버렸다고 말씀하셨다. 교수님의 이러한 애정에는 시간이라는 것이 있다. 그러나 구역질을 하며 산을 내려와야 했던 나에게는 아무것도 없었다. 아, 할아버지와 나에게도 방학 때면 서로 어울려 둘이 다 가운데를 덜렁거리며 낚시를 하고 맹자 진 심장구를 놓고 밤 가는 줄 모르던 애정은 있었던 것이다. 시간이 날개를 파득이며 내려와 앉는 그런 애정이.

"늦어지나 보죠?"

내 말에 형수는 시계를 들여다보았다. 레지가 찻잔을 날라 갔다. 주머니에서 담배를 꺼내는데 종이가 집혔다. 학교를 나올 때 받아 넣은 어느 극단의 공연 안내 팜플렛이었다. 아래의 할인권을 가지신 분에게는 일백 원을 할인해 드립니다. 요금은 삼백 원이었다. 예술을 할 인해 드립니다. 사월을 할인해 드립니다. 나는 그것을 주머니에 넣었다.

"뭐예요?"

"삼 할 할인한 셰익스피어."

형수는 웃었다. 형수는 웃고 싶은가 보다. "삼 할 할인한 연극은 어떨까요?"

연극의 삼대 요소는 희곡 배우 관객이라 했었지. 거기서 삼 할 할인하면,

"아마 손님이 없겠죠."

"삼 할 할인한 인생은 어떨까요?"

"생 노 병 사라니까 그 가운데서 하나가 없겠죠."

나는 면접시험을 치는 학생같이 대답한다. 틀림없이 합격이겠지.

"그럴까요? 태어나야 인생이 있는 거니까 늙고 병들고 죽는 것 가운데서 하나가 할인되지 않을까요?"

나는 불합격이다. 죽음은 인생의 삼 할 정도일까. 나는 형수에게서 죽음을 할인해 주고 싶다.

그때 열대여섯 정도의 여자애가 다가와서 들고 있던 나무 상자를 열어 보이며 말했다. "하나 사세요."

목각 인형들이 차곡차곡 들어 있었다. 한복을 입은 노인, 가야금을 뜯는 여자 같은 것이 보였다.

"안 사."

여자애가 뚜껑을 닫으며 돌아서는데 갑자기 형수는 그 아이를 불러 세웠다. 그 모습은 '이 순간이여 영원하라'고 감격하는 파우스트 박사를 떠오르게 했다. 목각이여 영원하라.

"얘, 그거 하나 보자. 아니, 응 그거 말야."

형수가 지금 무엇에 건 관심을 가져 주었다는 것이 고맙다. 돈을 치르자 아이는 돌아갔다. 형수는 손아귀에 쥐면 머리 부분이 주먹 밖으로 나오는 작은 천하대장군을 탁자 위에 놓았다.

"장승에 관한 얘기 아세요?"

형수는 말했다. 나는 그녀가 민속학에 관한 자료를 수집하러 다니던 대학원 시절에 남해안 지방에서 걸린 피부병이 지금까지도 완치되지 않았다는 것을 알고 있다. 그녀의 권위를 인정해야 할 순간이 다가온 것이다.

"'어서 오십시오. 여기는 쓸개골입니다.' 하는 환영 아치는 아닌가요?"

언제였던가. 형수는 무가를 수집하러 다니던 중 가장 우스꽝스러웠던 마을 이름이 '쓸개골'이라고 이야기한 적이 있었다. 하필이면 쓸개골이람, 쓸개 빠진 사람만 살았나 하고 생각하면 우습다. 언어의 분위기가 만드는 웃음이다.

요즈음 젊은이에게도 청운의 꿈이라는 게 있는지 모르겠다. 그러나 가끔 사법 고시를 준비하는, 입술이 갈라 터진 법대생들을 볼 때면, 그들에게는 어쩌면 청운의 꿈이라는 것이 있을 듯했다.

"주여 저희는 값없나이다. 주여 저희는 값없나이다."라거나 "나는 차라리 고요한 바다 밑바닥을 어기적거리는 한 쌍의 엉성한 게 다리나 되었을 것을"하고 엘리어트를 중얼거리나 하는 나는 그런 꿈이라는 것을 생각만 해도 꿈같아지곤 하지만, '합격의 알프스를 넘어라, 그러면 거기 모든 것이 있다'는 식으로 시간을 세어 가는 법대생들에게는 어쩌면 청운의 꿈이라는 것이 무령왕릉 정도로나마 고이 간직돼 있으리라 믿고 싶었다.

학기말 시험 때였다. 나는 도서관에서 빈자리를 찾아 사법 고시를 준비하는 법대생들의 전용인 칸막이를 한 열람실에 들어간 적이 있었다. 조명이 잘 안된 침침한 칸막이 열람석에 앉자 나는 꼭 통속에 갇힌 기분이었다. 아, 얘들은 이렇게 스스로를 통 속에 갇히우면서 훗날 사람들을 감옥에 처넣을 공부를 하는구나. 책상 벽에는 낙서들이 드문드문 있었다. 그 중엔 '낡은 정치의 시녀가 되겠느냐?' 고 씌어 있었다. 나는 또 그 청운의 꿈이라는 것을 보는 듯했다. 그때 나는 구석에 씌어진 작은 글씨를 보았다. '아 밥먹기가 싫어졌다.' 부끄러운 듯이 숨어 있는 이 볼펜 글씨를 보는 순간, 어찌나 웃음이 나왔던지 시험공부고 뭐고 정신이 없어서 책가방을 들고 겨우 열람실을 빠져나왔다. '청운의 꿈' 이라는 말과 '밥 먹기가 싫어졌다' 는 말이 악수를 하고는 자 시작, 하는 구령과 함께 열심히 내 겨드랑이를 간질이는 것이었다.

쓸개골이라는 말에 형수는 웃으며,

"이 천하대장군이나 지하여장군이 원래는 마을 어귀에서 길목을 지키며 악귀를 쫓는 것이었죠, 그런데 후에 성 샤머니즘으로 변태됐어요. 그 과정에 재미있는 것이 많아요."

형수는 자기가 잘 아는 이런 얘기를 들려줌으로써 늦어지고 있는 사람을 기다리는 지루한 시간에서 초점을 조금 당겨놓으려는 것일까. 나는 북을 울렸다.

"어떤 것인데요?"

"장승에 대한 설화는 여러 가지가 있는데 대개가 근친상간을 소재로 하고 있지요." 형수는 이야기를 시작했다.

깊은 산에 살던 홀아비 아버지는 나이든 딸을 불러 정욕을 호소했다. 딸은 아버지와 딸이라는 인륜에서 그럴 수는 없다고 고개를 저었지만, 아버지의 애절함에 괴로워하였다. 만약 아버지가 개 같은 짐승이라면 인륜 때문에 괴로워하진 않아도 되리라. 딸은 아버지가 마루 밑에 들어가 개 시늉을 하며 세 번 짖으면 아버지의 뜻을 받아들이겠다고 하였다. 아버지는 딸의 제의를 따르기로 했다. 그리고 마루 밑에 들어가 개 시늉을 하며 세 번 짖었다. 그동안에 딸은 뒤뜰에 목을 매어 죽었다.

"이 아버지를 후세에 길이 저주하고자 길가에 장승을 세워 놓고 지나가는 사람마다 침을 뱉는다는 거예요. 어떤 마을에서는 장승에 개털을 붙여 두는 곳도 있어요."

"개의 울음이 인륜을 부정하는 상징적인 의미를 가지는군요?"

"그래요, 그래서 이 장승들이 일제 초기까지만 해도 성범죄에 대한 형구가 되었지요. 죄인을 장승에 붙들어 매고 마을 사람들이 매를 때렸으니까요."

나는 탁자 위의 천하대장군을 내려다보았다. 오, 그대는 너무나 인간적인 아버지여. "그것이 다시 성범죄의 악덕을 저주하는 내용으로 변용되었군요?"

"그래요. 근친간이 부덕이 되지 않던 시대에서 죄악이 되는 시대로 접어들때 생겨난 샤머니즘이죠. 거기에는 인간 본연의 실존과 모럴이라는 허구가 대결하는 한국적인 성관념이 있는 것 같아요."

더욱이 성범죄의 형구가 되고 있는 장승이고 보면 그것이 한국의 에로티시즘의 도표로서 어떤 뜻을 가지는 것이었다. 우리들은 다방의 소음을 잊고, 우리가 기다리는 시간을 잊고, 그리고 선택도 없이 다가와 있는 하나의 사실까지도 잊고 잠잠히 가라앉아 가고 있었다. 나는 말했다.

"제도나 모럴이 주는 허구의 시대에서 다시 원시적인 실존으로 되돌아가리라는 생각은 안 가지세요?"

"본질을 허구로 금지해 온 것이 결국은 문명의 작업이었으니까…… 이미 문명에 대한 회의가 점차 일고 있으니까 그런 생각을 할 수는 있겠지요."

형수는 잠시 탁자 위에 놓은 목각에 눈을 모았다. 그리곤 내 얼굴을 깊이 건너다보면서 말했다.

"인간은 약해요. 문명이란 것도 실은 인간의 능력이 가지는 어떤 한계를 넘어서려는 노력이 아니겠어요? 그런데 그것을 다시 깨뜨릴 정도로 우리들이 강하냐 하는 데는 의문이 가요. 설화나 무가를 수집하러 다니다 보면 인간의 연약하기만 한 숨결 같은 것을 대하고 막막해질 때가 있어요."

형수는 이마를 짚으며 고개를 숙였다. 그녀에게서 강한 생명 의식을 때때로 느껴 온 것도 결국은 민속 설화를 수집하러 다니면서 얻어진 그녀의 일부였던가. 약하다고 생각하기에 그것을 딛고 일어서려는 원시적인 의지였던가. 형수는 지금 약하다고 이야기했다. 그렇다. 저 어둠 속에서 생활의 가지를 꺾으며 뿌리를 흔드는 보이지 않는 손을 나는 느끼지 않았던가. 연약한 본능을 웃는 소리를.

겨울이었다.

집에서는 파티를 열기로 되어 있었다. 무신론자만 들어찬 우리 집에서 어떻게 해서 크리스마스 파티가 열리게 되었을까. 그것은 아폴로 십일 호가 달 착륙을 하는 날이 공휴일이 되는 이 동방예의지국 탓이거나, 비틀거리는 서울 탓이거나, 파티 추진위원장의 중임을 맡은 누이동생의 공로이리라. 어쨌든 우리는 파티를 준비했고 엄선을 다한 열두 명의 초대객으로부터 초청 수락의 전화까지 받아 놓았다. 이십 사 일 저녁이 서서히 다가왔다. 대통령 후보 지명전에서 승리한 정치가처럼 두 손을 흔들며, 신나게 놀아 주겠다는 결의를 번득이며 초대객들은 빠짐없이 대문을 넘어섰다. 파티는 막이 올랐다. 우리는 제 일부를 시작했다. 일부는 저녁 식사였다. 한국 사람, 아니 이럴 때는 조선 사람이라고 해야 실감이 난다. 우리들 조선 사람에게 있어서야 식사를 빼면 잔치가 되지 않으니까. 우리는 동서양 요리가 융화를 이룬 국적

불명의 식탁에서 열심히 지껄이고 웃고 먹었다. 식사가 무르익어 갈 때, 전화벨이 울렸다. 수화기를 든 동생이 오빠 전화, 여자야, 했다. 나는 전화를 바꿨다. 전 상희 친구 됩니다, 여기 병원인데요, 빨리 좀 오셨으면 합니다. 무슨 일인데요? 오시면 아실 거예요. 전 지금 바쁩니다. 바쁘시다고요? 네, 내일 가 보겠습니다. 뭐 이런 남자가 다 있어. 여자가 언성을 높이는가 하자 전화가 탁 끊겼다. 나는 자리로 돌아왔다. 그때 다시 벨이 울렸다. 내가 받았다. 죄송합니다, 그렇지만 지금 빨리 와 주세요. 지금 상희가…… 말끝이 흐려졌다. 뭐 이런 계집애가 다 있어, 라고 말하려던 나였는데 곧 가겠습니다, 하곤 수화기를 내려놓았다.

상희. 일 년째 병원에 있는 아이였다. 초급 대학을 졸업하고 회사를 나가던, 팝송을 기막히게 잘 부르던 아이였다. 수원에 집을 둔 그녀와 내가 만난 것은 처음부터 우연이었다. 사내놈들 다섯이서 수원에 딸기를 먹으러 간 적이 있었다. 돌아오는 버스에서 둘씩 둘씩 앉고 남은 내 옆에 앉음으로써 알게 된 여자. 삼십 년대 식의 만남이었다. 둘은 그럭저럭 이야기를 시작했다. '톰 존스'를 싫어한다는 데 동의했고 '헨리 맨시니'를 좋아한다는 데 합의했다. 저녁놀이 물든 창밖으로는 새로 마련된 주택 단지에서 집 짓는 일이 한창이었다. 상희가 말했다. 서양의 건축은 밑에서부터 벽돌을 쌓아 올려 마지막에 지붕을 만드는데 우리의 초가집들은 지붕을 만들고 벽을 바르거든요. 전 집에 오르내릴 때면 저것들을 보면서 어떤 생활의 도식을 생각하곤 해요. 하늘을 생각하고 사는 것과 땅을 생각하고 사는…….

여자가 생각이라는 것을 하다니. 서울 바닥을 기어 다니는 여자들— 옷을 입고 눈썹을 붙이기 위해서 사는 것만 같은 그들과 다를 게 없는 상희가 '생활의 도식'이라는 기묘한 말을 했을 때 나는 즐거웠다. 그 즐거움은 서울에서 내릴 때는 딸기가 남겨 준 신선한 용기의 후원을 받으며 나에게 상희의 손을 잡게 만들었다. 그러나 나는 상희의 비교론에 다시는 속지 않았다.

다만 동석했었다는 고마운 섭리 속에서 우리는 그렇게 만나고 쓰러졌고, 서로에게 준 상처를 보면서 이것이 사랑인지도 모른다는 생각을 했었다.

택시를 내려 병원으로, 병실로 나는 들어서고 있었다.

문을 열고 들어선 나는 상희가 나를 보고 있는 것으로 알았다. 그 큰 눈을 뜨고 양팔에 주사를 맞고 있는 그녀에게 다가갔다. 왜 그래, 상희. 그러나 모든 것이 다 잘못이었다. 전화를 받은 것도 달려온 것도 상희의 눈뜬 모습을 본 것도 다 잘못이었다. 마지막 우연이 오고 있었다. 상희는 눈을 뜬 것이 아니었다. 동공이 움직이질 않았다.

죽는구나, 하는 아찔함이 머리를 때렸다. 나는 그녀 앞에 앉았다. 순간순간 상희의 검은 눈동자는 조금씩 위로 움직여 눈꺼풀 속으로 잠겨 들어갔다. 그녀를 바라보면서 검은자위가 눈꺼풀에 잠겨가는 것과 같은 속도로 나는 자리를 옮겨 앉았다. 나는 그녀의 손을 잡았다. 초생달 만큼 검은자위를 남긴 채 그녀는 박자 없는 호흡을 시작했다. 턱을 쳐들며 숨을 쉬곤 겨우 내뿜었다. 그 간격이 점점 길어지고, 호흡을 계속할수록 상희의 머리는 뒤로 젖혀졌다. 마침내 으…… 하는 소리와 함께 무거운 숨을 들이쉬었다. 그 후의 정적은 그대로 영원이었다. 나는 상희가 호흡을 계속하기를 기다리며 아마 하느님, 하고 입속으로 중얼거린 것 같다. 그러나 그녀는 하얗게 눈을 뒤집은 채 움직일 줄 몰랐다.

그때, 바로 그때, 상희가 갑자기 그녀의 손을 쥔 내 손을 힘주어 잡았던 것이다. 나는 머리카락이 하나하나 뻗치며 온몸에 소름이 끼쳐 그녀를 잡았던 손을 벌레라도 뿌리치듯 흔들며 벌떡 일어났다. 그러나 그것은 상희가 내 손을 잡은 것이 아니었다. 우드득하고 뼈가 튕겨지는 소리를 내면서 그녀의 팔이 서서히 틀어지기 시작했다. 나도 모르게 고개를 돌렸다. 다시는 상희가 있는 쪽을 바라볼 수가 없었다. 고개를 돌린 채 가족들의 울음이 터지는 병실을 나왔다.

긴 복도를 걸었다. 불빛이 희미하게 어른거리는 나선 충계를 내려갔다. 언젠가 밤에 하산을 하다가 어둠 속에서 안기며, 내게 처음으로 사랑한다는 말을 들려준 여자. 나도 그때 사랑한다고 말했던가. 병동 정문에 켜진 수은등을 바라보았다. 그것은 끝없이 멀게만 느껴졌다. 나는 문득 파티를 생각했다. 웃음소리. 그것은 환한 불빛 속에서 들려오는 어둠이었다. 나는 밖으로 나왔다. 진실에서 고개를 돌려 가면서 언제까지 살아야 하나. 불빛 속을 헤매다가 나는 때때로 가슴 저 밑바닥에 울려 놓고 간 그녀의 웃음소리를 듣는다.

"형수님, 제 첫사랑 얘기할까요?"

나도 시계의 초점에 매달린다. 어느새 형수는 웃는 얼굴이 되어 있다.

"버스에서 알게 된 여자였죠. 두 번째 만나던 날 영활 보고 나서 차를 마셨죠. 여자가 말없이 앉아 있더니, 누굴 사랑해 봤어요? 하데요. 전연 못 해 봤다고 대답했죠. 그랬더니 자기도 연앨 못 했대요. 얼마를 그렇게 앉아 있더니 여자가, 우린 안 되겠군요, 첫사랑은 헤어지는 거래요, 하더군요."

"착한 여자네요. 그만큼 순수하기도 어렵지 않아요?" "순수가 아니라 실수죠. 흐흐흐."

"아니…… 무슨 웃음이 그래요."

나는 형수의 순수라는 말에서 숨겨진 음모를 보았다. 또 흐흐흐 하고 웃었다.

영시 교수님은 첫아기를 안고 아내와 함께 병원을 나올 때, 담요에 싸인 아기의 무게를 느낄 수 없어서 자기가 빈 담요를 안고 있는 것이 아님을 확인하듯이 몇 번이고 담요 자락을 헤치고 아기를 보았다고 했다. 그렇게 말씀하시며 교수님은 흐흐흐 하고 웃으셨다. 나는 그 웃음 때문에 하하하 웃고 말았지만, 그때 교수님의 표정에서 아 이 분은 순수가 무엇인지 알고 계시는구나…… 하는 감동을 느꼈었다.

누나가 죽은 날 밤에 나는 몰래 집을 빠져나왔다. 달이 뜨지 않은 캄캄한 밤이었다. 앞을 분간할 수 없는 길을 더듬거리며 갯가로 나왔다. 모래 위에 앉아서 나는 기다렸다. 차가운 바람이 목덜미로 허리로 기어들어 올 때마다 모래가 날아와 얼굴을 때리고 앞산에선 가랑잎이 흔들리는 소리가 서걱거리며 발자국처럼 다가왔다. 추위로 어금니가 딱딱거리고 온몸이 굳어질 때까지 나는 그렇게 앉아 기다리고 있었다.

아버지가 등불을 들고 내려오면서 내 이름을 불렀다. 어둠 속에서 등불은 한여름 밤의 반딧불처럼 이리저리 흔들리며 다가왔다. 밤이 깊어 내가 정신을 차렸을 때 아버지는 이마를 짚어 주며 물었다. 강가엔 왜 나갔었니?

"돌이 구르는 것을 보려구요."

그것은 내가 마지막으로 말한 순수가 아니었을까. 나는 때때로 순수라는 것을 생각하며 흐흐흐 웃어 버린다.

"쓴가 봐요."

"네?"

"담배 말예요."

"아, 네에."

나는 담배를 껐다.

"담배를 두 곽씩 가지고 다니는 친구가 있어요."

그놈은 언제나 두 종류의 담배를 가지고 다닌다. 하나는 최고급으로 하나는 최하급으로. 둘 다 구하기 쉽지 않은 담배다. 담배 하나를 달라고 하면 그놈은 언제나 최하 담배를 꺼내 준다. 그리고 자기는 유유히 최고급으로 꺼내 문다. 이놈이 집에 가서 저 혼자 있을 때 둘 중에서 어느 것을 피울지 생각하면 재미있다.

"글쎄요. 혹시 두 가지를 번갈아 피우진 않을까요?"

형수는 말하면서 웃었다. 그리고 고개를 숙였다. 입가에 졌던 주름이 엷게 제자리로 돌아오는 것을 나는 보았다. 왜 이렇게 늦어질까. 아침에 형은 분명히 약속하지 않았던가. 병원 건너 다방에서 기다리라고.

형수는 고개를 들고 목각을 집어 나에게로 내밀었다. "자, 선물."

"……"

"받아 두세요."

나는 그것을 받았다. 형수는 조금 흐린 눈으로 나를 바라보면서 말했다. "고마워요. 절 즐겁게 해 주려고 애쓰신 거 잘 알아요."

나는 어금니를 힘주어 물었다.

"전 아마 죽겠죠. 그러나 살고 싶어요. 현대 의학이라는 힘이 나를 다시 살게 해 주기를 간절히…… 간절히 바라고 있어요. 과학 문명이라는 것에 이렇게 모든 것을 걸기는 처음이에요."

아, 그래. 우리는 좀 전에 문명을 거슬러 올라감으로써 인간의 어떤 본질을 회복할 수 있으리라는 생각을 하지 않았던가. 그러나, 그러나.

"생각했어요. 죽음은 무엇일까…… 다시 생명이 주어진다면 더 열심히 살겠다는 아픔을 가지고 기다리는 것이라는 생각…… 그리고 아주 삭막한 하나의 사실이라는 생각도 했어요. 살아서 나오지 못할 병원으로 가면서 손톱 발톱까지 깨끗이 깎고 내의를 갈아입도록 인간을 약하게 만드는 것, 그것이 결국 죽음인가 봐요."

이제 그녀는 다 말했다. 지금부터의 시간을 어떻게 지내야 하나. 위로를 해야할 순서가 온 것인가.

"지금 이렇게 앉아 있으면서 제 한쪽이 무너지는 소리를 듣고 있어요. 만약 형님이 오지 않는다면 입원을 내일로 미룰 수도 있을거라는…… 기다리고 있으면서도 한편으론 오지 말았으면 하는 생각이 들어요. 형님이 끝내 오지 않는다면 저는 그것만으로도 저 병원엘 들어가지 않아도 될 테니까요."

그날 입원을 안 하고 집으로 돌아가서 까맣게 먹물이 스며드는 집안에서 오히려 웃음을 만들며 며칠을 지낸 그녀. 형이 없이 입원을 해도 될 것을 이렇게 기다리는 것도 시간을 조 금이라도 늦추어 보겠다는 생각에서였던가.

"우리 여길 나갑시다."

그리고 나는 계속하려 했다. 내일 입원을 합시다. 아니면 형이 오지 못할 곳으로 갑시다. 그때, 그녀가 일어섰다.

"네, 나가요. 저 혼자 입원을 하겠어요."

형수는 가만히 웃었다. 훗날 누가 천사의 미소를 보았느냐고 묻는다면 나는 보았다고 대답하리라.

우리들은 다방을 나왔다. 사월 마지막 날의 바람이 우리를 감싸고 새로 피어난 나뭇잎을 흔들며 지나갔다. 나는 천하대장군을 들고 서서 대학 병원이 유리창마다 햇빛을 받고 반짝거리는 것을 바라보았다.

우리는 횡단보도를 건너갔다.

• 한수산(36회) _ 강원도 인제 출생. 춘천고, 경희대 영문학과 졸업. 1968년 강원일보 신춘문예 「해빙기의 아침」 시 당선. 1972년 동아일보 신문문예 「사월의 끝」 소설 당선으로 등단. 주요 작품으로 소설 《해빙기의 아침》(1973), 《부초》(1977), 《4월의 끝》(1978), 《바다로 간 목마》(1978), 《욕망의 거리》(1981), 《밤에서 밤으로》(1984), 《거리의 악사》(1986), 《모래 위의 집》(1991), 《벚꽃도 사쿠라도 봄이면 핀다》(1995), 《말 탄 자는 지나가다》(1998) 등과 수필집 《젊은 나그네》(1978), 《저녁에는 그대여 아침을 꿈꾸어라》(1986), 《이 세상의 모든 아침》(1996), 산문집 《단순하게 조금 느리게》(2000) 등이 있음. 오늘의 작가상 녹원문학상, 현대문학상, 가톨릭문학상 등 수상. 세종대학교 국어국문학과 교수 역임.

춘천, 1965년

황원갑

"기차가 몇 시에 떠난다고 했지?"

여자가 물었다. 약간은 불안한 듯 조심스러운 말투였다.

"세 시 반…. 아직 이십 분 남았군."

"우리 잠깐 쉬었다 가면 안 될까?"

여자가 다시 눈치를 살피듯 물었다.

3학년 여름방학이었다. 둘이 함께 그의 집이 있는 춘천에 다니러 왔다가 다시 서울로 올라가는 길이었다.

춘천역 광장 옆의 낡은 건물 2층에 다방이 있었다. 낡은 건물만큼이나 실내 분위기도 우중충했고, 스피커에서 울려 나오는 여가수의 노랫소리도 비가 내리듯 잡음이 섞여 있었다. 두 사람이 자리에 앉자마자 아가씨가 다가와 주문을 받았다. 여자는 커피, 그는 위스키를 시켰다.

여자는 커피가 나오자 한두 모금 마시는 시늉만 하더니 그냥 내려놓았다.

그는 위스키를 단숨에 입에 털어 넣었다. 그리고 안주 대신 담배를 꺼내어 피우기 시작했다.

"나 많이 밉지? 귀찮지?"

여자가 조심스러운 눈길로 쳐다보며 입을 열었다.

"무슨 말을 하려는 거야?"

그가 마주 쳐다보자 여자는 눈길을 내리깔며 한층 줄어든 목소리로 대꾸했다.

"미안해. 이렇게 널 괴롭혀주고 싶지 않았는데…. 정말이지 얼마나 미안하고 괴로운지 모르겠어."

"이제 그만해 누나! 왜 자꾸 그런 말을 하는 거지? 이런다고 문제가 해결될 건 아니잖아?"

"하지만 난 두려워! 겁이 나서 죽겠어! 이러다가 언젠간 너한테 미움받고 버림받으리라고 생각하니 두렵고 불안해서 미칠 것만 같아!"

"바보 같은 생각이야. 그런 말 자꾸 하지 말아요."

"아니, 아냐! 네가 아무 말도 하지 않고 뭔가 혼자서 골똘히 생각에 잠겨 있는 모습을 보면 꼭 내가 귀찮아서, 날 버릴 궁리를 하는 게 아닌가싶거든. 아아, 나도 잘 모르겠어!"

"결코 그런 생각 한 적 없어. 절대로 그렇지 않아!"

그는 여종업원을 불러 위스키를 한 잔 더 시켜서 또 단숨에 삼켜버렸다. 그리고 다시 담배를 꺼내 불을 붙였다.

"너 정말 나 사랑해?"

"정말이지!"

"정말 나밖에 없지?"

소리 없는 웃음으로 대답을 대신하며 그는 생각했다. 아아, 이 여자가 나보다 네 살이나 많다는 사실이 아직도 믿어지지 않는군. 저 자그마한 몸집,

저 앳된 표정이며 맑고 고운 눈매…. 처음 만났을 때와 조금도 다름이 없어. 물론 달라진 게 있기는 하지만.

"누나 예뻐!"

"놀리지 마!"

"아냐, 누난 예뻐! 누나는 예쁘고 똑똑한 여자야."

"그래도 난 네가 미운 걸! 네가 날 사랑한다는 걸 잘 알면서도 날 또 이렇게 만들어 놓았다는 걸 생각하면 너무 밉고 밉고 미워!"

여자의 눈동자가 반짝 빛났다. 다음 순간, 눈망울에 맺혔던 맑은 구슬 몇 방울이 또르르 또르르 뺨을 타고 굴러 내렸다.

"조금만 참아 누나. 이제 곧 전처럼 돌아갈 텐데 뭐. 안 그래?"

"아유, 넌 그게 얼마나 아프고, 무서운지 알아? 넌 몰라서 그래. 그 기계, 그 끔찍한 기계만 생각하면 난 무서워서 죽을 것만 같아! 넌 그게 얼마나 지독하게 무서운지 상상도 못 할 거야. 나 이번에는 꼭 죽으려고 가는 것만 같아!"

그 지난해 여름에는 비가 많이 내렸다. 그날도 병원 2층 창가에서 내다보이는 바깥에는 비가 쏟아지고 있었다.

"얘, 사람이 죽은 뒤에도 이승에서 있었던 일들이 기억날까?"

그는 입을 꾹 다문 채 아무 대꾸도 하지 않았다.

"저기 말이야…"

여자가 다시 물었다.

"우리 애기도 죽으면 영원히 우주 공간을 떠돌까?"

그는 놀란 눈을 크게 뜨고 여자를 바라보았다.

"어쩌면 좋아? 나 애기 가졌나 봐. …그치만 너무 괴로워하지 마. 내가 알아서 할게. 내가 다 알아서 처리할게. 그 대신… 나 무서워서 그러니 같이 좀 가줄래? 무서워서 혼자는 못 가겠거든, 응?"

신설동 로터리 쪽에서 달려온 시내버스가 미아리고개 쪽으로 달려가고 있었다. 만원 버스 창문마다 삶에 지친 얼굴들이 가득했다.

"아악!"

그 순간 수술실 안에서 찢어지는 비명이 울려와 그의 머릿속을 강타했다.

"아파, 아파! 아악! 아버지!"

그 여자의 고통스러운 비명이 연거푸 울려 나왔다. 그는 귀를 틀어막고 싶었다. 그리고 느닷없이 홀어머니밖에 없는 여자가 어찌하여 아버지를 찾는단 말인가 하는 의문이 들었다.

여자의 아버지는 6.25 전쟁 때 납북되고, 어머니 혼자서 두 남매를 키워왔다. 여자의 남동생이 바로 그의 대학 동기요 친구였다. 물론 여자의 어머니도, 친구도 두 사람의 관계를 모르고 있었다.

되짚어 생각해봐도 이상한 일이었다. 지난해에 대학에 입학하여 그녀를 처음 만난 때에도, 그리고 한 해가 다 가도록 친구의 누나였지 여자로는 보지 않았는데 어느 날 느닷없이 여자로 보인 까닭이 무엇이었을까. 아무리 생각해봐도 알 수 없었다.

그들 두 남매와 스스럼없이 일 년 동안 잘도 지내왔는데, 어느 날 갑자기 사랑이 찾아왔던 것이다. 그녀와 동생은 돈암동에서 방 하나를 월세로 얻어 자취하고 있었다.

사건이 벌어진 것은 2학년이 되어 새 학기가 시작된 지 두어 달이 지난 무렵이었다. 어느 날 학교에 함께 가려고 그의 집을 찾아갔더니 친구는 이미 먼저 나가고 그녀만 혼자 방에 있었다.

이왕 늦은 거 커피나 한잔 얻어 마시고 가자고 방으로 들어갔다. 그리고 커피를 한 잔 마시면서 이런저런 이야기를 나누다가 그녀를 쳐다보았는데, 이게 어찌된 노릇인가. 지금까지 누나라고 부르고, 친누나처럼 생각해오던 여자가 갑자기 어여쁘고 사랑스러운 처녀로 보이는 게 아닌가!

"왜 갑자기 그런 눈으로 보니?"

그때 여자가 그렇게 말하면서 마주 쳐다보았는데, 그 눈은 이상한 기대와 흥분으로 빛나고 있었다.

"누나, 한 번 할까?"

"뭘?"

"한 번만 하자, 응?"

"뭘 말이니?"

"이거…."

하고 그는 여자에게 다가가 어깨를 껴안고 입을 맞췄다. 첫 입맞춤이었다. 서투른데다가 서두르다 보니 입술이 맞닿기 무섭게 앞니가 살짝 부딪쳐 가벼운 금속성이 울렸다.

짧고 재빠른 입맞춤이 끝났다. 급작스럽게 당한 황당한 입맞춤에 여자는 어쩔 바를 몰랐다. 어느새 얼굴이 빨갛게 달아올라 있었다.

그다음 날부터 일부러 등교 시간을 늦춰 그 집, 그 방으로 찾아갔다. 그렇게 하여 키스 실력이 날마다 늘어갔다. 그렇게 보름쯤 지난 뒤에 그녀가 그의 하숙집으로 찾아왔다. 강의가 없는 날이었다. 친구는 시골에 내려가고 혼자 있을 때였다.

그날 두 사람은 다른 것을 했다. 첫 키스처럼 그것도 두 사람에게는 색다른 첫 경험이었다. 그리고 미숙한 첫 경험이 임신을 불러왔던 것이다. 이제 겨우 스물네 살인 여자와 막 스무 살이 된 대학생인 두 젊은이에게 그 임신은 축복이 아니라 저주요 재앙이었다. 무엇보다도 태아에게 그랬다.

"아파, 아파! 배 아파!"

여자의 비명이 또다시 날카롭게 머리를 때렸다. 그는 반사적으로 수술실의 문을 두드렸다. 몇 차례 두드리자 문이 빼꼼히 열리더니 간호사가 머리만 쏙 내밀고 물었다.

"왜 그러세요?"

"아직 멀었나요? 저 여자가 죽는 게 아닌가요?"

그러자 간호사가 손으로 입을 가린 채 킥, 하고 웃더니 대답했다.

"조금만 더 기다리세요. 이제 다 끝나가니까요."

간호사는 동정심과 조롱기가 반씩 어린 묘한 미소를 짓더니 다시 문을 닫고 사라졌다.

대기실에 혼자 남은 그는 쉴 새 없이 떠남도 없고 닿음도 없는 발길을 옮기며 초조하게 서성댔다.

여자의 비명은 어느새 신음으로 변했고, 간헐적인 그 신음도 차츰 잦아들었다. 아아, 제기랄! 저 여자는 왜 그걸 참자 못하는 걸까? 무슨 까닭인가? 하지만, 다시 생각해보니 처녀의 임신이란 게 참을 수 있는 성격의 일이 아니기도 했다.

"끝났어요. 이젠 들어오셔도 돼요."

아까 그 간호사가 문을 열고 말했다. 그는 간호사의 말이 끝나기도 전에 안으로 들어갔다. 커튼으로 가려진 수술대 옆에 온돌시설이 있었고, 여자는 그 위에 이불에 덮인 채 누워 있었다.

"지금은 아무 말도 걸지 마세요. 마취에서 깨어나지 않았으니까요."

간호사가 주의를 주었다. 간호사는 비슷한 또래였지만 경험상으로 그가 이 일에서는 완전초보라는 점을 이미 간파하고 있었던 것이다. 하긴, 척 보면 대학생 차림이었으니까 그렇게 짐작할 수밖에 없었을 것이다.

"얼마나 오래 있어야 깨어나지요?"

완전초보답게 물었다.

"건강한 여성분은 삼십 분이나 한 시간, 약한 여성분은 두세 시간도 가지요."

그는 여자의 곁에 앉아 손부터 찾아서 잡았다. 작고 부드러운 손이 땀에 젖어 축축했다. 여자의 핏기 없는 핼쑥한 얼굴을 내려다보고 잇자니 무슨 말이든지 해야겠다는 생각이 들기도 했고, 또 다시 생각하니 무슨 말을 하든 아무 소용이 없으리라고 여겨지기도 했다. 사실 그런 때에는 무슨 말을 해도 아무 소용이 없는 법이다.

"이거 보시겠어요?"

간호사가 신문지에 싼 작은 뭉치를 들어 보이며 물었다. 저것이 뭔가 하고 잠시 생각하단 그는 그것이 무엇인지 이내 눈치 채고 고개를 가로저었다. 저 계집애가 사람을 아주 놀려먹고 있잖아! 그러자 간호사는 무표정한 얼굴로 신문에 싼 뭉치를 쓰레기통에 그냥 던져버렸다.

여자의 입에서 가냘픈 독백이 흘러나온 것이 그다음 순간이었다.

"엄마, 배 아파. 배 아파…. 엄마, 그이한테는 아무 잘못도 없어. 죄다 나 때문이야. 내 잘못이야. 엄마…. 우리 잘 살아야 할 텐데, …엄마, 살려줘! 응? 그이가. 우리 그이가 가잖아! 나 버리고 혼자 가잖아! 응? 나 그이 없으면 안 돼! 엄마, 엄마…"

여자의 독백이 띄엄띄엄 이어졌다. 그런데 그는 자신도 모르는 사이에 주머니에서 수첩과 만년필을 꺼내어 들었다. 그리고 여자의 독백을 받아 적기 시작했다. 그때 무슨 까닭에 그런 생각이 들었는지는 나중에 생각해봐도 알 수가 없었다.

여자의 혼잣말이 다시 들렸고, 그는 열심히 받아 적었다.

"아이, 미안하다고 했잖아! 다 내가 바보 같아서 이렇게 된 거라고 말이야. …그러니까 너무 괴로워하지 마, 응? …엄마, 우리 그이 참 잘 생겼지? 눈도 크고, 속눈썹도 긴 게 참 이쁘지? 엄마, 내가 잘못 했어…"

독백이 이어지는 동안 여자의 감은 눈에서도 하염없이 눈물이 흘러내렸다. 그 눈물을 닦아주다 보니 그의 손수건이 이내 흠뻑 젖고 말았다.

두 시간이 지나서야 여자는 마취에서 깨어났다.

눈을 뜨자마자 여자는 자신의 손을 꼭 잡은 채 말없이 눈물을 흘리고 있는 그를 쳐다보았다. 그는 이미 필기를 포기하고 수첩과 만년필을 주머니에 다시 집어넣고 있었다. 자책과 후회로 눈물을 참을 수 없었던 것이다.

곁에 그가 있는 모습을 보자 여자의 눈에 안도의 빛이 어렸다.

"미안해, 누나. …많이 아팠지?"

그가 말했다. 하지만 그건 바보 같은 소리였다. 대학생이 그때 할 수 있는 말이 그 정도였지만 어쨌든 바보스럽고 소용없는 소리였다. 여자는 가만히 고개를 저어 보였다. 그리고 잡은 손에 안간힘을 보탰다. 그녀의 눈동자는 여자의 온갖 복잡한 감정으로 촉촉하게 젖어 있었다.

여자의 어깨를 껴안은 채 산부인과 문을 나섰을 때 어두워진 하늘에서는 여전히 빗줄기가 쏟아지고 있었다.

"또 무슨 생각을 해?"

여자의 물음에 그는 고개를 들었다. 시계는 발차 5분 전을 가리키고 있었다.

"일어나요. 시간이 다 됐네."

다방을 나선 그들은 다시 역으로 돌아갔다. 주말이 아니어서 그런지, 남춘천역에서 타는 사람이 많아서 그런지 춘천역은 한산했다. 이별의 종착역은 아니지만, 어쨌거나 종착역답게 쓸쓸한 분위기였다. 시간이 다 되어가는데도 개찰을 하지 않는 것은 하행열차가 아직 도착하지 않았기 때문이었다.

열차표를 사는데 구내방송이 들렸다.

"당 역에서 알려드리는 말씀입니다. 십오 시 삼십 분 발 성북행 열차는 선로 사정으로 인하여 약 이십 분간 연발될 예정이오니 승객 여러분의 양해와 협조가 있으시기 바랍니다. 다시 한번 사과의 말씀을…"

그 순간 여자의 눈에서 가벼운 안도의 빛이 스쳐 지나가는 것을 그는 발견했다. 그 눈빛을 보니 가슴이 사정없이 뛰기 시작했다. 저 여자는 그걸 원하지 않는군.

"어떡할까? 다시 나가서 기다릴까요?"

"그래, 그게 좋겠다!"

기다렸다는 듯이 여자가 응했다.

춘천역 앞은 주한미군 유도탄부대였다. 큰길을 따라 이중 철조망이 길게 설치되어 있었다. 그 철조망 너머는 활주로였다.

"난 왜 또 죄를 져야만 하는 걸까?"

철조망을 따라 나란히 걸으면서 여자가 독백하듯 물었다. 대답을 두려워하는 듯 자신 없는 목소리였다.

"누나 혼자 짓는 죄는 아니지."

"아냐! 다 내 잘못이야! 내가 멍청해서 애기를 가졌고, 그 애기를 또 죽이려는 거야! 다 내 죄야! 내가 바보니까…"

"그만 멈춰요!"

"오오, 난 멈출 수 없어! 지난번에 우리 애기, 이쁜 우리 애기 죽였잖아? 오늘 또 죽이려는 거야! 우린… 난 왜 또 우리 애기를 죽여야만 하지? 응? 말 좀 해봐! 대답 좀 해보라구!"

자책감과 죄책감에 못이긴 여자의 목소리가 마침내 악에 받쳐 독기를 뿜었다.

"그래, 그래! 제기랄! 우린 왜 또 우리 아기를 죽이려는 거지?"

그도 마주 소리쳤다.

"무서워! 제발 내게 소리 지르지 마!"

여자의 목소리가 다시 잦아들었다.

"두려워! 두렵고 불안해서 미칠 것만 같아!"

"내가 이렇게 곁에 있잖아? 이렇게 곁에서 지켜주고 있잖아? 두려워하지 마. 나한텐 누나밖에 없어!"

"정말?"

여자의 눈빛이 다시 반짝 빛났다. 크게 뜬 그의 눈이 여자의 눈을 쏘아보고 있었다. 그의 눈빛은 처음 만났을 때, 남자로서 그를 만났을 때, 그의 입술과 그의 또 다른 그의 모든 것과 처음 만났을 때와 다름없이 번쩍번쩍 빛나고 있었다. 여자는 깊고 깊은 심연으로 가라앉는 듯했다.

"아아, 정말로 나만 사랑하는 거지?"

그리고 여자는 재빨리 이렇게 덧붙였다.

"그럼 키스해줄래?"

그리고 발걸음을 멈추고 고개를 든 채 눈을 감고 입술을 내밀었다. 그는 여자의 오무린 입술을 짧게, 그러나 진하게 빨아들였다. 그 순간 그는 느꼈다. 이제 다시는 여자를 데리고 병원에, 산부인과에 가고 싶지 않다는 사실을.

"아아, 난 도저히 못 가겠어!"

여자가 그의 가슴속을 들여다본 듯이 외쳤다.

"차라리 죽는 게 더 나아! 제발 나 좀 이해해줘, 응?"

철조망 너머에서 소총을 메고 보초를 서던 미군 병사 하나가 껌을 씹으며 그들을 바라보다가 눈길이 마주치자 환하게 웃으며 엄지손가락을 들어 보였다.

여자의 어깨를 안은 손에 힘을 주면서 말했다.

"돌아가요."

"어디로? 역으로?"

"아니, 우리 집으로."

"그럼 병원엔 가지 말아?"

그는 고개를 끄덕였다.

"정말?"

여자의 눈이 금세 커다래졌다. 근심과 의심이 어우러진 눈빛이 놀람과 기대로 바뀌었다.

그는 다시 한번 고개를 끄덕였다.

"아아, 고마워! 정말 고마워!"

그는 말없이 웃었다. 이건 공격인가, 방어인가. 아니, 그것은 아무 의미도 없는 자문이었다.

"저기 기차가 들어오네."

"그런 건 아무래도 마찬가지지!"

"그래! 기차 따위는 오거나 가거나 아무래도 좋아!"

지나가는 빈 택시를 잡아타고 다시 시내로 향했다.

"어디로 가실까요?"

택시기사가 물었다.

"시내로, 효자동 봉의초등학교 앞으로 갑시다."

그는 차창을 열고 담배를 피워 물었다. 그리고 왼손을 그녀의 허벅지에 올려놓았다. 뜻밖에도 기분이 좋아졌다. 그것은 천상의 말이 끄는 지상의 마차를 타고 달려가는 것 같았다.

여자는 남동생의 친구에서 연인이 된 남자의 손을 잡아 꼭 쥐었다. 마치 다시는 놓치지 않겠다는 의지를 보여주려는 듯했다.

춘천역에서 시내로 들어가려면 그사이에 길게 자리 잡은 미군 부대를 한참이나 돌아서 들어가야만 했다. 택시는 춘천역 앞에서 유턴하여 소양로 쪽으로 달려갔다.

"나중엔 어떻게 되든지 마음이 놓여!"

여자가 오랜만에 웃는 얼굴로 말했다.

"누나가 싫다고 할 때까지 곁에 있을 거야."

"정말이지?"

"맹세해도 좋아!"

"호호호호! 정말 듣기 좋네! 난 너밖에 없어! 너 두고 아무 데도 안 갈 거야! 아니, 못가!"

"지금은 우리 둘 다 그렇네! 그렇지?"

"그런 식으로 여운을 남기지 마! 또 불안해지려고 해. 우리 엄마도, 너네 부모님도 모두 우리 결혼을 반대하잖아?"

"흥! 그래도 앞으로 같이 살 사람이 우리 둘뿐인 걸!"

"아유, 미운 것! 아니, 이쁜 것!"

여자가 잠깐 흘겨보더니 그의 팔을 힘껏 꼬집었다.

그다음 순간이었다. 자동차가 끼익! 하고 날카로운 브레이크 파열음을 내며 돌아가더니 꽝! 하고 무엇인가와 충돌했다. 택시에 타고 있던 세 사람의 입에서 동시에 아악! 하고 비명이 터져 나왔다. 택시가 맞은편에서 달려오던 군용 트럭과 정면으로 충돌한 것이었다.

택시는 운전석까지 트럭 밑으로 들어가 납작하게 깔려버렸다.

눈앞이 보이지 않았다. 그는 본능적으로 어둡고 좁은 공간 속에서도 팔을 더듬어 여자를 찾았다. 모든 것이 어지럽게 빙빙 돌아가고 있었다. 그것은 마치 무서운 속도로 돌아가는 회전목마를 탄 것과 같았다. 희미한 빛 속에서 그는 보았다. 여자의 얼굴과 목과 가슴에 날카로운 유리와 쇠붙이 파편이 무수히 박혀 있었고, 그 상처마다 새빨간 피가 흘러내리고 있었다.

그다음에 혼돈이 찾아왔다.

그는 지옥의 말이 끄는 지상의 마차를 타고 사정없이 연옥을 향해 곤두박질치기 시작했다.

• **황원갑(36회)** _ 1945년 강원도 평창 출생 1964년 춘천고등학교 졸업(36회) 1966년 서라벌예술대학 문예창작과 졸업. 1982년 동아일보 신춘문예 당선. 1983년 신동아 복간기념 논픽션 당선. 1981~2002년 한국일보 기자, 서울경제신문 문화부장. 현재 한국소설가협회 중앙위원, 대한언론인회 회원. 소설집 〈비인간시대〉〈황혼의 분기점〉〈연수영〉〈불패〉〈풍운〉〈김삿갓〉 등. 역사 교양서 〈한국사 제왕열전〉〈한국사 여걸열전〉〈고승과 명찰〉〈한국사를 바꾼 리더십〉〈전쟁으로 읽는 한국사〉 등 20여 권.

달빛 소나타

이도행

하나

영주댁은 언제부턴가 마당가에 나와 서서 마을 앞 아득한 저쪽으로 쓸쓸한 눈길을 보냈다. 영주댁 가까이로 지난가을 유난히 탐스럽고 커다란 꽃을 가지마다 피웠던 해바라기 몇 그루가 아직도 앙상한 몸매를 드러낸 채 온몸을 봄바람에 흔들리며 서 있었고 그 밑에는 새로운 싹이 돋아나 어느새 어린아이만큼 자라 있었다. 영주댁은 겨우 내 지속된 이상 가뭄으로 거의 바닥을 드러낸 마을 저수지를 우회하여 56번 국도 쪽으로 길게 뻗어 나간 고갯길 너머에 흐린 눈길을 고정시킨 채 계속 침묵만 삼켰다. 나지막한 산과 산 사이로 끊어질 듯 아슬아슬 이어진 고갯길은 유난히 햇볕 바른 양지뜸을 지나 마을 사람들이 외지로 나가고 다시 돌아오는 유일무이의 통로인 56번 국도와 맞닥뜨렸다. 영주댁은 거리가 너무 아득해서 형체마저 희미한 국도변 간이정류소를 언뜻 젖은 눈길로 쓰다듬다가 마침내 눈길을 거두어들이며 자신도 모르게 긴 한숨을 토해 냈다. 아무리 마을 길 너머 국도를 뚫어져라 바라 보아도 속절없는 바람만 이따금 뿌얀 흙먼지를 일으키며 논두렁 저 쪽 가파른 산모퉁이를 황급히 돌아 나갈 뿐 버스는 좀처럼 나타나지 않았고, 어쩌다 모습을 드러낸 버스도 더욱 세찬 흙먼지만 하늘 가득 피워 올린 채 그대로 간이정류소를 통과하곤 했다. 영주댁의 마음은 누구보다도 삭막하고 황량한데 그렇기는 마을의 일년 논농사를 좌지우지하는 저수지도 매한가지였다.

지난 한식, 청명 때만 해도 마을은 잠시 사람 사는 것처럼 부산스러웠다. 일찌감치 고향을 떠나감으로써 어렵사리 자수성가의 길을 밟았던 아비어미의 뒤를 졸졸 따라온 아이들이 왁자하니 좁은 마을 고샅길을 아기 사슴처럼 휘저으며 뛰어다니고 겨우내 두껍게 얼어붙었던 얼음이 풀린 저수지 가에는 올챙이와 물방개를 잡는 아이들로 마치 잔칫집 마당 같지 않았던가. 헌데 지금은 마을 전체가 쥐 죽은 듯 고요할 뿐 어찌 된 일인지 그 많던 까치마저 한 마리도 눈에 띄지 않았다.

— 젠장맞을! 그 많던 까치눔덜이 모다 어디로 갔는가 몰러!

영주댁은 착 가라앉은 목소리로 혼잣말을 하다 말고 느릿느릿 흐린 눈길을 돌려 집 뒤껼 언덕배기의 감나무를 올려다보았다. 지난 늦겨울까지 빨갛게 익은 몇 개의 감을 대롱대롱 까치밥으로 매달고 있던 감나무는 어느새 새파란 이파리가 아기 손바닥 만 한 크기로 돋아났고 하얀 꽃이 이운 가지마다 도토리 알 만한 열매가 주렁주렁 열려 있었다. 이제는 완연한 봄이었다. 사실 까치밥은 추운 겨울날, 배고픈 까치가 날아와 앉아 맛있게 먹으라고 일부러 남겨 둔 것은 아니다. 정작은 늙고 힘에 부쳐서 따려고 해도 도저히 딸 수가 없었기 때문에 높은 가지 끝에 매달린 감을 그냥 내버려 두었을 뿐이었다. 그제는 영주댁의 예순세 번 째 생일이었다. 그러나 생일이라고는 해도 찾아올 사람 하나도 없는 영주댁은 아침밥도 먹는 둥 마는 둥 온종일 아랫목에 드러누워 소리 없이 눈물만 질금거렸다. 생각하면 생각할수록 스스로의 신세가 한스럽고 서럽기만 했다. 백일치성 끝에 어렵사리 난산으로 얻은 외동아들은 고등학교를 나와 한동안 농사일에 매달리는가 싶더니 그만 싫증이 났는가, 돌연 넓은 바다를 자유롭게 떠돌아다니는 뱃사람이 되겠다고 고집을 부렸다. 허나 고집이라면 마을에서 가장 윗길인 영감님이 외동아들의 그런 요구를 흔쾌히 들어줄 턱이 없었다.

— 죽으나 사나 농사꾼 자석은 그냥 농사나 짓구 사는겨. 내 말 알아들었능가. 내 앞에서 두 번 다시 그런 소리 허들 말어. 다리몽댕이를 몽창 분질러 놀 팅게!

부릅뜬 영감님의 눈매가 얼마나 무섭고 사나웠던지 아들은 두 번 다시 바다를 떠도는 뱃사람이 되겠다는 얘기는 입밖에도 꺼내 놓지 않았다. 헌데 사실은 그게 아니었다. 아들은 아들대로 은밀한 궁리와 세심한 요량이 있었던 듯 자꾸만 어딘가에 편지를 부치고 또 답장을 받고 그러더니 마침내 어느 날 새벽, 아침마다 저수지에 내습하던 하얀 물안개처럼 감쪽같이 종적을 감춘 것이었다.

— 이, 이 때려죽일 늠!

영감님은 너무너무 분해서 쥐약 먹은 강아지처럼 길길이 날뛰었지만 이미 엎질러진 물이었다. 아들과 함께 밭농사와 논농사의 절반 이상을 책임졌던 외양간의 누렁이마저 함께 행방불명되었으므로 영감님의 분노와 슬픔은 더더욱 컸다. 며칠 후, 읍내에 나갔던 영감님은 자신이 온갖 정성을 다해 기른 누렁이가 도축장으로 향하는 트럭에 실린 것을 발견하고는 그 길로 주점으로 달려가 쓴 소주를 목구멍까지 올라오도록 마구 퍼마신 뒤 엉망진창으로 취해 집으로 돌아왔다. 때마침 마을 청년 하나가 영감님을 발견하고 집으로 모셔 왔던 것이다. 영감님은 그 날부터 농사일을 접어두고 내내 술독에 빠져 살았다. 뿐만 아니었다. 영감님은 영주댁에게 아들에 관한 한 어떤 말도 하지 못하도록 함구령을 내렸다. 아들이 집을 나간 지 1년이 다 되어 가던 어느 날, 마침내 한 통의 편지가 날아왔다. 마침 영감님이 노모가 병이 든 이웃에 문병을 다녀 온다며 한 시간 전쯤 집을 비웠으므로 영주댁은 얼른 봉투를 뜯고 알맹이를 꺼내 읽어보았다. 아들이 라스팔마스인가 어딘가 하는 외국에서 보낸 편지였다. 아들은, 몸 성히 잘 있으니 아무 걱정도 하지 말라고 하고는 자주 편지할 테니 그리 알고 안녕히 계시라는 얘기와 함께 얼마인지 알 수 없는 외국돈을 편지에 동봉했다. 편지 말미엔 '추신' 으로 '이 논이면 제가 집을 떠날 때 팔아먹은 소를 다섯 마리도 넘게 살 수 있으니 그리 하십시오' 라고 적혀 있기는 했다. 그러나 영주댁은 영감님이 두려워서 아들이 보낸 편지와 돈을 얼른 장롱 깊숙이 꽁꽁 감추곤 시치미를 떼는 일에만 급급했다.

영감님의 몸이 점점 대꼬챙이처럼 말라 들어가고 있었다. 일체의 곡기를 끊고 허구헌 날 독주만 마셔 댔으니 어쩜 당연한 일인지도 몰랐다. 얼굴에 핏기가 가시고 입술이 새까맣게 변색됐지만 영주댁은 영감의 호통소리가 무서워 아무런 말도 할 수 없었다. 그런 영감님이 세상을 떠난 건, 가물에 콩 나듯 보내오던 아들의 편지가 뚝 끊어진 얼마 후의 일이었다. 영감님은 눈을 감기 전, 얼마 동안 내내 집 뒤꼍 감나무가 우뚝 솟아 있는 언덕배기에 올라 온종일 한숨을 내쉬고 들이쉬며 무정한 세월만 흘려보냈다. 거기 감나무 밑에 서서 바라보면 아들이 멱을 감고 고기를 잡던 마을 저수지와 외지로 통하는 관문인 마을 진입로가 빤히 내려다보였다.

— 에그, 잘 죽었지, 암, 잘 죽구말구!

영주댁은 기억에도 희미한 영감님의 얼굴을 불현듯 뇌리에 떠올렸다. 이듬해 가을, 저녁 무렵의 감나무 그림자가 머무는 곳에 한 평 땅 차지하고 누운 영감님의 사인死因은 지나친 음주 때문에 생긴 '간경화' 라는 병이라고 찾아간 병원의 젊은 의사가 말했지만 사실은 화병火病이었다는 걸 누구보다도 영주댁이 더 잘 알았다. 아들이 훌쩍 사라지고 만 뒤부터 농사일조차 깡그리 걷어치우고 내내 독한 소주만 벗하던 영감님의 유일한 위안거리는 감나무에 앉아 아침저녁으로 깍깍깍 울어대던 까치였다. 웬일인지 까치가 우는 날은 그토록 좋아하던 소주마저 멀리한 채 어둠이 두텁게 깔리도록 저수지 저쪽 마을길만 하염없이 내려다보곤 했다. 비록 말은 하지 않았어도 아들을 기다리는 것이 분명했다. 그러나 영감님은 끝내 아무 내색도 하지 않았고 그러기는 영주댁도 마찬가지였다. 온종일 감나무 밑에서 동구 밖을 내다보다가 쓸쓸히 집으로 돌아온 영감님은 밤새도록 무거운 침묵만 삼킨 채 평소보다 더욱 많은 술을 마시곤 했다. 영주댁은 모두 다 알고 있었다. 당신이 직접 입을 열어 말은 하지 않아도 눈이 짓무르도록 기다리고 또 기다린 건 바다가 좋아 바다로 간 아들이었다는 사실을…….

— 애구, 정말 마을이 텅 빈 것 같어!

영주댁이 혼잣말로 중얼거렸다. 그랬다. 지난 한식 때만 해도 마을엔 잠시 생기가 돌고 사람 사는 냄새가 물씬 풍겼었다. 철모르는 아이들은 쉽게 서로 친구가 되어서 나란히 어깨동무를 한 채 동네 고샅길을 구석구석 휩쓸며 돌아다니다 급기야는 저수지로 몰려가서 마을이 떠나가라 웃고 떠들며 한바탕 물놀이에 매달렸었다. 물론 무슨 날일수록 오히려 방안에만 칩거하는 영주댁의 눈에는 그런 모습이 보일 턱이 없었다. 그러나 마을 위의 하늘로 넓게 울려 퍼지는 아이들의 웃음소리 하나만으로도 영주댁은 아이들이 지금 무엇을 하며 저토록 즐겁게 놀고 있는지 충분히 그림을 그릴 수 있었다. 아주 어렸을 적의 아들은 유난히 장난이 심했다. 여름이면 숫제 저수지에서 살다시피 했다. 멱을 감고 고기를 잡다 지치면 콩서리를 했다. 한밤 중 마을의 소문난 자린고비네 참외밭을 친구들과 함께 습격했다가 붙잡혀 읍내 경찰서 유치장에서 사흘 밤을 지낸 적도 있지 않았던가. 겨울에도 아들은 저수지에서 살다시피 했다. 연줄을 끊어 먹는 연싸움은 아들을 당할 아이가 마을에 하나도 없었다. 어디 그 뿐이랴. 아들은 한 겨울에도 얼음을 깨고 저수지 속으로 자맥질해 들어가서 팔뚝보다 굵은 잉어며 붕어를 잡아 올렸다. 아들이 뱃사람이 된다고 집을 나가자 마을엔, 그렇게 되려고 유별나게 물을 좋아했는지 모른다는 해괴한 소문이 떠돌았다.

그때였다. 검은 그림자 하나가 스치듯 머리 위를 날아가고 있었다. 영주댁은 얼른 그 그림자를 흐린 시선으로 추적했다. 까치였다. 한 마리 까치가 어디선가 날아와 뒤꼍 감나무 가지에 올라앉더니 깍 깍 깍 요란스럽게 울기 시작했다. 며칠 전 울던 바로 그 까치인지도 몰랐다. 무슨 까닭인지 요즘은 까치가 잘 보이지 않았다. 영주댁은 썰물처럼 마을의 젊은이들이 빠져나가면서 까치마저 데려갔다고 생각했다. 그나저나 실로 오랜만에 들어보는 까치 울음소리가 너무나 귀에 반가웠다.

— 배가 고파서 우냐?

영주댁은 까치를 향해 속삭이듯 조용히 말하고는 다시 짓무른 눈길을 저수지 건너 마을길로 보냈다.

— ……?

영주댁은 갑자기 숨이 턱 막히는 것 같은 충격에 온몸을 떨었다. 국도에서 양지뜸을 지나 고갯길을 넘어온 마을길에, 아스라한 저녁 어스름을 발끝으로 밀어내며 누군가가 천천히 마을을 향해 걸어 들어오고 있었다.

—어어, 내 아들 종영이 아닌가벼...?

영주댁은 저도 모르게 입속말로 중얼거렸다. 그랬다. 눈물로 보낸 세월이 너무 까마득해서 아예 짓무른 눈에도 아직은 까마득 먼 길을 느릿느릿 걸어오는 그림자가 마치 자신의 손금을 들여다보듯 확실히 눈에 익었다.

둘

방문을 활짝 열고 가만히 밖을 내다보았다. 스무 평이 훨씬 넘는 마당가로 하얀 가을 국화가 군데군데 피어나 언뜻 보면 달밤의 소금무더기로 보였다. 간간 불어오는 소슬바람 탓인가, 뒤꼍 수수밭의 수숫대 서걱거리는 소리가 연신 귓구멍을 간지럽 태우고, 시린 달빛은 여전히 마당 가득 사태로 무너지고 있었다.

— 어느새 가을이 깊었나벼.

언년 씨는 담배 한 가치를 입에 물며 혼잣소리로 중얼거렸다. 그리고는 두서없이 낡은 팔각성냥에서 성냥개비 한 개를 꺼내 불을 붙였다. 쓸쓸하기 때문에 가을인지, 가을이기 때문에 쓸쓸한지 그런 건 아무래도 상관없었다. 마당 저쪽으로 은모래를 깔아놓은 것 같은 한 줄기 가느다란 곡선이, 여름내 지독한 가뭄을 이겨내고 그럭저럭 결실을 맺은 논두렁 사이로 구불구불 전진하다가 슬그머니 꼬리를 감춘 게 아득히 건너다 보였다. 큰길까지 연결된 길인데 그 길에도 서러운 달빛이 겹겹이 내려쌓이고 있었다. 언년 씨는 가슴 가득 깊숙이 담배연기를 빨아들였다가 한숨을 토해내듯 그렇게 길게 뿜어내며 조용히 처마 끝에 걸린 보름달로 시선을 가져갔다.

— 세상에, 밝기도 혀라. 이런 날 누가 밤길 갈 일이 있다고 저렇게 밝은고.

그러자 문득 10여 년 전 세상을 떠난 남편 얼굴이 슬그머니 뇌리에 살아올랐다. 지지리도 못난 남편이었다. 아니다. 못나기는커녕 너무 잘나서 평생 언년 씨의 가슴에 굵은 대못 하나를 박아놓았던 남편이었다. 인물만 훤한 것이 아니었다. 언년 씨와는 전혀 어울리지 않게 남편은 일본유학을 다녀온 인테리였으며 그런 사람답게 쓰디쓴 커피를 무척이나 좋아했다. 마치 역마살이 낀 사람처럼 남편이 객지로 떠돌기 시작한 건 언년 씨가 시집와서 겨우 다섯 해가 지났을 무렵이었다. 아무리 기다려도 아이는 생기지 않았고 그게 무안했던지 언년 씨가 사내처럼 거칠고 힘든 들일에만 몰두하자 어느 날 문득, 남편은 온다간다 말 한마디 남기지 않고 집을 나갔다가 서너 달 후에야 불쑥 나타났다. 언년 씨는 남편에게 대체 어디를 다녀오느냐고 묻지 않았다. 많이 배운 만큼 매사에 바른 처세를 하는 남편이었으므로 반가운 미소마저 일부러 감춘 채 풍성한 저녁상을 차렸고 그리고는 소리 없이 물을 데워 정성스레 몸을 씻었다. 남편이 다시 집을 떠난 건 그렇게 돌아와서 두어 달 침묵으로 칩거한 뒤의 일이었다. 부지런히 들일을 마치고 흙 묻은 손을 치맛단에 닦아내며 마당 안으로 들어서자 마침 남편이 세비로 양복에 나까오리 모자까지 받쳐 쓰고는 대청을 내려서고 있었다. 언년 씨는 가슴이 덜컹했지만 그윽한 눈길로 남편을 바라보기만 했고, 휘적휘적 마당을 빠져나가며 남편이 언년 씨에게 말했다.

— 나, 겨울이 오기 전에 돌아오리다.

언년 씨는 점점 멀어지는 남편의 뒷모습을 향해 공손히 머리만 숙였을 뿐이다. 그러나 겨울이 오기 전에 돌아온다던 남편은 겨울이 가고 봄이 돌아와 온갖 꽃이 다 피어나는데도 종내 소식 한 장 없다가 벼이삭이 한창 팰 무렵에야 한 길 너비의 농로農路로 가득가득 퍼부어지던 달빛을 온몸으로 받으며 불현듯 나타났다. 이번에도 언년 씨는 남편이 어디서 무얼 하다가 돌아왔는지 단 한 마디도 묻지 않았고 대신 오히려 더욱 맛깔스런 저녁상을 차렸으며 그리고는 가마솥에 불을 지펴 골고루 몸을 씻었을 뿐이었다. 얼굴이 어린애 주먹만큼 작고 살색이 유난히 하얀 여자를 데리고 남편이 나타난 건 세 번째 귀가歸家 때였다. 남편은 뭐가 그토록 못마땅했는지 잔뜩 화난 표정으로 여자를 데리고 안방으로 들어갔고 대뜸 저녁상부터 차려오라고 냅다 소리를 질러댔다.

언년 씨는 남편의 명령에 고분고분 따랐다. 여자 손님까지 함께 왔으므로 씨암탉을 잡고 달걀찜을 하는 등 이번에는 더더욱 정성스럽게 저녁상을 차려냈다. 다만 그 날 밤만은, 가마솥에 물을 데워 몸을 씻지 않았고 남편과 젊은 여자에게 안방을 내준 채 임시 곡간으로 사용하던 낡은 건넌방에서 새우잠을 잤을 뿐이다. 남편이 다시 집을 나간 건 그로부터 3년 후의 일이었다. 그리고 이미 그 때는 남편을 따라온 젊은 여자에게서 잘 생긴 사내아이 하나가 태어나 있었다. 언년 씨는 그래도 늘 행복했다. 어른들만 살고 있어서 언제나 적막하고 황량하던 집안에 우렁찬 사내아이 울음소리가 들리자 제법 활기가 맴돌았고, 백옥처럼 하얗게 삶아서 빨랫줄에 넌 기저귀는 보통학교 시절 운동회에서 가슴 설레며 바라다본 만국기보다 훨씬 더 보기 좋았다. 그랬다. 언년 씨는 네 식구가 같이 살 때에도 남편의 새 여자가 낳은 아이를 친자식처럼 손수 키웠고 밤에도 자신이 데리고 잠을 잤다. 아이가 고뿔이라도 걸려 보채면 당장 읍내 한의원으로 달려갔으며 열이 내려 새근새근 잠이 들어야만 비로소 자신도 눈을 감았다. 무슨 영문인지 남편의 새 여자가 먼저 집을 나갔고 약속이나 한 듯 남편도 행방을 감추었지만 언년 씨는 크게 동요하지 않았다. 아이 이름은 윤태호尹兌濠였지만 어릴 때엔 천하게 불러야 잔병치레 없이 잘 자란다고 해서 숫제 '쇠똥이' 라고 불렀다. 그 쇠똥이가 일곱 살이 되던 해 훌쩍 저 세상으로 떠날 줄은 정말 전혀 짐작조차 하지 못했었다. 어느새 학교에 갈 나이가 되었으므로 시장에 곡식을 내다주고 새 옷과 신발과 가죽으로 된 란도셀을 대신 팔아오던 바로 그 날이었다. 선물을 받아들고 함박꽃처럼 환히 웃을 쇠똥이를 생각하면 저절로 신이 나서 아예 발이 허공에 둥실 떠가듯 발걸음이 자꾸만 빨라졌었다. 마을 뒷산으로 활활 불타는 석양이 걸린 것이 저만큼 보일 때였다. 무슨 일인가, 사람들이 저수지가 있는 쪽으로 한꺼번에 달음박질하는 모습이 눈에 띄었다.

— ……?

언년 씨는 두 눈을 있는 힘껏 크게 뜨며 갑자기 가슴이 철렁했다. 아무래도 느낌이 좋지 않았다. 불길한 예감이 빠른 속도로 뇌리를 스쳐 지나갔다. 허겁지겁 동구를 지나 마을 안으로 들어섰을 때, 밤나무 집 마름이 마주 달려오며 언년 씨에게 소리쳤다.

— 쇠똥이가, 쇠똥이가 저수지에 빠졌어요!

— 우리 쇠똥이가 저수지에…?

— 그것 내게 주고 어서 저수지로 가 보세요!

도대체 어떻게 저수지까지 뛰어갔는지 몰랐다. 빙 둘러 선 사람들 틈을 비집고 아직도 눈에 젖어 누워 있는 쇠똥이를 끌어안았을 때 이미 쇠똥이의 숨은 끊어진지 오래였다. 언년 씨는 너무 갑작스런 일이어서 서럽게 울지도 못하고 무작정 쇠똥이의 몸뚱이만 흔들어대다가 그대로 혼절을 하고 말았다. 그 다음은 하나도 기억나는 것이 없었다. 쇠똥이를 마을 뒷산에 묻고 돌아와서도 한동안 곡기穀氣를 끊고 지내다가 텃밭의 마늘과 생강이 벌겋게 말라죽어 가는 모습을 발견한 다음에야 문득 정신을 차리고 호미를 찾았다. 자식은 산에 묻는 것이 아니라 어미의 가슴에 묻는다던가. 그렇게 쇠똥이를 보내고 반쯤 넋 나간 사람처럼 10여년를 더 살아냈을 때 새 여자를 쫓아갔던 남편이 거짓말처럼 돌아왔고 그리고는 곧장 자리보전을 하고 드러누워 시름시름 3년여를 앓다가 잠을 자듯 조용히 눈을 감았다.

그게 벌써 20년 저쪽의 일이었다. 바람이 차츰 강해지는가, 뒤꼍 수수밭의 수숫대가 한층 더 요란스레 서걱거리고 달빛 또한 깊은 산골의 시린 샘물처럼 더욱 맑고 투명했다. 바로 그 때였다. 언년 씨는 잘못 보았나 싶어 눈두덩을 사납게 문지르며 목을 길게 뽑아 마당 끝 농로 쪽으로 내밀었다. 희미한 사람 그림자가 하나 가만가만 다가오고 있었다. 언년 씨는 자신도 모르게 자리에서 일어나 대청으로 걸어나갔고 그리고는 고무신을 찾아 발에 꿰며 부지불식간에 마당으로 내려섰다.

— 거 대체 누구시우?

언년 씨가 놀란 목소리로 묻자 주춤거리며 검은 그림자가 대답했다.

— 저어, 형님, 저예요!

— 저라니? 도대체 누가 나더러 형님이라고 그러는 거여?

— 제가 바로 쇠똥이 어밉니다. 형님!

— 아니 뭐여…? 이게 대체 누구여?

언년 씨는 바람처럼 앞으로 달려나갔다. 그리고는 무슨 고질병을 앓고 있는지 당장이라도 땅바닥으로 무너져 내릴 것 같은 쇠똥이의 생모를 안아 부축했다. 무정한 세월 때문인가, 여자의 몸이 새털보다 더 가벼웠다.

언년 씨가 말했다.

— 아이구 아우님, 정말 잘 돌아왔구먼. 그동안 내가 얼마나 아우님을 기둘렸는지 알기나 한겨?

셋

"정말 내가 오긴 왔군…!"

경석 씨는 이렇게 입속말을 중얼거리며, 새삼 고향에 돌아왔다는 사실을 확인해 보았다. 감격은 당연지사였다. 전신에 뜨거운 희열과 환희의 물살이 퍼져 오르고 있었다.

이윽고 그는 언덕에서 일어났다. 그러나 곧 바로 언덕 아래 펼쳐진 마을로 발걸음을 옮기지는 않았다. 조용히 선 채로 뒷짐을 지고 시야에 잡히는 조그마한 마을을 오래도록 내려다보았다.

사십여 가호가 옹기종기 동그랗게 모여 앉은 마을과, 동쪽으로는 소양강으로 휘어 닿는 실개천이 아직도 옛 모습 그대로 흐르고 있었다. 남아있는 것은 그것뿐이 아니었다. 마을 중앙에 위치한 당집과 당나무도 그대로였다. 수많은 세월을 마을의 수호신으로 숭앙 받으며 푸른 하늘을 향해 가지를 뻗던 느티나무지만 지금 그 당나무는 여기저기 가지가 말라버린 고목으로 변해 있어서 약간 보기가 초라했다.

달라진 것은 또 있었다.

40여 년 전 그때만 해도 마을에는 기와집이 꼭 한 채 뿐이었다. 산자락에 기대어 마을 깊숙이 들어앉은, 마을 유일의 기와집 주인은 2백 두락도 넘는 논농사를 지으며 과수원까지 경영하던 최 진사였다. 항시 한복차림에 허연 수염을 휘날리며 마을의 대소사를 맡아 주관하던 최 진사….

그러나 지금은 모든 집들이 기와나 슬레이트를 지붕에 얹고 있어서 그 많던 초가집은 보려고 해도 볼 수가 없었다.

"옛말 그른 것 하나두 없지. 강산은 안 변한다구!"

경석 씨는 또 한 번 이렇게 중얼거리고는 천천히 언덕길을 걸어 내려가기 시작했다. 얼마를 내려가자 커다란 바위가 하나 나타나고 그 아래 샘이 보였다.

"아, 저 샘이 아직도?"

그는 짧게 감탄했다. 짭쪼롬한 흥분이 온몸을 휘감아왔다. 한여름에도 맑고 시원한 물이 퐁퐁 솟아나던 샘이었다. 손을 담그면 뼛속까지 저려올 만큼 물이 차서 마을 사람들은 이 샘물을 길어다 뜨거운 여름을 식히곤 했다. 유난히 많은 최 진사네 식솔들을 위해 그 또한 얼마나 많은 물을 길어 날랐던가.

가슴을 설레며 다가간 경석 씨는그러나 쯧쯧 혀를 찼다. 샘은 옛 모습이 아니었다. 물이끼가 새파란 바위틈에서 쉴 새 없이 퐁퐁 솟아나던 샘물은 여기저기 시멘트가 발라졌고 고여 있는 샘물 밑바닥에는 녹슨 깡통과 깨어진 병 조각이 낙엽과 더불어 가라앉아 있을 뿐이었다. 도저히 마실 수가 없는, 지금은 버려진 샘이 아닌가.

경석 씨는 매우 섭섭한 마음이 되어 샘가를 떠났다. 그리고는 하늘을 한 번 올려다보았다. 새털구름 몇 송이가 한가롭게 떠 있는 가을하늘에 아까는 보이지 않던 솔개 한 마리가 날고 있었다.

"'소리개'라고 했지, 아마 저 놈은?"

그랬다. 그때는 솔개를 '소리개'라고 불렀다. 눈이 너무 밝아서 십 리 구름 밖 하늘 위에서도 땅위의 들쥐 한 마리를 찾아낼 수 있다던 소리개. 그 솔개가 날개를 활짝 편 채로 정물처럼 하늘 한 곳에 정지해 있다가 천천히 유연한 포물선을 그리며 언덕 너머로 사라져갔다.

다시 경석 씨는 걸음을 옮겨 놓으며 까맣게 잊혀졌던, 반세기도 넘는 아득한 기억 저편의 어느 하루를 떠올렸다.

그날은 아마 이른 봄이었을 게다.

어머니는 최 진사네 논으로 모판 고르는 일을 나가고 그는 뒷산 잔디밭에 누워서 호드기를 불고 있었다. 바람은 아직 맵고 날카로웠으나 양지쪽에 내리는 햇살은 더 없이 따뜻했다. 저만치에는 최 진사네 황소 네 마리가 꼬리로 파리를 쫓으며 마른 잔디를 뜯거나 풀밭에 앉아서 되새김질을 하고 있었다.

경석이는 3년 전 일본으로 징용 간 아버지의 얼굴을 떠올려보았다.

쌀가마니를 공깃돌 다루듯 할 만큼 힘이 세셨던 아버지. 그리고 그 힘만큼 마음도 좋으셨던 아버지였다. 농주 한 잔을 걸치시고는 연신 흥타령을 입속에 굴리며 뾰죽뾰죽 돋아난 수염을 경석이의 볼에 마냥 문질러서 질색을 하곤 했는데… 그러나 웬 일인지 아버지의 얼굴은 윤곽만 희미할 뿐 잘 생각나지 않았다.

아버지가 떠난 후 어머니는 최 진사네서 빈 다섯 두락의 논을 반환했다. 경석이는 아직 어렸으므로 여자 혼자 힘으로는 도저히 소작을 부칠 수가 없

었던 것이다. 논을 돌려 준 어머니는 그 대신 최 진사집의 온갖 궂은일 마른
일을 도맡아 거들어주며 두 입의 풀칠을 해결했다.

경석이는 잔디밭에서 상체를 일으켰다.

마을을 내려다보았다. 마을은 텅텅 비어 있었다. 모두들 논이나 밭으로 나
갔기 때문이었다. 경석이는 마을 앞쪽 최 진사네 논배미께로 시선을 보냈다.

한 떼의 어른들이 논두렁에 모여 앉아 새참을 먹고 있었다. 거기 어머니도
있을 터였다. 허나 검정 몸뻬에 흰 저고리를 입은 어머니는 어디 앉아 있는
지 통 분간할 수가 없었다. 너무나 거리가 멀었던 것이다.

경석이는 눈길을 돌려 최 진사네 집을 내려다보았다.

커다란 'ㄷ자' 기와집, 그 집과 조금 떨어져 사랑채가 있고 담장으로 이어
진 대문을 나서면 매우 넓은 바깥마당이 있었다. 바깥마당에는 온갖 진기한
꽃나무와 과수가 가득했다.

"옥희가?"

최 진사의 손녀딸 옥희가 바깥마당에서 깡총깡총 뛰어놀고 있었다. 그리
고 옥희 옆에는 씨암탉 한 마리가 방금 알에서 깨어난 노란 병아리들을 데
리고 낟알을 찾아 이리저리 땅을 파헤치는 것이 보였다.

옥희. 경석이보다 두 살 아래인 옥희는 최 진사의 사랑을 독차지하는 보
배 같은 존재였다. 손이 귀한 최 진사네 고명아들인 옥희 아버지는 일본에
산다고 했다. 최 진사의 강요로 마음에도 없는 결혼을 하고는 옥희 하나만
을 낳은 채 공부를 핑계삼아 일본으로 건너가 일본 여자와 결혼했다는 소문
이 몰래 마을 사람들 입에 떠돌았다.

일본 여자만은 도저히 며느리로 맞을 수 없다는 최 진사의 강경하고 완고
한 고집 때문에 지금은 거의 부자지간 인연을 끊은 상태였다. 듣기로는 이
미 재산의 일부를 잘라 처분한 돈과 함께 호적마저 갈라서 일본으로 보낸지
오래라고도 했다.

생각하면 불쌍한 계집애였다.

남편에게 버림받고 졸지에 청상과부 꼴이 된 옥희 어머니는 열도 훨씬 넘는 시누이들의 감시와 속박 속에 웃음을 잃고 살다가 옥희가 다섯 살이 될 무렵 당나무에 목을 매달았다. 한 씨로만 불리던 최 진사네 마름과 정분이 났다는 애매한 소문이 퍼진 뒤끝이었다.

"불쌍한 것"

최 진사는 옥희를 볼 때마다 눈이 침침해져서 어지러워 했다. 옥희에게 무엇이건 아끼는 것이 없었다.

얼굴이 희고 맑은 데다 용모가 수려한 아버지의 피를 물려받은 탓인지 옥희는 이목구비가 또렷했다. 게다가 당시 도회지의 상류사회에서만 유행하는 최고급의 옷감으로 곱게 치장하고 길게 댕기까지 늘인 모습은 경석이가 보기에도 정말 눈부시게 아름다웠다.

그 옥희가 바깥마당을 깨금발로 깡총깡총 뛰어다니는 것으로 보아 아마도 사방치기를 하고 있는 모양이었다. 경석이는 자기도 모르게 희미한 미소를 입술에 적셔 올라며 눈을 들어 하늘을 바라보았다. 거기 뭉게구름 속에 솔개 한 마리가 떠서 하나의 검은 점처럼 박혀 있었다.

바로 그 순간이었다. 일체의 동작을 중지한 채 정물처럼 떠 있던 솔개가 돌연 지상을 향해 곤두박질을 치는 게 아닌가. 솔개는 최 진사네 바깥마당을 향해 무서운 속도로 떨어져 갔다. 암탉이나 병아리를? 그런데 이게 웬일인가. 갑자기 허공을 휘어잡으며 옥희가 마당으로 나동그라지고 있었다.

아아악. 옥희의 비명소리였다. 물론 거기서 이곳 언덕까지는 거리가 있는 관계로 옥희의 비명소리가 아무리 큰들 들릴 턱이 없었다. 허나 그는 분명히 옥희의 그 숨막히는 비명소리를 들었다. 암탉이나 병아리를 노리고 급강하하던 솔개가 엉뚱하게도 옥회에게 덤벼들었던 것이다. 솔개로서는 옥희가 의외의 방해자로 생각되었을 것이며 또 덩치가 조그만 어린애였기 때문에 공격이 가능했을 것이었다.

경석이는 구르듯 언덕을 뛰어 내려갔다. 단숨에 경석이가 최 진사네 바깥 마당으로 뛰어들었을 때는, 이미 솔개는 사라진 뒤였다. 땅바닥에 쓰러진 옥희는 왼쪽 눈을 비롯한 목덜미며 얼굴에 깊은 상처를 입은 채 혼절해 있었다.

그날부터 옥희는 짝눈이었다. 어떤 용한 의원도 동공이 깨진 옥회의 시력을 원상으로 회복시키지는 못했다.

"지금 살았다면 환갑이 되어 오겠군"

경석 씨는 까마득 잊혀졌던 추억의 늪에서 헤어 나왔다.

마을은 빈집 같았다. 모두들 논이나 밭으로 가을걷이를 나갔을 것이었다. 언덕에서와는 달리 마을은 엄청나게 변해 있었다. 통나무로 기둥을 세우고 흙벽에 회분을 쳤던 초가집 대신에 번듯한 개량주택이 들어서 있었다.

경석 씨는 40여 년 전의 기억을 되살리며 낯익은 것들을 찾아 골목길을 헤집었다. 그러자 빈 집을 지키고 있던 마을의 개들이 일제히 몰려나와 낯선 이방인을 경계의 눈초리로 쏘아보며 마냥 짖어댔다.

아득한 옛날 자신이 살던 집을 찾아보았다. 허나 그 자리는 텃밭으로 바뀌어서 흔적도 남아있지 않았다. 굶기를 밥 먹듯 어려운 시절이었다. 최 진사네에 얹혀 더부살이를 하던 경석이와 어머니는 해방이 된 이태 후, 결국은 마을을 떠났다. 아무리 기다려도 징용 간 아버지가 돌아오지 않았을 뿐 아니라 믿었던 최 진사도 끝내 세상을 떴기 때문이었다. 그들이 언덕을 넘어서 타관객지로 부초 같은 삶을 찾아 떠나던 날, 옥희는 마당가에 나와 서서 오랫동안 움직이질 않았다.

비록 한쪽 눈은 잃었지만 그래도 제법 처녀티가 나던 옥희. 그 옥희가 경석이네의 탈향을 제일 슬퍼했다. 그러나 지금까지와는 달리 할아버지가 세상을 떠나고 성질 괴팍한 큰 고모부 밑에서 눈칫밥을 먹어야 하는 옥희로서는 어쩔 도리가 없었다.

문득 경석 씨는 일찍 세상을 떠난 어머니와 3일 전 한 평 땅속에 묻힌 아내를 생각했다. 그렇게도 고향 마을을 못 잊어하던 어머니는 그가 장가드는 것도 보지 못하고 차마 감기지 않는 눈을 감으셨다. 불쌍한 어머니… 아내도 마찬가지였다. 온갖 환난 끝에 두 아들과 세 딸을 키워 분가를 시키고 이제 마음 편히 사나 했더니, 그만 눈을 감았다. 암이란 병이 느닷없이 들이닥친 것이었다.

아내를 묻고 제일 마지막으로 코스모스가 흐드러지게 핀 산길을 내려오면서 경석 씨는 고향을 생각했다. 그리고는 40여 년 까마득 잊고 살았던 고향을 찾기로 결심을 굳혔던 것이다.

"몹쓸 사람, 저 혼자 먼저 가다니!"

경석 씨는 한숨을 섞어 이렇게 중얼거리며 최 진사네가 살던 집 쪽으로 발길을 옮겼다. 세월 탓인가, 최 진사네 기와집도 깡그리 헐리고 그 자리에는 대신 슬라브 건물이 하나 서 있었다. 역시 고즈넉하기는 매한가지였다.

경석 씨는 마당으로 들어서며 주인을 불러보았다.

"누구 아무도 안 계십니까?"

그러나 대답은 없었다. 그럴 테지. 마음 고약한 고모부가 그 많은 재산을 고스란히 놔뒀을 리가 없지.

옥희가 솔개에 눈을 잃던 그 날의 그 마당가에서 한참이나 허공을 바라보고 섰던 경석 씨는 텅 빈 가슴으로 쏴아쏴아 불어오는 쓸쓸한 바람소리를 들으며 조용히 몸을 돌렸다. 마을을 가로질러 동쪽의 실개천으로 향했다. 예전에는 없던 길이 실개천을 끼고 소양강을 향해 곧게 뻗어 있었다.

강은 가까웠다. 실개천에 다달은 경석 씨는 옛날 징검다리를 건너 다시 걷기 시작했다. 낯선 신작로를 따라 한참을 걸어가자 개천 건너편 마른논에서 떨어진 벼이삭을 줍고 있는 한 할머니를 발견했다.

"할머니, 말 좀 물읍시다!"

"……"

수건을 동이고 머리를 숙였던 할머니가 허리를 폈다.

"버스가 다니는 찻길이 이리로 가면 나옵니까?"

"그렇다우."

"여기서 아주 먼가요?"

"멀기는... 이 개천이 강과 만나는 곳이라우. 조금만 더 걸어가시우."

할머니는 그리고 다시 허리를 굽혔다. 그러더니 곧 고개를 돌려 느릿느릿 멀어져가는 낯선 늙은이의 뒷모습을 바라보며 이렇게 중얼거렸다.

"웬 사람인구? 우리 마을 사람은 아닌 모양인데?"

그런 할머니의 오른쪽 눈에 붉은 노을이 하나 가득 활활 불붙고 있었다. 할머니의 왼쪽 눈은 굳게 감겨 있었다.

"벌써 시간이 이렇게 되었나?"

경석 씨는 걸어가면서 하늘가에 타오르고 있는 황혼을 바라보았다.

• **이도행(37회)** _ 1969년 강원일보 신춘문예에 소설 당선으로 문단 데뷔. 장편소설 〈잊으려는 순간에서 잊는 순간까지〉 〈잃어버린 시간에 대한 잿빛 기억(전3권)〉 〈흔적〉 〈문밖의 문〉 〈맞선(꽁트집)〉 〈태풍의 눈 (전3권)〉 등. 소설집으로 〈봄내춘천 옛사랑〉 〈봄내춘천 그리움〉이 있음.

금복이네 집

최종남

금복 아버지는 오랜만에 나타난 나를 만나자마자 눈부터 웃으며 손을 내밀었다. 옛날이나 지금이나 아는 사람을 대면하게 되면 눈이 먼저 웃고 이어서 입을 여는 버릇은 여전했다. 마을 주민들은 물론이고 그를 찾아온 초면의 방문객은 눈주름이 살짝 잡힌 눈으로 먼저 웃으며 상대방의 질문에 낮은 목소리로 응답하는 친밀감 때문에 이내 마음을 편하게 가지게 된다고 했다.

세상에서 가장 어진 눈을 가진 사람이 바로 금복 아버지가 아닐까, 하고 생각을 해 볼 때도 있었다.

오랜 만에 나타난 내 얼굴을 바라보며 변함없이 그의 눈이 먼저 웃으며 말을 걸었다. 나이 먹은 탓인지 눈주름이 더 많아진 눈매였지만.

"노는 사람이 더 바쁘다고 아우님도 그런 모양이지?"

"그러게요. 할 일없이 일과를 보낸다는 게, 아직 적응이 되질 않아서요."

"아무렴, 그럴 테지."

신동단위농협에서 집유차를 몰고 관내 젖소농가를 찾아다니며 집유통을 거둬다 집유탱크가 설치된 후평농공단지까지 운반하는 일을 30년 가깝게 했다. 지난 6월 퇴직을 하고 여름이 끝나갈 무렵에야 하루도 쉬지 않고 들리던 근무지 마을에 얼굴을 내밀었다. 먼저 들린 곳이 안말 입구에 있는 금복 아버지 유춘영 전 이장네 집이었다.

"신 기사, 이젠 신 기사가 아니라 그냥 아우님으로 부르지 뭐. 아우님이 우리 동네를 떠난 지가 10년은 됐나?"

"아우님이 아니라 그냥 아우, 이렇게 불러 주시는 게 더 편해요. 이장님."

"아 글세, 이장님이 아니라 그냥 금복 아버지."

둘이 한바탕 웃고 나서 나는 금복 아버지의 속내를 알아보기 위해 동네를 아주 떠난 게 아니라요 몸만 떠난 거지요. 라고 대답했다. 슬며시 그의 얼굴을 살폈다.

골프장 부지 선정과 보상 문제가 본격적으로 거론될 때 경춘선 기찻길 건너 안뜰 마을에 마침 텃밭이 달린 슬라브식 주택이 매물로 나왔다. 여느 일 같으면 우선 금복 아버지와 상의를 할 터인데 누가 먼저 도장 찍을까 조바심이 나서 앞뒤 생각 없이 계약을 했다. 계약금과 함께 중도금 일부를 건넨 뒤 잔금은 토지보상을 받은 뒤에 완납하기로 조건을 달고 오래된 집을 버리고 이사를 했다. 누가 물려준 집인데, 하고 어머니가 역정을 내며 반대할 줄 알았는데 잘 됐다는 표정으로 옮겨갈 집을 앞장서 휘둘러보았다.

안뜰에서 근 20년을 살다가 금복 아버지가 지적한 대로 10년 전 추석을 며칠 앞두고 시내 퇴계동 새로 지은 아파트로 집을 옮겼다. 그때는 어머니가 돌아가신 뒤였다.

"그때 내 생각은 시내로 나가면서 직장도 함께 옮기는 줄 알고 실망했었는데 이곳에서 끝까지 근무하고 정년을 맞을 줄 미처 몰랐었지. 그래서 후회가 돼."

"무슨 후회가 된다는 말씀이신지?"

뜬금없이 무엇 때문에 후회가 된다는 건 지 나는 고개를 갸우뚱했다.

"나온다 나온다 하면서 보상금 지급은 늦어지고 잔금을 얼른 치러야 추석 전에 집을 옮기겠고…. 그때 무척 조급해져서 아우님이 대출받으려고 쩔쩔맬 때 우리 집에 묶어뒀던 돈이 좀 있었는데 그때 성큼 빌려주지 못했던 게 지금 후회된다구."

"난 또 무슨, 다 지나간 일인데요. 암튼 그때가 추석 전이던가요? 추석 직전에 보상금이 나와서 곧바로 집값 해결하고 이사 갔잖아요."

"한 직장에서, 그것도 우여곡절이 많은 단위농협에서 우직하게 정년퇴직을 할 사람이었다면 열 번 스무 번도 돈을 빌려줬을 텐데 워낙 세상인심이 사나워서 그때 잠깐 아우님까지 의심하고 묶어 뒀던 돈을 선뜻 내놓지 못했던 게 이제 와서 후회가 된단 말일세."

정년으로 퇴직한 나에게 던지는 격려와 칭찬의 말일 터였다.

"그렇게까지 배려해 주셨다니…, 정말 고맙습니다,"

너무 송구스러워 어눌하게 응답하며 한창 김장배추를 파종하고 있는 비닐하우스 안을 들여다보았다.

포토모종을 만들기 위해 육묘판에 씨앗을 뿌리는 사람은 나이가 들어 뵈는 여성 두 분이었다. 사람 구하기 힘들어 중국에서 일거리 찾아 건너온 우리 동포(조선족)를 불러다 일을 시킨다고 말했다. 일거리도 많고 노는 사람도 많은 게 요즘의 현실이라며 금복 아버지는 젊은이들은 쉽고 편한 일자리만 찾아서 탈이라고 긴 숨을 내쉬었다.

보상 문제가 완전 해결되고 골프장 부지조성이 한창이던 시절이던가, 그때도 입추를 앞둔 8월 말께였던 것으로 기억이 되살아났다. 퇴계동과 신동면의 경계선에 있던 우시장이 신북읍으로 옮겨가고 야산을 깎아 아파트 부지 공사를 진행하거나 이미 완공한 아파트가 들어서며 단지가 조성되던 무렵이었다.

우시장 전성기 때는 열 손가락을 두 번 줬다 폈다 할 정도로 많았던 음식점, 다방, 여인숙들이 뿔뿔이 흩어지고 갈빗살로 한창 날렸던 일미집을 비롯해 마방과 이어져 있던 모녀 해장국, 삼겹살과 항정살을 솥뚜껑에 구어내던 쌍과부집, 우전 갈매기살 집만 미련을 버리지 못한 채 썰렁한 장터를 지키고 있을 뿐이었다.

그 많던 요식업소 종업원들 중에는 다른 곳으로 떠난 사람들도 있겠지만 농촌을 돌며 허드렛일로 푼돈을 모아 귀가 준비를 하던 성실한 여성들도 있었다. 봄가을 농번기에 구인광고를 듣고 정1리, 2리 중농가에도 어김없이 찾아 왔다. 그녀들 가운데 금복이네 집 모자라는 일손을 채우러 찾아든 여성들도 있었다.

금복이 아버지가 60대였고 금복 어머니의 허리가 멀쩡할 때라 벼농사는 기본이고 봄가을 채소농사를 제법 크게 벌일 때였다. 파종하고 모종을 옮길 때마다 삯일꾼을 구했다. 입사한 지 얼마 되지 않은 나에게는 낙농가를 순회하는 일보다 시설재배농가의 모종내는 일이 더 궁금해서 비닐하우스를 기웃대곤 했었다.

가을 김장채소 모종을 비닐하우스로 옮겨 심던 날이었을 것이다. 멀칭비닐을 덥고 구멍을 뚫어 육묘판에서 날라온 포토모종을 옮겨 심던 여인이 새참을 먹고 잠시 쉬는 시간에 갓난아이를 방에 그대로 내팽개친 채 사라졌다. 날이 저물어도 아기의 어미는 나타나지 않았다. 하룻밤을 더 기다려보아도 감감 무소식이었다.

마지막으로 아이에게 젖을 물린 뒤 도주한 여인의 속은 오죽잖았을까? 눈시울이 뜨거워진 얼굴로 아기를 안고 있던 금복 어머니는 샛골 끝머리 창내로 넘어가던 고갯길을 하염없이 바라보다가 애를 하나 더 기르라는 팔자인가 보다 여기고 아이를 안고 방으로 들어갔다. 아들이었다.

그 녀석이 금복이었다. 복덩이가 덩굴 채 굴러들어왔다고 금복이란 이름을 붙인 것도 금복 어머니였다.

파종하느라 땀 씻을 시간도 모자라는 금복 아버지를 붙잡고 길게 대화를 나눈다는 것이 무례함으로 느껴져 일간 다시 찾아뵙겠다는 인사를 남기고 마당을 나서는데 금복이 내외가 쌍둥이 아들 둘을 앞세우고 승용차에서 내리고 있었다. 토요일 오후에는 어김없이 부모님 뵈러 본가를 찾는다고 귀동냥해 들은 소문이 맞는 말이었다. 금복이를 보며 나는 한창 땀 흘리고 있을 비닐하우스 안의 삯일꾼을 떠올렸다.

시 지역의 통장과는 달리 공식적으로 1원 한 장 활동비를 받는 일도 없는데 통장보다 하는 일은 열 배나 많다는 게 농촌 이장들의 불만이었다. 마을 주민들의 화합과 단결을 주선하는 일, 민원이 발생했을 때 행정기관(면사무소나 농협)을 통해 해결을 주도하고 건의하는 일, 주민의 편의증진과 개선에 이바지하는 역할이 이장의 소임이었지만 그것은 어디까지나 대의명분에 불과하고 까놓고 말하자면 마을 심부름꾼에 지나지 않았다.

해토되면서부터 늦가을까지 각 동리별로 면사무소나 단위농협 트럭에 적재되어 실려 오는 것들이 한두 가지가 아니었다. 비료, 규산, 생석회, 비닐하우스용 파이프, 필름, 멀칭비닐, 멀칭부직포, 심지어는 일반 농가에서 주문한 농약까지도 직접 배달하기 귀찮으니까 구판장 옆 사무실 앞에다 내려놓고 가는 게 다반사였다.

이장을 선출할 때 이장의 사무를 돌봐줄 사무국장을 뽑긴 하지만 그 또한 무보수여서 없으면 말고 식이고 그나마 반장이 조금씩 이장의 일손을 덜어주곤 했다. 때문에 공동으로 반입한 농자재 대금과 지출된 액수가 맞지 않아 연말 결산을 볼 때 이장 혼자 노심초사요 전전긍긍하기 일쑤였다.

전임 이장이 마을공동자금 관리 부실로 불신임을 받아 2년 단임으로 임기를 마치게 되자 대동회에 참석했던 마을 사람들은 만장일치로 유춘영 씨를 신임 이장으로 선출했다. 경험과 능력이 없다고 이장 직을 몇 번 거절하다가 마지못해 승낙했다.

"그 동안 지켜본 결과 사람 됨됨이가 그만 하면 됐고, 어른들 공경할 줄 알고, 경험이야 일 해나가면서 터득하면 될 것이고, 이제 춘영이가 동네 일 맡아서 해야 할 때야"

대동회에 모였던 노인들은 그렇게 유춘영 씨를 치켜세웠다.

입사한 지 얼마 지나지 않았던 때여서 나는 1리 유춘영 신임 이장이 누군지 신상파악이 되지 않았던 때였다.

그가 이장으로 선출되기 전이었다. 1리 젖소농가 다섯 군데를 들릴 때마다 유춘영 씨네 집을 유심히 살펴보았다. 법 없이도 살 사람이라고 귀동냥해 들은 터였기 때문이었다.

2리에서 이장을 지냈던 최영순 씨와 1리 샛골에서 육우를 열 마리 넘게 사육하는 박찬우 씨와 유춘영 씨, 세 사람을 동네 사람들은 삼총사로 부른다는 정보를 안 것도 유춘영 씨가 신임 이장으로 선출된 그 해 겨울이었다.

지금은 육우사육을 접었지만 이장 일을 한창 볼 때는 박찬우씨네처럼 열 마리 넘게 소를 키웠다. 젖소농가와 함께 축산농가에 배달되는 마이신 같은 항생제나 배설물 배출시설 점검표를 들고 유춘영 이장댁을 가끔 찾게 되면서 나는 유춘영 씨의 사람됨이 남을 배려할 줄 알고 솔직하다는 것을 알게 되었다.

공식적으로 받는 월정수당도 없고 심부름꾼에 지나지 않는 직책임에도 불구하고 이장 선거 때가 되면 시도의원 선거 때처럼 출마자에 대한 인신공격이 난무했다. 꾀병 부려서 의병 제대했다구, 치료비 아끼려다가 끝내 자기 어미 일찍 돌아가시게 했지, 시설재배로 딸기농사 지으려고 대출 받았다가 지난 태풍 때 거덜나는 바람에 그 사람 빚더미에 올라앉았어, 한 입 건너 두 입으로 전해지는 '아니면 말고' 식 입씨름질로 한동안 마을이 뒤숭숭해진 다는 사실을 안 것도 단위농협 입사 뒤의 일이었다.

"그래서 이장 직을 서로 맡으려 했었구나."

최근 의망리 이장 선거 양상을 보며 느낀 점을 정1리 대동회에서 확인하게 되었다.

대동회 전에 안골, 샛골, 선말, 재너미 마을 반장들이 모여 회계 감사를 마친 다음 1년 동안 이장 수고했다고 농가 별로 쌀 두 말씩 거둬들인 이장모곡을 갈무리하는 일이었다. 모처럼 사무국장이 가구 별로 들고 온 백미를 받아 두레멍석에 쏟으며 싱글벙글 웃음이 기시지 않았다. 두레멍석에 쌓인 백미를 운반하기 좋게 정부미자루에다 퍼 옮기는 일은 반장과 마을 청년들이었다.

"선말 반장님, 저녁에 우시장에 나가 거나하게 한잔 사는 겁니다."

"수구렛국 맛있던데,"

"그거 말고 갈매기살로 소주 한잔에 수구렛국. 그래봐야 반장님 포함해서 우리 셋 쌀 한 말이면 뒤집어쓰고 남아요."

"녀석들, 말가웃은 가져야 돼. 요즘 시세 잘 모르는구나."

대동회 현장에 찾아가보지는 못했지만 귀동냥해 들은 터수로는 정1리 가구 수가 80이 좀 넘는데 이런저런 이유로 모곡을 내지 못한 가구가 10여 가구 되고 나머지 70여 가구가 백미 두 말씩 냈으니 합치면 140말, 80키로그램 들이 쌀가마로 치자면 14가마가 이장모곡으로 들어온 셈이었다.

대동회를 무사히 마치고 회의에 참석한 주민들에게 점심 대접하는 것도 이장모곡에서 빠져나가는 것이었다. 설 명절 지난 다음 대보름을 전후해 1리 노인들을 모아 크게 경로잔치를 벌이고 마을 대항 윷놀이를 벌이는 것도 이장 몫이었다.

"이번에 이장은 모곡 받은 거 동네에 죄다 풀었대."

"그렇다나봐. 잇속 없는 이장 일 맡아 농사일 제대로 못하지. 활동비 수고비 조로 동네 사람들이 쌀 모아준 거 죄다 마을 공동경비에 보태어 쓰라고 내놓지 않나. 아오, 유 이장네 안식구 속깨나 터지겠다."

"그렇게 욕심이 없으니까 줄줄이 딸만 셋 낳지."

그러냐고 유춘영 이장에게 직접 확인해 볼 수는 없고 그저 들리는 소문으로 나는 그가 선뜻 모곡을 동네에 내놓을만한 인물이라고 추측할 뿐이었다.

백미 14가마 가운데 대동회와 대보름 경로잔치 경비를 제한 나머지 백미 10가마 중 사무국장과 4개 마을 반장에게 한 가마씩 5가마, 나머지 5가마는 마을 회관에 비치했다가 한 달에 두 번 정도 부녀회에서 노인네들 음식 이바지하라고 기부했다고 마을 사람들은 전했다.

생각해보면 이장모곡이 정작 이장에게 돌아오는 것은 아내의 잔소리뿐이었을 것이 분명했다. 등을 돌리고 아내의 구시렁거리는 소리를 한두 번 들어야 잠잠해 질 것이라는 판단은 이장 출마할 때 이미 각오했던 터이지만 이장모곡으로 받은 백미 14가마를 선뜻 동네에 기부했다는 소식이 일파만파 전해지자 아내는 드디어 흰자위를 드러내고 고함을 질렀을 것이 분명했다.

어디 그뿐이랴. 남의 일에 감 놔라 배 놔라, 참견하기 좋아하는 일부 주민들의 딴죽걸기에도 다소 신경이 쓰이던 모양이었다.

"그렇게 욕심이 없으니까 줄줄이 딸만 셋 낳지."

"이장 한 번 더 해먹으려고 미리부터 꼼수 쓰는 거 아냐?"

"그 엉큼한 속을 모르지. 남 보는 데서는 선심 쓰는 척하고 뒷구멍으로 알짜배기 빼돌리는 건 아닌지 누가 알아?"

모곡 풀어 동네분위기 끌어올리려던 일이 딴지에 걸려 마음이 쓰려도 유춘영 이장은 내색 없이 팔장을 끼고 허허, 웃을 뿐이었다.

"어느 동네나 좋은 일에는 이러쿵저러쿵 딴죽걸기를 일삼는 분들이 한둘씩 있게 마련인데, 또 그런 입방아조차 한마디도 없다면 심심해서 어떻게 일을 하냐구, 전 기사님. 안그래요?"

한 귀로 듣고 한 귀로 흘려보낸다는 진중한 모습을 바라보며 나는 그의 또 다른 인간미를 챙겼다.

유춘영 이장의 눈꼬리 웃음은 남을 먼저 배려할 줄 아는 마음에서 우러 나오는 표정이라는 것을 그를 마주칠 때마다 피부로 느끼고 다시 생각하는 시간이 많아졌다.

간접 영향권에 들긴 했지만 태풍이 지나간 자리는 꽤 어지럽게 남았다. 마을마다 시설재배 농가의 비닐하우스가 반파 되거나 비닐이 찢어져 바람에 너풀거렸다. 정2리는 산기슭에 높게 자라던 낙엽송이 무더기로 누웠고 정1 리는 춘성교회 함석지붕이 날아갔다.

교회 건물이라야 20평 남짓한 예배실과 목사님이 거처로 이용하는 방과 부엌이 전부인 아주 작은 시골 교회였다. 멀리서 보면 일반 농가나 다름없 는데 지붕 꼭대기에 십자가가 세워져 있어 그나마 교회 건물임을 알게 했다. 처음에는 나도 교회라고 얼른 판단이 가지 않았다.

"저기 저 집은 텅 빈 것 같은데 누가 살고 있나요?"

안말 반장 겸 1리 청년회장인 길종성에게 물어보며 다시 살펴보니 지붕마 루 위에 나무 십자가가 피뢰침처럼 눈에 띄었다.

"지붕 위에 십자가가 보이지 않나요? 교회에요 춘성교회."

"난 비티 안테나인 줄 알았는데……."

목사님은 상주하지 않고 시내에서 수요일과 일요일 두 차례 정도 찾아와 집회를 열 정도로 열악하다고 말했다. 신도 수도 적고 건물도 낡아 명분 상 교회라는 이름만 유지하고 있을 뿐 전망이 보이지 않는다고 했다. 지금은 2 리 안뜰 입구 과수원에서 관리인으로 일하고 있는 수근이 노부모가 들어와 교회지기로 상주하고 있는데 그런대로 교회 주변을 알뜰하게 가꾸어 놓아서 욕은 먹지 않는다고 덧붙였다.

교회를 돌보는 노부부가 바람에 지붕이 뜯겨 나가기 시작하자 혼비백산 담요 한 장씩 가슴에 싸안고 마을회관으로 찾아왔다고 했다. 찾아온 것이 아니라 회관 문을 열어보니 그냥 열려서 허락이고 나발이고 경황없이 피신했다. 회관 안으로 들어가 교회 쪽을 바라보는 순간 어둠 속에서 함석 쪼가리들이 한꺼번에 와장창 뜯기는 소리가 들렸다고 했다.

바람이 잦아들고 날이 훤하게 밝아지자 수근 아버지는 회관에서 마을 길 건너편에 있는 이장네 집을 찾았다. 새벽녘에 요란한 소리가 들렸는데 피해가 없는 지 살펴보려고 마당으로 나선 이장이 마당으로 들어서는 수근 아버지를 발견했다. 맨발 차림이었다. 간밤에 얼마나 다급했던가를 유 이장은 직감했다. 영감을 쫓아 마당에 들어선 수근 어머니도 맨발이었다. 바람 때문에 일이 크게 벌어진 모양이로구나, 그는 순간 교회 건물과 수근 아버지의 일그러진 얼굴을 번갈아 바라보았다.

"지붕이 뜯겨진 다음 곧장 건물이 무너지는 소리가 들려올 것만 같아 간이 요만해졌어."

수근 아버지의 두 손이 부르르 떨렸다.

"그나마 비바람 가리고 밤이슬 피해 살던 집인데 집마저 무너지면 어떻게 살아갈까 조마조마했어요."

지붕은 날아갔어도 교회 건물은 멀쩡하게 서 있어 그나마 다행이라고 수근 어머니가 젖은 목소리로 말했다.

"이럴 때 하나 남아있는 자식새끼가 나타나서 수습을 좀 해줘야 하는데, 아직도 기별이 없으니……."

자초지종을 다 듣고 난 유춘영 이장은 노부부를 위로하느라 이렇게 말했다.

"아저씨네 피신할 줄 미리 알고 마을회관 문을 잠그지 않았던 거 같네요."

일단 풍수해재난지원금을 신청하기로 하고 마을공동자금과 정1리, 2리 번영회 발전기금에서 각 5만원씩 10만 원, 역시 정1리, 2리 부녀회에서 각 5만원씩 10만원씩 갹출하여 교회 지붕을 새로 얹고 개보수하기로 의견을 모았다. 마을 반장과 번영회, 청년회, 부녀회, 노인회 등으로 구성된 정1리 2리 마을공동발전위원회에서 합의를 보았다.

"이번 기회에 춘성교회 나가는 신도들이 돈 좀 모아서 지붕도 새로 해 얹고 여기저기 떨어져 나간 벽면도 보수하면 되겠네요."

2리 번영회장이 좌중을 훑어보며 말했다. 자신의 말에 동의해 달라는 시선으로.

"그렇게 했으면 얼마나 좋겠습니까? 그러나 다 아시다시피 교회 나가시는 분들이 주로 아주머니들이거나 모두 연로하신 분들이기 때문에 하나같이 경제권이 없잖아요."

실정을 몰라도 너무 모른다고 핀잔 섞인 목소리로 2리 최영순 전 이장이 목소리를 높였다.

"주일날 춘성교회에 나가 예배보시는 신자수로 말하자면 정1리보다 우리 2리 분들이 한둘이 많아도 더 많다는 사실도 참고해서 말씀 나눠주셨으면 합니다."

2리 이장이 긴급동의를 했다. 2리 위원들이 얼굴을 마주보며 수군거렸다. 이때 1리 청년회 길종성이 우려의 목소리를 냈다.

"교회 지붕 새로 얹혀 줄만한 여유 자금이 있을까요?"

"글세, 있다고 말씀드릴 수도 없고 없다고 말씀드릴 사안도 아니고," 우물쭈물 2리 청년회장이 말을 받았다.

"그러니까 이 자리에서 여러분들의 발전적인 고견을 듣고자 무릎을 맞대고 앉은 거 아닙니까? 번영회나 부녀회 쪽에서 조금씩 보태주시면 나머지는 저희 1리에서 어떻게든 개보수 작업까지 마쳐볼까 생각하고 있습니다. 도와주십시오."

1리 유 이장은 눈꼬리 웃음을 잃지 않은 얼굴로 차분하게, 그러나 목에 힘을 주어 좌중을 살펴보았다.

"이번 기회에 우리 1리 2리가 마음을 모으고 힘을 합치면 어떤 어려움도 극복해 나갈 저력이 있다는 걸 보여줍시다, 여러분."

박찬우 씨가 불끈 주먹을 쥔 팔을 얼굴 위로 들어올렸다. 좌중은 박찬우 씨의 힘찬 목소리에 눌려 미동도 없었다.

최영순 전 이장이 분위기를 끌어올리려고 우스갯소리를 했다.

"저 사람은 회의를 하러 온 게 아니라 선동하러 온 거 같아. 워낙 목소리가 기차 화통 삶아먹은 거 같아서 원, 다 된 밥에 재 뿌리지 말고,"

기회는 이 때다 싶어 유춘영 1리 이장이 나섰다.

"하긴 박찬우 씨 제안이 정답이긴 한데 어떻습니까? 그렇게 우리 한번 마음을 모아 볼까요?"

발전위원회 회원들이 한둘씩 고개를 끄덕여보이자 이장은 재빨리 동의를 구하고 재청하시냐고 물으며 회의를 마무리했다.

춘성교회 지붕 새로 얹기 안건 통과는 유 이장을 중심으로 전 최 이장과 박찬우 씨 등 이른바 삼총사의 물밑 작업이 제대로 먹혀든 덕택이었다.

세 친구들이 함께 우전거리로 시내버스를 타러 나가거나 우연히 구판장에 모여 소주를 한잔 마시다가 건너편에 보이는 춘성교회를 바라보며 혀끝을 찼다. 샛골 박찬우 씨는 거어 참, 탄식조로 가슴앓이를 했다. 그의 안식구는 요즘도 주일이면 시어머니를 모시고 낡고 초라한 춘성교회를 빠짐없이 찾아가는 독실한 기독교 신자로, 효부로 소문나 있었다.

보조금 20만 원은 함석지붕 대신 플라스틱 기와를 주문하는데 몽땅 소요되었다. 부족한 자재는 2리 이장에게 부탁해서 보광사 증축할 때 쓰다 남은 재료를 도움 받기로 했다. 나머지 기와를 얹고 금이 간 벽면을 손질하는 작업은 동네 사람들의 인력으로 하자고 의견을 모았다.

그러나 막상 작업을 개시했을 때 리어카를 밀고 나오거나 등짐지게를 준비해 나온 마을 주민은 삼총사를 비롯해 목사님과 수근 아버지 다섯 명이었고 1리와 2리 부녀회원 중에 춘성교회 다니는 신도 다섯, 모두 열 명이었다. 기와 실은 트럭이 도착하기를 기다리며 그들은 훌렁 날아간 교회 지붕을 바라보며 한숨을 내쉬었다.

"정1리 마을 주민 여러분, 내일은 기와를 지붕 위로 올리는 작업을 할 예정이오니 오늘보다 많은 주민들이 교회 개보수 작업에 동참해 주실 것을 간곡히 부탁드립니다. 다시 한 번 말씀드립니다."

하차 작업이 거의 마무리 되자 이장은 마을회관으로 달려가 마이크를 잡았다.

플라스틱 기와를 지붕에 거의 다 얹어갈 무렵이었다. 몇 사람이 모여 교회 지붕을 오르내리는 모습을 먼발치에서 바라보며 집유차를 박찬우 씨네 댁으로 몰았다. 아직 작업하고 있냐고 물은 다음 박찬우 씨는 함께 내려가고 했다. 집유통을 싣고 박찬우 씨와 동승해 교회 앞으로 내려오는 동안 나는 줄곧 함석지붕이 날아가던 날 새벽부터 마을공동발전위원회의가 소집되던 날까지 자초지종을 동승한 박 씨로부터 자세하게 들었다.

"잘 하셨어요. 회의가 안 풀릴 때는 누가 한 사람 나서서 선동하는 말투로 언성을 높여야 소통이 되더라구요."

교회로 연결되는 마을길에서 박 씨를 먼저 내리게 했다. 공판장에 들려 오렌지 쥬스 두 박스를 사 들고 유 이장과 최순영 씨가 한창 기와를 고정시키는 지붕을 쳐다보며 교회 마당으로 들어섰다.

유춘영 이장의 연임이 결정되었을 때는 2년 전 신임 이장으로 선출되었을 때보다 이러쿵저러쿵 빈정대는 말들이 별로 없었다. 대동회 전부터, 아니가을이 끝나면서부터 연임은 당연한 것으로 받아들이는 쪽이 우세했다. 유 이장이 2년 동안 마을 주민과 마을 발전을 위해 혼신을 다해 봉사했다는 증표였다. 마을 주민들은 이장을 화제로 삼아 은근히 덕담을 나누는 소리를 나는 귀동냥으로 자주 들었다.

"집안일도 제처 놓고 저렇게 열심히 봉사하면 다음 이장은 어떻게 하라고 그러지?"

"도지사 표창은 아무나 타나?"

"이번에도 이장모곡 죄다 내놓겠지?"

"아주머니가 고생이야. 밖으로 나도는 남정네한테 잔소리 한마디 안하고 직수굿이 혼자 농사일 꾸려가는 모습이 대견해."

"농사일도 그렇지만 딸 셋 공부시키느라 여간 마음고생이 아니라고 하던데."

유 이장네 집 앞을 통과할 때마다 나는 생각했다. 많이 가진 사람이 부자가 아니라 많이 베푸는 사람이 부자라는 말, 그것은 정1리 유춘영 이장에게 해당하는 말이라고.

봄이 오고 있었다. 해토가 끝나고 땅이 꾸덕꾸덕 굳어지기 시작했다. 식곤증인가, 연실 하품이 쏟아졌다. 사무실은 아직 난로를 떼기 전이었다. 점심식사를 마치고 난롯가에 앉아 나른한 오후를 보내고 있는데 정1리 선말 주민 둘이 들어와 조름을 깨웠다.

"지난 해 가을 개량주택 짓고 들어온 정 선생네 말야, 그 집 텃밭에다 두엄까지 퍼다 주질 않나, 하여간 못 말려."

대출자금신청서를 내밀며 선말 사람이 맞장구쳤다.

"누가 아니래. 오늘 아침에는 샛골 윤수 아버지가 경운기 몰고 가서 잠간 사이에 밭을 갈아주고 가더래. 안말 길종성이가 아침에 봤다는데. 암튼 지극정성이야. 유 이장 허구 박찬우 씨 두 사람."

개량주택 짓고 들어온 정 선생네 하면 화천 논미초등학교에서 근무하다가 이번 3월에 춘천으로 전근돼 왔다는 정인선 선생을 가리키는 듯했다. 나는 귀를 세우고 유 이장과 박찬우 두 사람의 우정과 나눔의 정을 새겨들었다.

지난 6월이던가, 아무튼 초여름이었을 것으로 기억이 났다. 새 집을 세운 그 터에 다 쓸어져가는 집이 한 채 있었다. 텃밭이 달린 그 케케묵은 집을 사서 개축 허가를 받고 박공식 농촌개량주택을 지었다. 상량식을 올릴 때 초대를 받아 그의 일가친척과 마을 주민 몇이 자리를 함께한 적이 있었다.

여름방학 내내 정 선생 내외가 다 쓸어져가는 집에 살림을 차렸다. 소꿉장난처럼 라면이나 끓여 먹을 요량으로 간단하게 냄비와 국그릇 수저 서너 개 배낭에 지고와 풀어놓았다고 했다.

귀촌이라고 해야 맞는 말일까? 개량주택을 짓고 농촌에 들어와 전원생활을 만끽해 보자는 의도로 생각했는데 마을 사람들은 그렇지 못했던 모양이었다. 하나같이 색안경을 끼고 바라보았다.

"이삼 년 버텨보다가 다시 시내로 나가겠지."

"한가하게 농촌생활을 즐기겠다 이거지? 농촌이 그렇게 한가한 줄 알았다간 큰 코 다치지."

그러나 유 이장은 달랐다. 유 이장과 두 친구들의 생각도 정 선생을 긍정적으로 바라보았다. 귀촌이나 귀농은 지금부터 시작이라고 했다.

정 선생네가 동네 주민들에게 생각을 바꾸게 만든 일이 벌어졌다. 새마을 사업의 하나로 마을길 도로포장 사업권을 따왔다. 포장 작업은 7월 말 개시됐다. 사업 개시 전에 주민설명회를 열고 이장은 전 주민이 사업에 참여하기를 독려했다. 부득이 동참하기 어려우면 작업에 동원된 사람들의 간식거리를 마련하기 위해 얼마간 기부금을 보태라고 하소연했다.

정 선생은 도로포장 작업 이튿날부터 새로 구입한 리어카를 밀고 나갔다.

길바닥을 고르는 일부터 시작했다. 삽으로 흙을 퍼서 리어카에 담아 길이 주저앉은 곳에다 부었다. 평토 작업은 이틀 내내 이어졌다. 그 다음날부터 모래와 자갈을 실어 날랐다. 이틀 뒤에는 시멘트에 비벼서 도로 위에 일정 두께로 까는 포장작업이 본격적으로 시작되었다.

정 선생은 이를 악 물고 작업에 매달렸다. 손이 부르트고 팔 다리가 저렸다. 허리에 심한 통증이 와 저녁마다 찜질을 해가며 빠지지 않고 리어카를 끌고 작업장에 나갔다. 하찮은 일이 빌미되어 주민들의 입질에 오르내릴까 염려되어 꾹꾹 참고 말없이 일만 했다고 말했다.

정 선생을 바라보는 동네 주민들의 시선도 부드러워졌다.

"이삼일 정도 나오다가 5천 원짜리 몇 장 내놓고 학교 일 때문에 어쩌고 핑계 대고 빠지겠지, 뭐."

그렇게 생각하고 있었지만 동네 사람들은 마음을 바꾸기로 했다.

도로포장을 마쳤을 때 유 이장은 따로 정 선생을 불러 참 잘했다고, 끝까지 참고 견뎌줘서 고맙다고 대폿잔에 막걸리를 따르며 칭찬에 칭찬을 거듭했다.

"정 선생님은 진짜 우리 정1리 주민이 되셨습니다."

"뭘요, 모두 이장님이 베풀어주신 덕분에 제가 마을 주민한테 가깝게 다다갈 수 있었던 겁니다."

질질 끌어오던 토지 보상 문제도 금년 가을을 넘기지 않고 해결하겠다는 약속을 받아낸 것도 정 1,2리 이장단과 마을 번영회, 청년회 부녀회로 조직된 토지보상대책위원회의 역할이 컸다. 유 이장은 한발 더 나가서 이주 주민을 우선으로 하는 마을주민 고용 문제를 적극 들고 나섰다. 취업이 되지 않으면 직수굿이 농사일이나 돌보든지 아니면 노가다판에 나가서라도 제 앞가림을 해야 할 청년들이 이것도 저것도 아니고 빈둥대며 돌아다니는 꼴이

보기 딱해서 유 이장은 부락민 우선 채용 조건을 강력하게 들고 나섰던 것이다.

토지 보상 문제와 함께 시설물과 골프장 관리 요원으로 매년 10 명씩 조건 없이 마을 주민을 우선 채용하겠다는 요구가 받아들여져 마을은 축제 분위기였다. 1,2리 청년들은 알라뷰유 추우녕! 하고 환호할 정도로 유 이장의 인기가 높아졌다.

뽕도 따고 임도 본다는 경우가 유 이장을 두고 한 말일지도 몰랐다. 토지 보상 문제를 매듭짓고 부락민 우선 채용 문제를 약속받아 날로 마을 주민들로부터 신임이 두터워지는 때에 암소가 송아지 쌍둥이를 낳았다.

쌍둥이 송아지 본 소문은 정1,2리는 물론 이웃하고 중리, 의망리로 일파만파 퍼져나갔다.

"복 많은 년은 넘어져도 가지 밭에 넘어진다고 유 이장네가 그러네."

"무슨 복에 송아지를 낳아도 쌍둥이만 골라 낳느냐, 이거야."

나는 속으로 대답했다.

"비우면 채워지고 베풀면 돌아와요. 흐흐흐."

송아지가 어미젖을 곧잘 찾아 물기 시작하자 유 이장은 마음을 놓았다. 정오가 되자 녀석 둘이 비실비실 일어나 어미의 사타구니에 머리를 들이대며 젖꼭지를 찾는 모습이 막내 금진의 갓난 모습을 보는 것 같아 여간 귀엽지 않았다. 이웃 사람들이 딸만 셋 두어 딸부자라는 말로 빈정댈 때는 듣기 거북했지만 잘났다는 아들 셋을 줘도 바꿀 수 없는 금영이 금실이 금진이 세 딸들이었다. 과외 한번 받아본 적이 없는데도 학교에서 상위 그룹에 속하는 모양이어서 늘 대견하고 자랑스러웠다.

사흘이 지나자 쌍둥이 송아지 두 마리가 경중경중 뛰놀기 시작했다. 한시름 덜자 최영순과 박찬우가 축하주를 사겠다며 찾아왔다.

"수고했네. 복 많은 놈은 엎어져도 공돈을 줍는다는데 자네를 두고 이르

는 말일세. '

"가자구. 우시장으로."

이른바 삼총사들이 우시장 술집들을 기웃거리다 우전갈매기살 상호를 건 고깃집으로 들어가더라고 했다. 2리 순배네 댁은 좀 늦은 저녁에 일미집에 서 세 사람이 나오더라는 소문을 퍼뜨렸다. 마방 옆 쌍과부네 집에서 유,박, 최 삼총사들의 웃음소리가 새어나오더라는 말은 1리 선말 반장 최윤수 동 생의 입에서 흘러나왔다. 집유통을 수거해 나오다가 윤수 동생 진수를 만났 을 때

"송아지 쌍둥이 얻고 기둥뿌리 뽑히지 않나 모르겠네요,"

하며 농담으로 던지는 소리를 듣고 나는 그날 저녁 삼총사들의 행적을 알 았다. 오랜 만에 회포를 푸는구나, 생각하니 나도 덩달아 가슴이 설레였다.

그러나 그 세 사람들이 오랜 만에 회포를 풀고 언제 귀가했는지에 대해서 는 일체 입소문이 떠오르지 않았다.

이런저런 소문이 갈앉을 무렵이었다. 동원예비군 훈련 집결지로 가기 위 해서는 우시장에서 출발하는 첫 버스를 타야 했다. 2리 절골 문정배와 안뜰 배중호 두 사람이 예비군복을 입고 우시장으로 나가다가 잔뜩 허리를 웅크 리고 귀가하는 유 이장을 보았다는 소문이 솔솔 새어나왔다. 발을 헛디뎌 넘어질 듯 뒤뚱거리며 유 이장이 힐끗 이쪽을 보더라고 했다.

새벽이슬을 맞으며 어디를 다녀오는 것일까, 초상집에? 그렇게 생각하고 바쁜 걸음을 놓았다고 말했다. 젖소를 사육하는 배중호의 입을 통해 나는 유 이장의 새벽 귀가를 알았다. 그러나 누구 한 사람 새벽 귀가 소문을 확 인하려는 마을 주민들은 없었다.

까마귀 날자 배 떨어지기라고 그날 저녁 유춘영 이장과 그의 아내, 직수 굿이 남편 몫까지 감당해내던 박귀녀 여사가 한바탕 질그릇 깨지는 소리를 내며 싸우는 소리를 들었다고 수근 아버지로부터 들었다,

"이 동네 들어와 산지가 20년 가까운데 저 집 부부 싸움하는 건 처음이야. 좌우간 대단했어."

다음 날 송아지에게 놓아줄 예방주사 약을 전달하러 갔을 때는 부부가 수건을 목에 두르고 김장배추에 물을 주고 있었다. 그러나 우리가 언제 부부 싸움을 했냐고 반문해 올 정도로 비닐하우스 안의 두 사람 사이는 다정해 보였다.

"괜찮아?"

"뭐가요?"

"요즘 허리가 더 아파 힘들다고 했잖아?"

더운 기운이 확 쏟아져 나오는 비닐하우스 안으로 얼굴을 드밀며 인기척을 했다. 박 여사는 물뿌리개로 유 이장은 고무호스로 물을 주다가 말을 끊었다. 호스를 아내에게 인계하고 밖으로 나온 유 이장의 얼굴은 벌겋게 익어 있었다.

"정말 괜찮으세요?"

이장과 이장 부인을 섞바꿔 바라보며 나는 짓궂게 물었다. 쑥스러운 생각이 들어 손에 들고 온 약봉지를 먼저 건네며 나도 모르게 웃음이 터지는 것을 꾹 참았다.

"모두 괜찮아요. 왜?"

모두 다,라면 새벽 귀가와 부부싸움을 동시에 물어본 뜻인데, 나는 고개를 저으며 유 이장을 곰곰 살펴보았다. 비닐하우스 밖으로 나와 허리를 펴고 땀을 닦으며 유 이장은 아무 일도 벌어지지 않았다는 듯 눈꼬리 웃음을 지었다.

"9월 중순인데도 한나절에는 햇살이 제법 뜨거운데."

내가 잘못 들었나? 마당을 나서며 연실 고개를 갸우뚱했다. 연극도 아니고, 알다가도 모를 일이야.

유 이장은 집유차를 몰고 완전히 기찻길 앞 건널목에 다다를 때까지 마당 한가운데 붙박이처럼 서서 나를 바라보고 있었다.

• **최종남(37회)** _ 1975년 강원일보 신춘문예와 소설 동인 「예맥문학」에 소설을 발표하면서 창작활동 시작. 장편소설로 『겨울새는 머물지 않는다』와 단편소설집으로 『회색판화』 『단둥역』이 있음. 산문집으로 『사람』 1, 2, 3이 있으며, 조선왕조실록을 재구성한 『강원도에 무슨 일이 있었나』 출간. 장편소설 『겨울새는 머물지 않는다』와 단편집 『회색판화』가 우수문학도서로 선정되었으며, 강원문학상, 강원도문화상(문학), 동포문학상을 수상함. 춘천문인협회장과 춘천예총회장을 역임하고 김유정문학촌 사무국장을 지냄. 현재 김유정기념사업회 이사.

산그늘

이병욱

서른 가구나 되는 마을이 아침부터 산그늘에 있다가 밤을 맞는다. 햇볕 한 번 쬘 일 없이 어둡게 지내는데도 뜻밖에 유원지로 자리 잡은 이 이상한 마을. 그 내력은 이렇다.

이 마을 앞으로 맑고 얕은 하천이 흐른다. 가족 단위로 물놀이하기 좋은 이 하천이 홍수만 나면 마을을 덮쳤다. 홍수를 피해 마을의 집들이 뒤로 물러나 뒷산 기슭으로 붙었다. 이 뒷산도 묘하다. 높이가 해발 사백팔십 미터밖에 안 되지만 가파르면서 북향이라 마을은 종일 산그늘 속에서 지낼 수밖에 없었다. 그런데 십여 년 전부터 전국적으로 여가를 즐기는 바람이 불었다. 이 마을이 물놀이하기도 좋고 등산하기도 재미난 곳이라고 소문나면서 외지 사람들이 주말마다 몰려들었다. 본래 열다섯 가구이던 게 두 배로 늘어나면서 마을은 유원지처럼 되었다. 대부분 민박집이거나 가게들로 바뀐 것이다.

'내 사랑 닭갈비' 집은 이 마을에서 별난 존재이다. 다른 집들은 모두 산기슭에 자리 잡았는데 이 집만 하천가에 제방을 쌓고 남았기 때문이다. 마을에서 이차선도로를 사이로 두고 다른 집들과 떨어져 있는 이 집은 그래서, 혼자만 햇빛을 받는다.

'내 사랑 닭갈비' 집 박 사장이 산그늘에 깔려있는 어둑한 마을을 내다보며 생각에 잠겼다.

낮인데도 등을 켜놓고 손님을 기다리고들 있지만 그러면 뭐하나? 강아지 한 마리 안 지나가는데…… 이럴 때는 우리 식당이 그만이지, 전등 하나 켜놓지 않아도 햇빛이 잘 들어서 이렇게 밝으니 말이야. 그런데 이렇게 손님이 없을 수가 있나. 이맘때면 대학생들부터 오티니 엠티니 찾아와서 우리 마을 모두가 정신없이 바빴는데 올해는 이렇게 썰렁하니, 나 참.

속으로 그러고 있을 때 웬 낡은 경차 하나가 도로에 나타났다. 방향지시등도 깜빡이지 않고 천천히 이쪽으로 방향을 틀어 들어왔다. 산그늘이 도로까지 드리운 때라서 그 차는 무거운 자주색이었다가 이쪽으로 들어서면서 햇빛을 받아 밝은 자주색으로 바뀌었다. 예전 같았으면 박 사장은 이럴 때 문을 열고 나가 그 손님을 맞는 시늉이라도 했다. 지금은 그냥 실내에서 지켜보기만 한다.

식당 옆 주차장으로 들어서더니 멈춰서는 경차. '우리 식당 주차장에 차 세워놓고 딴 데 일을 보러 갈 사람이다.'고 박 사장은 짐작했다. 한적한 도로라 해도 '도로변 주차'는 단속대상이니 남의 주차장을 슬그머니 이용하는 모습이겠다. 검은색 등산복 차림의 남자가 차에서 내리더니 잿빛 배낭을 등에 메는 것을 보고 박 사장은 자신의 짐작이 맞았음을 자부했다.

남자는 주차장을 벗어나 도로 쪽으로 걷는다. 다니는 차들도 없으니 지팡이로 천천히 아스팔트 도로를 탁 탁 짚으며 간다. 등산복에 묻은 햇빛들을 떨어내며 도로를 건너 어둑한 산그늘의 마을 쪽으로 가는 남자. 박 사장은 그런 뒷모습에 고개를 갸우뚱한다. 지금 시각이 오후 두 시 반이다. 이런 시간에 혼자 산을 간다고? 보름 전에 내린 눈이 산에 적지 않게 남아 있을 텐데 등산한다고? 어디 눈뿐인가, 산 곳곳이 얼음판으로 변해서 위험할 텐데. 혹시 아는 민박집이라도 찾아가는 게 아닐까? 오늘은 그 민박집에서 자고 내일 오전에 산에 올라갈 계획으로 말이다. 그러려면 여자와 함께 민박집으로 가는 게 보통인데 저 남자는 뭐야? 하긴 저런 낡은 경차에 동승할 여자는 없겠지. 쪽팔리니까.

그런 쓸데없는 생각들이나 하며 박 사장이 밖을 내다보고 있을 때 그 남자— 김 과장은 구멍가게 앞에 섰다. 가게 간판이 짧은데 그나마도 왼쪽 '미' 부분이 떨어져나가 '니슈퍼'이다. 여닫이문이 덜그덕 소리를 내며 열리자 담요를 두른 채 졸고 앉았던 구멍가게 주인이 화닥 눈을 떴다. 이런 가게는 말하지 않고 손짓으로도 충분하다. 김 과장은 진열장의 먼지 덮인 위스키 한 병을 손으로 가리켜 그걸 넘겨받은 뒤 만 원 한 장을 건네고는 거스름돈을 받았다. 배낭 속에 위스키병을 집어넣고서 '니슈퍼'를 나섰다.

이제 준비는 다 되었다.

구멍가게 옆으로 비좁은 골목이 나 있다. 무질서하게 들어찬 민박집들 사이로 생겨난 이 골목을 빠져나가야 산으로 오를 수 있다. 김 과장은 좁고 퀴퀴하기가 사타구니 같은 골목으로 들어섰다. 다른 데는 몰라도 골목길은 지나다니는 사람들 발길에 지난번 내린 눈이 다 녹았을 줄 알았는데 그렇지 않았다. 걸레쪼가리 같은 꼴들로 추하게 남아 있는 것은 물론이고 살짝 얼어 있기까지 해서 하마터면 김 과장은 미끄러질 뻔했다. 옆의 담벼락을 재빨리 잡았으니 망정이지 큰일 날 뻔했다. 왜 이리 이 골목이 다른 데보다 싸늘한 거야?

종일 그늘진 산기슭에 있어서 다른 데보다 기온이 낮은 게 아닐까? 창자처럼 구불구불한 골목 모양이 긴 굴뚝 같은 역할을 하면서 바깥의 찬 공기를 잘 빨아들이니까 다른 데보다 한층 낮은 기온을 유지한 것일 수도 있겠지.

김 과장은 오늘 이 산을 찾은 '음울한 목적'에 어울리지 않게 과학적인 추리도 해 보며 골목길을 오르는데 "꽥! 꽥!" 어느 집에서 종이봉지를 찢는 소리로 개가 짖기 시작했다. 다른 집의 개까지 합세해서 짖는다. 민박집들이라 사나운 개는 없다. 대부분 복날에 잡을 수 있는 종류들인 데다가 찾아들 민박 손님들의 안전을 위해 목에 줄까지 매어 놓았으니 전혀 걱정할 게 없다. 작년까지 여기를 자주 지나다닌 김 과장이었으므로 그런 개들의 처지까지 잘 알고 있다. 괘념치 않고 골목길을 가면 되는데 다만 한군데 신경 쓰이는 데가 있다. 골목이 끝나는 지점에 있는 민박집의 개다. 그놈은 얼토당토 않게 '시베리안 허스키'라는 고급 견종이다. 그놈은 별로 짖지도 않고 허연 눈길로 사람을 지켜보는데 그게 여간 무서운 게 아니다. 그나마 다행인 것은 사각 철장 안에 갇혀 있다는 사실이다.

겁먹을 필요도 없이 그 앞을 그냥 지나가면 될 텐데 김 과장은 그러질 못한다. 바닥을 탁 탁 찍던 지팡이까지 들어 올려 두 손으로 쥐고는 조심스런 걸음으로 골목을 올라간다. 얼마나 웃기는 일인가. 험한 겨울산을 올라가서 음울한 목적을 이루려는 사람이 그깟 철망에 들어 있을 개 한 마리에 신경이 쓰이다니.

그 민박집 앞에 다다랐다. 허연 눈매로 자기를 지켜볼 그 개를 예감하고서 앞만 보며 지나치려다가 언뜻 눈에 들어온 마당 풍경이라니. 무슨 일이 있었는지 철망 안이 텅 비어 있고 마당에 세워 두던 '민박'이라고 먹물로 굵게 쓴 목재 입간판도 보이지 않는다. 대신, 지난가을부터 산에서 날아들었을 낙엽들이 즐비하다. 낙엽들만도 아니다. 과자 봉지들, '단체 오락에 쓰이는 플라스틱 막대', 터진 빨간 풍선 조각, 검은 비닐봉지 따위도 널려 있다. 무슨 일이 있었나? 물론 김 과장은 이 집 주인이나 가족을 알지 못한다.

다른 민박집과는 다르게 '담장이나 대문도 없이 마당 한가운데에 민박이란 입간판 하나 세워놓는 풍경'으로 골목의 끝자락을 점하고 있어서 기억할 뿐이다. 게다가, 사납게 생긴 시베리안 허스키까지 있었으니까.

일 년 사이에 이 집이 망했나?

그런 생각을 하며 골목을 빠져나왔는데 그러고 보면 좀 이해가 안 되는 마을 풍경이었다. 작년 이맘때—눈 한 번 내리지 않은 겨울이었다.—도 혼자 이 마을로 등산 차 왔었는데 그때는 대학생들이 넘쳐서 좁은 골목을 빠져나가기가 변비 걸린 것처럼 여간 힘들던 게 아니었다.

북적대던 이 마을에도 불경기가 찾아들었나? 김 과장은 길게 산 위쪽으로 난 시멘트 포장길로 들어서면서 불경기 걱정도 해 보았다. 나중에 깨달았지만 그렇게 쓸데없이 남의 걱정을 하며 산기슭을 오르던 게 벌써부터 흔들리는 '결심'이었다.

산기슭의 빽빽한 민박집들을 빠져나와 시멘트 길을 밟으며 천천히 산을 오르는 남자가 여기 '내 사랑 닭갈비' 집에서도 보인다. 저 부근은 경사도가 사십 도쯤 된다. 시멘트 길이 휘지 않고 곧게 났기 때문에 여기서 바라보기에는 남자가 조금씩 위로 이동하며 작아지는 전자게임의 사람처럼 보인다.

저 남자가 절에 가나? 시멘트 길은 백여 미터쯤 나아가다가 오른편으로 꺾이면서 절로 들어간다. 절은 여기서 보이지 않는다. 작은 향나무들을 울타리 삼아 가득 심어놓아서 여기서는 검푸른 색깔 뭉치처럼 보이는 너머에 절이 있다. 그곳을 빼놓고 일대는 낙엽송들뿐이다. 잎들을 다 떨기고 선 낙엽송들 풍경이 마치 산에 긴 꼬챙이들이 꽂혀 있는 것처럼 보인다. 낙엽송들 사이로 난 시멘트 길에서 우회전하지 않고 그대로 사라지는 남자. 시멘트 길을 벗어나서 그대로 산으로 오르려는 모양이다. 거 참, 눈도 있고 얼음도 깔렸을 텐데.

'내 사랑 닭갈비' 집 박 사장은 그런 알지도 못하는 남자를 걱정하다가, 처들었던 오른손을 내렸다. 눈부시게 들어오는 오후의 햇살을 막느라 처들었는데 이제 저려서다. 갈증이 난다. 주방 쪽을 향해 소리친다. "아줌마아!"

아줌마는 주방 바닥에 앉아 김장하다가 박 사장이 부르는 소리에 두 손을 물에 씻은 뒤 냉장 진열장부터 향한다.

"아줌마, 그거."

뭐 그렇게 재촉하지 않아도 그녀는 안다. 진열장에서 소주 한 병과 오이무침을 꺼내 쟁반 위에 올려 들고 박 사장이 죽치고 앉아 있는 출입문 가까운 쇠석─커다란 둥근 쇠판과 그것을 에워싸고 있는 나무판─에 갖다 놓는다.

"술을 쪼금만 하세요."라는 당부를 잊지 않던 그녀였는데 그냥 주방으로 되돌아온다. 박 사장이 소주라도 마시면서 속상한 마음을 달랠 수 있다면 그만도 다행이라는 생각에서다. 글쎄, 같은 여자로서도 이해하기 힘든 박 사장 사모님이었다. 여기 장사는 불황이지만 도시에 아파트를 두 채나 가진 부자인 데다가 남편도 착하겠다, 애들도 서울에서 명문대학을 다니겠다, 모실 시부모도 없겠다…… 그런데 뭐가 아섭다고 바람이 나? 그것도 단골손님으로 들르던 산악회 총무라는 연하 남자와 말이다. 여섯 살이나 어리다니, 그 남자는 고작 서른여섯 살이겠다. 우리 큰아들 나이밖에 안 되는 철부지 남자와 눈이 맞다니, 그건 다 너무 걱정 없이 살다 보니까 쓸데없이 걱정거리를 만든 경우가 아닐까.

아줌마가 그런 생각을 하면서 주방에서 김장을 다시 할 때 박 사장은 소주를 마시기 시작한다. 크……. 식도를 지나자 위벽을 통해 온몸으로 퍼지는 알싸한 소주 맛. 저물녘에 저 산 위로 노을 지는 그 맛이겠다. 불그레하게 사방으로 번져나가다가 끝내는 어둠으로 사라지는 노을의 맛.

박 사장은 아직도 오후의 햇살이 여전해서 두어 시간은 지나야 볼 수 있는 그 산의 노을을 잔으로 따라 마시는 듯 취흥에 잠긴다. 사는 게 무어람. 이렇게 소주 몇 잔으로도 불쾌해지면 되는 거지.

　박 사장이 그러고 있을 때 산 중턱의 김 과장은 낙엽송 지대를 벗어나 생 강나무와 아카시나무들이 많은 지대로 들어섰다. 이 부근은 산 위에서 굴러 내려온 바위에 맞아 꺾이거나 밑동이 눌린 나무들이 적지 않다. 눈도 곳곳 에 남아 있다. 바위 밑이나 나무 밑동의 그늘진 곳에 남은 건조한 눈. 등산 화에 밟히면 '푸석' 하고 속 빈 붕어빵 꺼지는 소리를 내면서 납작해진다.

　이윽고 비탈이다. 수직에 가까운 비탈이라 겁부터 먹는 여 등산객들은 오 르기를 단념하고 갖고 온 김밥이나 미리 먹고 그냥 하산한단다. 이 비탈은 중간중간 서 있는 참나무들을 타잔이라도 된 듯 잽싸게 잡아가며 올라야 한다. 그런 나무 잡기에 실수했다가는 산 아래로 굴러 떨어지기 십상이다. 이런 험한 비탈 때문에 이 산을 오르는 게 재미있단 소문이 나고 그래서 등 산객들이 몰려들면서 산그늘 마을이 번창하게 된 게 아닐까?

　김 과장은 배낭끈을 다시 한번 조이면서 잠시 쉬었다가 마침내 비탈을 오 르기 시작한다. 오를 때 손으로 잡는 참나무들 밑동에는 바위가 걸려 있는 경우가 많다. 위에서부터 굴러떨어지다가 나무 밑동에 걸린 것들이다. 그런 바위들도 조심해야 한다.

　나 참, 자살하려는 놈이 이런 조심까지.

　어찌 됐건 이런 어수선한 비탈에서는 죽고 싶지 않은 김 과장이다. 정신없 이 비탈을 다 올라왔다. 땀도 나고 기진했으므로 쉬기로 한다. 두 평 넓이의 너럭바위가 하나 있다. 김 과장은 배낭을 벗어서 그 바위에 놓고 앉았다.

　돌이켜보니 뜻밖에 비탈에는 눈이 없었다. 경사가 심해서 눈이 쌓일 수가 없었거나 동쪽 비탈이라서 아침마다 햇빛을 받으면서 다 녹았을지도 모른다.

　8부 능선쯤 될 이 너럭바위 부근에는 눈이 허옇게 남아 있다. 비탈을 오르기 전에 만났던 건조한 눈도 아니다. 얼음처럼 된 단단한 눈이다. 이런 눈밭에 싸리나무, 철쭉나무들이 이파리 하나 없는 앙상한 꼴로 남아 있다. 김 과장은 배낭을 연다. 그 속에는 아까 니슈퍼에서 산 위스키와 음울한 목적을 위해 준비한 밧줄이 똬리를 튼 꼴로 들어 있다. 계획은 다 서 있다. 우선은 위스키로 만취한 뒤에 부근의 벼랑에서 아래로 몸을 던지거나, 그것이 여의치 않으면 든든한 나무 그루를 찾아서 가지에 밧줄을 건 뒤 목을 맬 계획이다. 두 가지 자살 방법을 설정해 놓았으니 이제는 선택만 남았다.

벼랑은 너럭바위에서 삼사 미터를 나아가면 나타난다. 벼랑 끝에 서서 아래를 내려다보면 산기슭이 까마득하다. 술김에 눈을 감고 벼랑 아래로 뛰어내린다면 까마득하게 몸이 떨어지면서…… 산기슭의 바위들에 부딪히며 산산조각이 날 테다. 그게 내키지 않으면 그냥 이 부근에서 나무를 찾아 목을 매면 될 게고.

이 일대는 키 작은 관목들이 대부분이지만 제법 큰 소나무도 두엇 있다. 그 정도면 충분하다. 사실 이곳으로 장소를 정하기도 간단치 않았다. 최소한도 집에서는 결행하고 싶지 않은 김 과장이었다. 결혼해서 십오 년째 살아온 지긋지긋한 공간이란 점도 그렇고, 아내가 '이 인간이 나가서 뒈지지 않고 이게 뭐야' 하며 자기 시신을 타박할 것 같은 우려에서였다. 동네 야산을 생각했지만 사람이 많은 거기에서 남의 이목을 피해 결행한다는 게 불가능할 것 같았다. 더구나 요즈음은 봄방학이라고 학생들까지 야산을 놀러 다니고 있었다. 결국 김 과장은 '지난번 내린 눈이 여태 남아 있을' 이 산을 결행 장소로 정하고 오후를 기다려 차를 몰고 온 것이다. 이 산을 전에 다녀본 자신의 경험에 의하면 사람들은 오전에 등산하지 오후 들어서 하는 경우가 없었다. 오후 시간에 이 산 아래로 차를 몰고 온 까닭은 그러했다.

김 과장은 위스키 병마개를 딴 뒤 우선 한 모금 맛을 본다. 왜 이리 써? 소주처럼 달착지근 하게 쏘는 맛도 아니고 이건 그냥 쓰다. 소주 사 올 것을 그랬나? 죽는 첫 번째 순서를 밟으면서도 이렇게 생각이 많다.

'내 사랑 닭갈비' 식당 안으로 들이치는 햇살이 길어졌다. 주방 가까운 냉장 진열장까지 닿았다. 오후 네 시는 되겠지. 박 사장은 벽시계를 본다. 역시 오후 네 시 오 분이다. 도로 건너 산그늘 속에 있는 가게들의 불빛이 이 무렵에는 유난해 보인다.

기우는 햇살이 산의 서쪽에 강하게 달라붙으면서 산그늘의 어둠이 더욱 부각되니까 가게 불빛들이 유난해 보이는 게 아닐까. 그건 산그늘 밖의 서녘 햇빛과 만나려고 몸부림치는 모양 같다.

내통하려고.

아내가 그놈과 대낮에 도시의 모텔에서 만나 껴안고 뒹굴고 그러다가 시치미를 떼고 식당으로 돌아오고 그러는 줄은, 박 사장은 몰랐었다. 아내는 은행 일 따위를 본다고 정기적으로 도시를 다녀왔고, 박 사장은 그런가 보다 하고 식당만 지키고 있었다. 주인이 가게를 비우는 횟수에 비례해서 매상이 떨어지게 마련임을 잘 알고 있기 때문이다. 온 마을 사람들에게 다 퍼진 '아내의 바람' 소문인데도 혼자만 까맣게 몰랐던 건 이 식당만 도로를 건너 혼자 있는 탓이다. 웬만해서는 도로를 건널 일 없이 지내는 박 사장이니까.

그냥 집에서 살림이나 하라 할 것을 식당의 품삯을 조금이라도 아끼려고 아내를 끌어들인 게 잘못이었다. 지금 주방 아줌마는 모르고 있지만 박 사장은 이 식당을 도시의 아는 복덕방마다 부탁해 놓았다. 가격대가 맞으면 팔아 버리고 이 마을을 떠날 것이다. 애들 이름으로 사 놓은 도시의 아파트 두 채 중에서 한 채도 팔고 그러면 다른 데 가서 무슨 장사인들 뭣하겠나.

박 사장은 소주병이 다 비워졌으므로 다시 한 병을 갖다 마시려고 의자에서 일어나다가 '콰당' 넘어졌다. 주방에서 김장을 마쳐가던 아줌마가 허겁지겁 달려온다.

"괜찮아요." 말은 그리 하면서도 비틀대며 일어나는 박 사장이다. 밥도 제대로 먹지 않고 오후만 되면 술타령인 사람이니 딱하다. 쯧쯧쯧. 아줌마는 혀를 차다가 말한다. "고만 마시지요."

"괜찮아요."

하면서 박 사장은 그예 냉장 진열장으로 가서 소주 한 병을 잡았다.

위스키 한 병을 다 비웠는데도 왜 이리 정신이 말똥말똥한 거야?

"이거 중국산 짝퉁 위스키 아니야?"

하고 산 위의 김 과장은 혼잣말로 떠들어보는데 짝퉁 위스키는 아닌가 보다. 자기가 지금 떠드는 말이 라디오 방송처럼 귀에 들리니 말이다. 취한 것은 분명하다. 일어서려니까 사방이 어지럽다. 다시 너럭바위에 털썩 주저앉았는데 몸은 휘청거리고 정신은 말똥말똥한 이 기괴한 분리 현상이 감당하기 어렵다. 이런 몸으로는 벼랑까지 가기도 힘들고 그렇다고 나무를 찾아 밧줄을 걸어놓기는 더욱 힘들 것 같다. 그예 '걱걱' 울기 시작한다.

어떻게 내가 사 년 만에 폐인이 된 걸까? 사 년 전 직장에 사표를 던지고 나왔을 때만 해도 이렇게 될 줄은 전혀 몰랐다. 이제 마흔임에도 나이 많다고 받아주는 곳 하나 없는 취업 현실에다가 '집안의 생계를 맡을 수밖에 없다'며 어딘가를 다니기 시작한 아내, 낮잠 자기나 텔레비전 보기로 소일해야 하는 날들의 무료함 등은 나를 이 지경으로 내몰았다. 특히 아내의 변화. 최소한의 잠자리도 '직장 일로 피곤하다'며 거부한다. 대학 후문 부근의 카페에서 주방 일을 새벽까지 보느라 피곤하다 했는데 얼마 전 알았지만 노래방 도우미를 다니고 있었다. 그건 사실상 매춘이다. 나는 창녀의 기둥서방이 되었다.

한때 여기서 멀지 않은 도시의 자동차 판매 대리점의 과장이던 사내가 지금 찬 기운이 들이치는 산의 8부 능선에 앉아 울고 있다. 이십 여분은 울다가 일어서서 산 아래쪽을 내려다보니까 뜻밖에 마을 풍경이 훤히 보인다. 전에는 푸른 수풀이나 무성한 나뭇잎들에 가려서 보이지 않던 풍경이 겨우내 잎들이 다 떨어지자 그렇게 훤히 보인다.

문득 오줌이 마렵다. 허연 김을 날리면서 흰 눈밭에 검은 구멍을 송송 만드는 오줌 줄기. 더하는 한기에 몸을 떨고서 김 과장은 바지춤을 여몄다. 여유를 갖고 경이로운 눈길로 산 아래 마을 쪽을 내려다본다. 산기슭의 많은 집이 지붕이나 옥상을 보이며 어둑한 산그늘 속에 있는데 오직 도로 건너 한 집만 햇빛을 받고 있다. 차를 두고 온 그 식당이다. 식당 옆의 검붉은 점처럼 보이는 자기 차. 서쪽에서부터 땅거미가 깔리고 있어서 그 식당이 혼자서 받는 지금의 햇빛도 한낮처럼 밝고 투명한 빛이 아니다. 불그레한 게 왠지 불길하다. 어둑한 산그늘 속의 집들보다, 지는 햇빛을 받는 그 식당이 오히려 음울하게 보이는 이 기괴함이라니.

지금 몇 시나 됐을까? 폴더에 시간이 나타나는 휴대폰을 바지주머니에서 찾았는데, 없다. 어떻게 된 걸까? 분명 바지주머니에 있었는데…… 차에서 내릴 때 떨어트렸나? 이럴 때가 종종 있다. 무슨 생각에 골몰하면서 차에서 내리다 보면 휴대폰이 자기도 모르게 운전석 밑에 떨어져 있었다. 이따 내려가서 찾아봐야지. 결국 김 과장의 음울한 목적은 이런 식으로 흐지부지 되었다. 하긴 다부지게 자살할 사람이었다면 오직 죽겠다는 마음 하나로 이 산을 올랐어야 하지 않을까? 아까 민박집들 골목을 빠져나올 때부터 이런 저런 것들에 신경을 썼으니 솔직히 그때부터 김 과장의 마음은 흔들리고 있었다. 이제 당면한 문제는 어떻게 하산하느냐이다. 취해서 휘청거리는 몸에, 가파른 비탈길에, 어두워지는 시간에, 휴대폰도 없는 처지에.

김 과장은 취기가 빠지느라 그런지, 아니면 해가 지느라 그런지 더욱 오싹한 한기에 몸을 쭈그리고 앉아서 당면한 문제의 해결책을 생각해 본다. 그렇다. 술이 좀 더 깰 수 있을 때까지 기다리다가 그때 내려가자. 갖고 온 밧줄을 이용해서 참나무에 걸었다가 풀기를 반복하면서 비탈길을 내려가면 되지 않을까? 괜히 서둘렀다가는 참나무들에 부딪히며 굴러떨어질 텐데 중상을 입기 십상이다. 그런 일은 없어야겠지. 서두르지 말자. 깨끗하게 죽느니만도 못한 몸의 꼴이 되어서는 안 되니까.

김 과장은 민망하게도 자기 목에 걸려고 챙겨왔던 밧줄을 믿고 험난한 비탈길을 내려갈 참이다.

아줌마는 박 사장한테 퇴근을 허락받았다. 경기가 좋았을 적에는 늦은 밤에도 손님들이 찾았지만 요즘 같아서야 어디. 그녀는 "만일 손님이 드시면 연락 주세요."라는 말은 남기고 식당 문을 나선다.

사실, 박 사장은 소주를 세 병째 마시고 있는 중이라 종업원이 어떤 말을 해도 듣지도 않고 고개부터 끄덕일 것이다. 그런 주인을 두고 종업원이 먼저 퇴근한다는 것은 안쓰럽지만 동시에 부담스럽기도 해서 그녀는 그렇게 먼저 퇴근한다. 막냇동생 나이 되는 주인이지만 남녀가 유별하지 않나. 좁은 이 마을에서 '부인이 바람나서 홀아비가 된 남자'와 단둘이서 밤늦게까지 있기는 좀 뭐하다.

그녀가 도로 쪽으로 발걸음을 뗄 때 무슨 고상한 클래식 음악이 들렸다. 도로 건너 카페에서 나는 쿵쾅거리는 음악은 아니다. 뭐에 갇혀 있는 듯 답답한 느낌이 있는 음악. 그녀는 멈춰 서서 둘러보다가 옆의 주차장 구석에 있는 경차에서 그 소리가 나고 있음을 알았다. 다가가서 차 안을 살펴보니 역시 운전석 아래에 떨어져 있는 휴대폰이 그런 음악을 보내고 있었다. 그녀는 발길을 되돌렸다.

저녁을 지나면서 일대는 어둠을 뒤집어쓰고 있다. 해가 떠 있을 때에는 햇빛을 받는 '내 사랑 닭갈비' 식당과 그렇지 못하고 산그늘 속에 있는 가게들로 양분된 마을이었는데— 이렇게 밤이 되면 그런 구별이 없어지면서 모두가 한 어둠 속에서 불들을 밝히며 지내는 다정한 풍경이다.

아줌마는 가로등 불빛과 가게들 불빛이 서로 겹치거나 엇갈리느라 어지러운 도로를 건넌다. 작년 초까지만 해도 그녀는 집에서 민박을 치며 살았다. 술을 즐기던 영감이 추운 날 뇌졸중으로 마당에 쓰러지면서 모든 게 바뀌었다. 영감은 두 달 만에 세상을 떴지만 남은 것은 빈한한 살림과 시베리안 허스키라는 괴상한 양놈 개 한 마리. 개 사료 대기도 어려운 판에 뜸해가던 민박 손님들마저 끊긴 불경기. 그녀는 그 양놈 개를 도시의 사람에게 헐값에 팔아치우고 민박 일도 닫아 버렸다.

닫고 말고도 없었다. 벌써부터 들지 않는 손님이었으니까. 그냥 고인이 '소싯적 익힌 붓글씨'라며 쓴 민박 입간판을 뒤꼍에 갖다 놓는 것으로 십여 년 된 생업을 접었다. 그렇게 되었을 때 '와서 주방 일을 거들어 달라'고 연락을 준 박 사장님이 얼마나 고마웠던지. 그런 착하고 좋은 분이 저렇게 폐인이 되어가고 있다니……. 사모님도 나쁜 분은 아니었는데. 인물도 고운데다가 마음씨도 상냥해서 사모님을 보러 식당 단골이 되었다는 손님들도 적지 않았는데.

아줌마는 '니슈퍼' 옆 좁은 골목으로 들어간다. 비좁고 어두운 길이지만 수십 년 간 다녔으니 눈을 감고도 갈 수 있다. 그래도 조심해야지. 이웃집 할미도 지난가을에 산으로 땔감 하러 갔다가 발목을 삐끗한 게 여태 낫지 않아 절룩이는데.

자기 집까지 반쯤 다다랐을 때다. 골목 위쪽에서 누군가 멈춰서는 모양이면서 독한 술 냄새가 풍겨왔다. 그녀는 하는 수 없이 몸을 가자미처럼 옆으로 돌려 담벼락에 바짝 붙인 꼴로 한 발 한 발 올라간다. 이윽고 어둠 속에서 만난 사람 역시 그녀처럼 몸을 담벼락에 바짝 붙이고 지나쳐 내려갔다. 지나갔는데도 여전한 술 냄새. 그리고 비릿한 피 냄새도 나는 듯싶다. 늙었으나 냄새 맡기에 관한 한 그녀는 아직도 젊었다.

감이 잡힌다. 눈도 덜 녹은 이때 겁 없이 산에 올라 술까지 마신 사람이 하산하다가 비탈길에서 구르면서 어디를 다친 모양이다. 전에 민박을 칠 때에는 저런 사람을 보면 그냥 지나치지 못하고 불러서 집의 옥도정기라도 발라주고 보냈었다. 안됐으니까. 이제 그녀는 그런 마음도 다 사라졌다. 먹고 살기 어려운 지경이 되니까 마음씨도 팍팍해졌다.

아줌마가 자기 집 안방에서 옷을 갈아입고 있을 때 김 과장은 경차 안에 앉아 있었다. 비탈길을 거의 다 내려와서 마음을 놓았다가 그만 발을 헛디디며 굴러떨어졌는데…… 얼굴 오른쪽이 까여 피가 나다가 멈췄고 발목도 시큰거리는 게 여간 고통스럽지 않다.

그래도 살아 내려오지 않았나. 역시 운전석 바닥에서 찾은 휴대폰. 문자메시지가 도착했다고 깜빡이고 부재중 수신이라는 표식도 하나 있다. 먼저 부재중 수신부터 확인해 보니 중학교 일학년인 딸의 전화번호가 뜬다. 문자메시지도 딸이 보낸 것이다. 메시지는 '아빠 지금 어딨어?' 이것뿐이다. 그 외에는 아무런 문자메시지도, 부재중 수신번호도 찍혀있는 게 없다. 아내한테서도 오지 않았다. 아내는 지금쯤 화장을 떡칠처럼 하고 노래방에 나갈 채비 중이 아닐까? 아내와의 대화는 내가 직장에 사표를 내고 나온 지 딱 일 년 되던 날의 대화가 마지막이었다. 그 후로는 대화다운 대화는 오가지 않았다. 사표 내고 나온 지 딱 일 년이 되던 그 날 저녁에 아내는 내게 말했다. "그래, 과장들은 맡은 과에서 한 명씩 줄일 직원을 알아서 적어내라 했다는데…… 그래, 고민 고민하다가 자기 이름을 적어내는 사람이 어디 있나? 당신은 여하튼 너무 마음이 약해서 탈이야."

아내는 그런 말을 설거지하면서 내뱉었다. 음식 찌꺼기를 싱크대 바닥에 버리듯이 내뱉었다. 대화가 아닌 독백 같았다. 그 후로 우리 부부는 더 이상의 대화가 끊겼다. 아내의 '당신은 여하튼 마음이 약해서 탈이다'는 말이 맞다. 나는 오늘도 눈 덮인 산에까지 올라가서도 결행 못 했다.

　김 과장은 참담하게 차 안에 앉아 있는데 이제 남은 문제는 어떻게 집까지 가느냐이다. 이 차— 자동차 판매 대리점에서 근무할 때 전시됐던 것을 헐값으로 불하받았다.—를 몰고 갈 수는 있다. 도시의 아파트까지 삼십 리 되지만 그 정도는 충분히 몰고 갈 수 있다. 운전경력이 십오 년이다. 다만 술 냄새가 걱정이다. 음주운전 단속에 걸렸다가는 면허정지에다가 벌금이 대단하다는데……. 백만 원 이상은 기본이란 말을 어디서 들었던 듯싶다. 힘들게 산을 내려왔나 했더니 여전한 돈 문제. 살아 있는 한 돈 문제를 벗어날 길은 없는가?

　김 과장이 경차 안에서 그러고 있을 때 약 사 미터 거리의 '내 사랑 닭갈비' 식당 박 사장이 일을 벌였다. 식당 한쪽 벽에 장식용으로 걸어둔 등산용 밧줄에 자기 목을 질끈 매어 버렸다.

• **이병욱(42회)** _ 2009년 계간 문예지 《뿌리》 35호 신인문학상 수상. 2016년 단편소설집 〈숨죽이는 갈대밭〉 발간. 교직에서 퇴직 후 소설 창작에 전념.

의자 이야기

최수철

1.

얼마 전에 흥미로운 신문 기사를 읽었다. 에스파냐 바르셀로나에 있는 사그라다 파밀리아 대성당에서 화재가 발생했는데, 경찰은 성당 내부에 있는 한 의자에 불이 나서 건물에 옮겨붙은 것으로 보고 있다는 내용이었다. '성가족성당'이라는 뜻을 가진 그 고딕 양식의 성당은 유명한 건축가 가우디의 미완성 대작으로 세상 곳곳에서 몰려온 관광객들의 발길이 끊이지 않는 곳이었다. 놀랍게도 의자에 불이 난 경위는 아직 밝혀지지 않았다고 했다.

워낙 짧은 기사라서 더 이상의 사정은 알 수 없었다. 신문을 접어 막 탁자 위에 내려놓는 순간 어쩌면 그 의자가 고해실의 의자가 아닐까 하는 생각이 뇌리를 스쳤다. 그러자 머릿속에서 이야기 하나가 천천히 떠오르기 시작했다. 우선 나는 그 의자를 고해실의 의자로 설정한 뒤, 며칠 동안 전체적인 틀을 짜는 데 골몰했다. 아직 최종적으로 완성이 되지는 않았지만, 생각을 가

다듬는 의미에서 지금부터 그 이야기를 풀어보도록 하겠다.

2.

성상과 십자가가 곳곳에 걸려 있는 성당의 본당 안에는 감실과 제대, 성수대, 제의실이 갖추어져 있고, 안쪽 한쪽 벽에는 상자 두 개의 모양을 한 고해실이 자리 잡고 있었다. 그 고해실에는 신도들이 앉도록 의자가 하나 놓여 있었는데, 그 의자는 보통 의자가 아니었다. 오랜 시간에 걸쳐 수많은 인간이 그 의자에 앉아 고해성사를 하면서 자기들이 저지른 온갖 악덕을 털어놓았다. 의자는 날마다 그 놀랍고 끔찍하고 추악한 이야기들을 들어야 했다. 고해를 하면서 사람들이 단순히 입만 움직였겠는가. 몸을 움찔거리고 팔다리를 떨고 더운 땀과 식은땀을 동시에 흘리고, 눈물도 짜고 콧물도 흘리지 않았겠는가. 오랫동안 의자는 고통받는 인간들의 체취를 맡고 그들 몸에서 일어나는 경련을 느껴오던 중에, 언젠가부터 인간들의 마음과 감응하게 된 것이었다.

처음부터 그 의자가 고해실의 의자로 만들어진 건 아니었다. 원래는 바르셀로나의 유명한 목수가 중병을 앓으면서 혼신의 힘을 다해 제작한 마지막 작품이었다. 겉으로 보기에 단순하고 평범해 보여도, 앉아 보면 균형감과 안정감이 뛰어나고 자세히 살펴보면 나무의 결과 무늬가 무척 아름다운 데다가 세부가 섬세하게 처리된 아름다운 의자였다.

목수는 의자를 완성하자마자 숨을 거두었다. 그에게는 가족이 없었기 때문에, 의자는 여러 사람의 손을 거치면서 가혹한 운명을 겪어야 했다. 처음에는 부유한 가구 상인의 거실 구석에서 편안하게 지냈다. 그러다가 내전이 일어나 프랑코 군대가 모로코로부터 바르셀로나로 쳐들어왔을 때 시민들이 창을 통해 의자들을 길에 내던져 바리케이드를 쌓았는데, 그 의자도 그 속에 들어 있었다. 파시스트들에 대항하여 혁명을 완수하려는 공화주의자들의 의자가 된 것이다.

시가전이 벌어지는 중에 의자는 폭탄을 맞거나 팔랑헤 당원들의 발길에 채여 부서지는 위기를 간신히 모면했다. 내전이 종식된 후에는 길에 버려져서 노숙자의 소유가 되었는데, 그 늙은 노숙자는 날이 어두워지면 그 의자를 길모퉁이에 놓고 그 위에서 잠들고 깨어나면서 많은 시간을 의자 위에서 보냈다. 그는 말버릇처럼 지상에서 오직 그 의자만이 자신의 유일한 집이라고 말하곤 했다.

어느 날, 도둑이자 사기꾼인 한 남자가 그 의자를 훔쳐내서 집안에 대대로 전하여 내려오는 보물이라고 그럴듯하게 거짓말을 보태어 어느 정치가에게 팔아버렸다. 그 정치가는 워낙 사악한 인물이라서, 그 의자를 기상천외한 용도로 사용했다. 정적들을 그 의자에 앉히고 주리를 틀며 고문하기도 하고, 심지어는 의자에 묶어 놓고 뒤에서 밧줄로 목을 조여 살해하기도 했다.

3.

세월이 흘러 정치가가 몰락하자, 오래전부터 그 집을 드나들던 사이비 심령학자가 몰래 의자를 빼돌려 푸른색과 노란색의 싸구려 도료로 얼룩덜룩하게 줄무늬를 칠했다. 그런 뒤에 치료의 명목으로 환자들에게 최면을 걸거나 미친 사람들을 상대로 악마 추방 의식을 벌이는 데 사용했다. 나중에 심령학자는 사람들에게 돌팔매질을 당한 뒤 추방되었고, 의자는 그를 몰아내는 데 앞장섰던 한 젊은이가 손에 들어갔다.

의자는 그 젊은이의 스튜디오 겸 서재로 옮겨졌다. 첫눈에 의자에 마음이 끌린 그는 자기 손으로 꼼꼼하게 페인트를 벗겨냈다. 그는 민주주의적 이상을 품은 열렬한 자유주의자였는데, 군부가 정권을 차지하고 교회가 군사정부에 영합하는 꼴을 보고서 지독한 환멸을 느꼈다. 장기 집권하고 있는 독재 정권에 대항하여 세상을 바로잡기 위해 나름대로 지하에서 저항운동을 벌이기도 했다.

그러나 정권은 요지부동이었고, 그와 뜻을 같이 하던 동지들도 하나씩 곁을 떠나기 시작했다. 그는 자포자기해서 방탕에 빠져들었는데, 어느 날부터 결혼을 약속한 약혼녀를 돌아보지도 않고 다른 여자들과 어울리기 시작했다. 그는 여자들과 몸을 섞을 때 그 의자에 앉아 여자를 자기 무릎 위에 앉히는 자세를 좋아했다. 여자들에게서 '단도가 꽂혀 있는 치명적인 의자'라는 별명으로 불린 것도 그 때문이었다.

약혼녀가 울며 항의를 하면 그 젊은이는 이렇게 말하곤 했다.

"당신은 너무 푹신한 안락의자 같아서 졸음이 나올 지경이야."

하지만 얼마 지나지 않아 엽색 행각에도 신물이 났다. 어느 날 문득 기발하면서도 위험한 생각이 그의 머리에 떠올랐다. 여자들과 벌거벗고 함께 놀았던 그 의자를 사그라다 파밀리아 대성당으로 가져가서 고해실에 있는 의자와 바꿔치기하겠다는 것이었다. 그렇지 않아도 대의를 저버린 교권에 복수하기 위해 오래전부터 벼르던 참이었다. 그날 그는 늦은 시각에 의자를 들고 성당으로 들어가서 이층 구석방에 숨어 있다가, 사람들이 모두 떠난 뒤에 고해실로 갔다. 고해실 안에 놓여 있던 의자를 들어내고 자신의 의자를 그 자리에 놓는 동안, 그의 얼굴에는 시종 씁쓸한 미소가 어려 있었다.

그 후 그 청년은 어디론가 사라져버렸다. 그래도 약혼녀에게 양심의 가책을 느낀 모양인지 짤막한 편지를 한 장 남겼는데, 거기에는 이렇게 씌어 있었다.

"이 세상에 나 말고 또 다른 내가 있다는 느낌을 떨칠 수 없어. 이 모든 거치적거리는 것들을 떨쳐버리고 나만의 삶을 계속해 나가고 싶어. 그러다 보면 나 말고 또 다른 나를 만날 수 있겠지. 남들처럼 더 나은 의자를 차지

하기 위해 서로 경쟁하며 이 의자에서 저 의자 위로 곡예를 부리며 옮겨 다
니고 싶지는 않아. 새로운 의자들을 만나야지. 그래서 언젠가는 나만의 의
자를 찾아야지. 끝으로 한 가지 부탁이 있어. 이 편지를 내 마지막 편지, 아
니 내 유서로 읽어주었으면 고맙겠어.

여기서 잠시 여담을 하자면, 이 의자가 중세시대부터 여러 성당의 고해실
을 지키던 의자로 설정하여, 시간적 배경을 더 오랜 세월로 확장하는 것도
흥미롭지 않을까 싶다. 그런 이야기 틀에서라면 아마도 기독교와 이슬람 사
이의 갈등이나 악명을 떨치던 종교재판소와 관련된 드라마도 다룰 수 있을
것이다. 그러나 이번에는 대략 사반세기 가량의 시간대에 만족하기로 하자.

4.

그 후 십여 년이 지난 어느 날 늙지도 젊지도 않은 한 여자가 고해실로 들
어와 의자에 앉았다. 이야기는 이제부터 본격적으로 시작되는 셈이다. 그녀
는 신부가 없는 저녁 시간을 택해 고해실을 찾았는데, 고해하려는 게 아니기
때문이었다. 그보다는 남들의 눈에 띄지 않는 곳에 편히 앉아서 잠시 쉬고
싶었을 따름이었다. 이제는 나이가 들어서 탑 위로 통하는 높은 계단을 오
르내린 뒤 완전히 지쳐버린 터였다.

의자에 앉아 잠시 졸고 났을 때 그녀는 뭔가 이상하다는 느낌이 들었다.
가만히 보니 자기가 앉아 있는 그 의자는 떠나 버린 옛 애인의 의자였다. 그
의 집에 들를 때 자주 보았기에 틀림없었다. 그의 방에서 그 의자를 대할 때
마다 가슴이 아팠다. 그가 그녀 몰래 그 의자 위에서 어울리는 여자들의 모
습이 눈앞에 떠올랐기 때문이었다. 순간 그녀는 불에 덴 듯 엉덩이에 화끈
한 기운을 느끼고서 벌떡 일어서려 했다. 그러나 마치 사지가 돌덩어리로 변
한 것처럼 무거워서 꼼짝도 할 수 없었다.

그녀는 바르셀로나 시청에 소속된 관광 안내원으로 일하고 있던 터라 관광객들과 함께 세계적으로 유명한 이 성당을 방문할 기회가 수도 없이 많았다. 하지만 애인이 종적을 감춘 뒤로 고해실에는 영영 발길을 끊었다. 애인의 마음을 되돌리기 위해 수시로 예배당에서 기도를 올렸고 고해도 게을리하지 않았지만, 결국 애인을 잃고서 신에 대한 믿음도 함께 잃은 것이었다.

실로 오랜만에 다시 들어온 고해실에서 옛 애인의 의자와 만났으니, 놀란 마음을 쉽게 가라앉힐 수 없었다. 처음에 여자는 이토록 성스러운 곳에 저런 음란한 의자가 놓여 있는 건 신성모독이라 여겼다. 옛 애인이 다시 한번 고약한 장난을 치고 있다는 생각도 들어서 환멸감에 몸을 떨었다. 그러나 그녀의 몸은 여전히 의자에 들러붙어 떨어지지 않았다. 시간이 지나면서 그녀의 마음속에 차츰 슬픔이 차올랐다. 눈에 고인 눈물을 훔치고 났을 때, 문득 의자를 다시 만나 반갑다는 생각이 들었다. 악마의 손바닥 위에 올라앉은 듯 잔뜩 긴장되었던 뼈와 살도 점차 부드럽게 풀어졌다.

5.

그날 이후로 그녀는 거의 매일 고해실을 찾았다. 물론 고해하기 위해서가 아니라 그 의자에 앉기 위해서였다. 애인이 떠난 뒤로 그녀의 마음속에 빈 의자 하나가 놓였는데, 고해실의 그 의자에 앉으면 마치 마음속의 그 빈 의자에 앉는 듯한 느낌이었다.

지난날을 생각하면 여전히 자기도 모르게 땅이 꺼지게 한숨이 흘러나오곤 했다. 하지만 지금까지 질투와 분노와 상심으로 가득 차 있던 그녀의 가슴속에서 이제는 솔직하고 진실 된 말이 우러나왔다. 그때마다 그녀는 이렇게 중얼거리곤 했다.

"아, 이제 나는 내 고백을 부끄러워하지 않는구나."

고해실 벽에는 성화가 한 장 걸려 있었는데, 라파엘로가 그린 <작은 의자 위의 성모>라는 제목의 그림이었다. 그림 속에서는 성모가 아기 예수를 안고 있고, 그 옆에서 세례 요한이 어머니와 아들을 바라보고 있었다. 그러나 의자는 보이지 않고, 다만 성모가 의자 위에 앉아 있다는 것을 짐작할 수 있을 뿐이었다. 그녀는 그 그림을 볼 때마다 눈에 보이지 않는 작은 의자를 눈앞에 그려보곤 했고, 그러다 보면 저절로 마음이 차분히 가라앉았다.

그녀는 첫날처럼 간혹 그 의자 위에 앉은 채 잠이 들기도 했다. 그러던 어느 날 특별한 경험을 했다. 고해실에 들어가 막 의자에 앉았을 때, 낮 시간 동안에 앉았던 사람들의 미지근한 체온이 엉덩이를 통해 그녀의 몸에 전달되었다. 그때 그 미지근한 기운이 그녀와 의자를 하나로 연결해주었다. 의자로부터 환청 같은 것도 들려오는 듯했다. 그와 거의 동시에 의자가 겪고 있는 고통이 그녀에게 생생하게 감지되었다. 그녀는 자기도 모르게 벌떡 일어섰다가, 다리에서 맥이 풀려 곧 털썩 주저앉았다.

이제 그녀는 알 수 있었다. 그녀만큼이나 의자도 고통과 번민을 겪고 있었다. 고해실에 자리를 잡게 된 후로 의자는 그동안 과거 어느 때보다도 어려운 상황에 처해 있었다. 날마다 수많은 인간이 그 의자 위에 앉아 고해성사를 하면서 온갖 놀랍고 끔찍하고 추악하고 가련한 이야기를 털어놓았다. 게다가 그들의 고백 속에는 거짓과 위선, 무지와 편견이 깊이 배어 있었다. 고해를 하면서 인간들은 죄의식으로 인한 자책감과 단죄의 공포와 참회의 기쁨에 울고 웃었다. 의자는 인간들이 자기 위에 앉아 끊임없이 되풀이하는 고해를 들으며 매순간 강한 연민에 사로잡히고 있었다. 의자는 그녀에게도 연민을 느끼고 있는 게 분명했다. 그녀는 그런 의자에게 연민을 느꼈다. 그녀와 의자는 서로에게 느끼는 연민을 통해 하나가 되었다.

그 후로 그녀는 그 의자 위에 앉을 때마다 어김없이 혼곤하게 잠 속으로 빠져들었다. 그 잠은 그녀가 의자와 하나가 되는 신성한 잠이었다. 그 신성한 잠은 그녀에게 특별한 능력을 부여했다. 의자에 묻어 있는 냄새나 체온이나 얼룩 같은 것을 감지해내어, 그 의자에 앉았던 사람들의 다양한 사연을 간파할 수 있게 된 것이다. 어느 날 저녁 그녀는 조용히 눈을 감고 앉아서 의자가 기억하는 애인의 체온과 체취를 되살려 냈다. 몇 달 전에 그녀는 시내의 한 찻집에서 애인의 여동생과 우연히 마주쳤다. 애인의 여동생은 그녀에게 호감을 가지고 있었던 터라, 두 사람이 파경을 맞은 데 대해 안타까움을 느끼고 있었다. 그녀가 들려준 말에 따르면, 그녀의 애인은 바닷가의 한 도시에서 수입상으로 일하다가 사기꾼들의 농간에 걸려들고 몇 가지 악재도 겹쳐 중년의 나이에 빈털터리가 되어 이리저리 떠돌고 있다고 했다.

그녀는 혼몽한 상태에서 자신의 몸에 남아 있는 애인의 체온과 체취도 되살려 냈다. 그러자 그가 한 초라한 골방에서 작은 골풀 의자 위에 앉아 시름에 잠겨 있는 환영이 그녀의 눈앞에 떠올랐다. 그녀는 그가 고향으로 돌아오고 싶지만 돌아오지 못하고 있다는 것도 알았다. 이제 그는 자신의 행동을 후회하면서, 비로소 사랑의 감정이 무엇인지 조금씩 깨달아 가고 있는 중이었다. 놀랍게도 그녀는 의자 덕분에 그 모든 것을 보고 그 모든 것을 알 수 있었다. 그 후로 그녀가 그 의자에 앉아 애인을 떠올리는 행위는 곧 애인을 위한 묵상이자 기도가 되었다.

6.

이쯤에서 또 한 사람의 중요한 인물을 등장시켜야 한다. 고해를 하지 않으면서도 날마다 고해실을 찾는 사람이 또 한 사람 있었는데, 나이가 일흔이 넘은 한 괴팍한 화가였다. 그 화가는 늘 알토라는 이름의 개를 데리고 다녔는데, 성당 측의 특별 허가를 받아 시간에 구애받지 않고 자유롭게 드나들면서 성당 구석구석을 화폭에 옮기고 있었다. 성당을 관리하는 젊은 신부들은 재정난을 타개하기 위한 일환으로 조만간 그 그림들을 모아 화첩을 출간할 계획이었다.

어느 날, 화가는 고해실에 들렀다가 단아하고 섬세하면서도 기품이 있는 의자를 우연히 발견했다. 그 순간 강한 영감이 찾아들었다. 뭐랄까, 처음 보는 순간, 경건한 수도승이 무릎을 꿇고 두 손을 들어 올려 기도하는 모습이 떠올랐다고나 할까. 화가는 그 의자에서 자신의 영혼이 앉을 곳, 자기 영혼을 위한 의자를 보았다고 믿었다.

사실 그는 의자라면 진절머리가 났다. 그의 아내는 오래 투병 끝에 삼 년 전에 숨을 거두었는데, 임종을 맞이하기 전까지 거의 이 년 동안 내내 침대와 휠체어와 흔들의자를 전전하며 힘겨운 시간을 보내야 했다. 사랑하는 아내가 의자를 벗어나지 못하는 모습을 보며 그는 가슴이 찢어지는 듯했다. 마치 의자가 아내를 감옥처럼 가두고 있다는 느낌도 받았다. 그 때문에 아내가 죽은 후로는 어떤 의자에도 편히 앉아 있을 수가 없었다. 이 세상의 모든 의자가 사람이 한 번 앉으면 결코 놓아주지 않는 덫처럼 보였던 탓이었다.

그러나 이 의자는 달랐다. 가만히 보고 있으면 건강한 모습으로 환생한 아내를 대하고 있는 것도 같았다. 알토도 그 의자를 보자마자 얼른 뛰어올라가 몸을 둥글게 말고 앉았다. 아내는 알토를 무척이나 아꼈다. 알토는 거동이 어려운 그녀를 늘 곁에서 지켰다. 흔들의자에 앉아 있는 그녀의 무릎이 알토의 잠자리였다. 화가가 그랬듯이, 알토도 그 의자를 보고서 아내의 존재를 느낀 게 분명했다. 의자에 앉아 있는 알토를 보고 있으니, 아내가 알토를 품에 안고 있는 광경이 연상되었다.

그 후로 노화가는 고해 시간을 피해서 의자를 꺼내어 이곳저곳에 옮겨 놓고 그 위에 알토를 앉혀 놓고서 그림을 그리기 시작했다. 알토가 아내의 모습을 대신해주고 있었다. 성당 여러 곳이 배경이 되었는데, 그림이 끝나기도 전에 알토가 의자에서 내려오려고 조바심을 치면 화가는 이렇게 말하곤 했다.

"의자처럼 가만히 있어라."

그러면 알토는 정말 다시 얌전해져서 점잖게 포즈를 취하는 것이었다. 이제 화가는 이 세상 모든 의자에 대해 특별한 감정을 느낄 수 있었다. 강하게 이끌리기도 하고, 때로 거부감을 느끼기도 했지만, 하나하나 자세히 살펴보면 모두가 살아 있는 귀한 생명체처럼 보였다.

7.

이제 초로의 나이가 된 여인은 계속된 묵상과 기도를 통해 점점 더 분명하게 애인의 모습을 볼 수 있었다. 그는 아무도 앉지 않는 낡고 부실한 의자를 연상시켰다. 몸이 의자처럼 뻣뻣하게 마비되어 있는 것처럼 보였다. 실제로 몸에 활력이 없어 움직임이 둔하고 등이 굽고 상체가 앞으로 꺾인 모습이 점차 의자를 닮아가고 있었다. 그는 낯선 땅에서 낯선 의자들 위를 전전하느라 심신이 피폐해져 있었다. 마침내 그녀는 마음을 정하고서, 그의 여동생이 알려준 주소로 편지를 썼다. 이제 그만 돌아오라고, 돌아오기만을 기다리고 있다는 내용이었다.

그러나 편지는 열흘 후에 반송되었다. 그가 편지를 받지 못한 이유는 이미 항구 도시를 떠나 고향으로 돌아오는 길이었던 탓이었다. 그녀가 반송된 편지를 받아든 날, 그도 저녁 무렵에 고향에 도착했다.

한때 그는 의자 춤을 추는 스트립 댄서에게 홀린 적이 있었다. 온몸이 흑단처럼 새카만 아프리카 여자였는데, 그 때문에 재산의 상당 부분을 날렸다. 그 바람에 암흑가의 사람들로부터 사채를 얻었다가 이자를 갚지 못하여 그들에게 끌려 의자 하나 달랑 놓인 방에 사흘 동안 갇히기도 했다.

그 방에서 풀려난 후 병에 걸려 사경을 헤매던 어느 날, 새벽녘에 꿈을 꾸었다. 꿈속에서 그는 의자 위에 앉아 졸다가 바닥에 떨어졌다. 일어나 앉으려 하지만 몸이 비틀려 있어서 사지를 제대로 움직일 수 없었다. 어찌된 일인지 방금 전에 앉아 있던 의자가 저만치 멀어져 있었다. 그는 그 의자를 향해 기어갔다. 반드시 저 의자에 다시 올라앉아야만 살아남을 수 있었다. 그러나 가까이 다가가자 의자는 다시 뒤쪽으로 저만치 물러났다. 잠시 시야에서 사라졌다가 다른 쪽에서 나타나기도 했다. 그때마다 그는 이리저리 두리번거리며 어렵사리 의자를 찾아내고 다시 그쪽으로 엉금엉금 기어갔다. 하지만 의자는 또 멀어지면서 결코 그의 손에 잡히지 않았다. 절망감이 그의 이마에 땀으로 배어났다. 막 의자를 향해 손을 내뻗던 그는 그 의자가 바로 고향에 두고 온 자신의 애인임을 깨달았다.

다음 날 그는 짐을 꾸려 항구 도시를 떠났다. 고향에 발을 들여놓자마자 가장 먼저 사그라다 파밀리아 성당을 찾았다. 고해실로 가서 문을 열었을 때, 그는 깜짝 놀랐다. 그의 애인이 고된 하루의 일과를 마치고 고해실에 앉아 잠들어 있었기 때문이었다. 한동안 망설이던 끝에 그는 신부님이 앉는 자리로 들어갔다. 그곳에서 칸막이 뚫린 구멍을 통해 오랫동안 그녀를 지켜보았다. 고해실 안은 후텁지근했지만, 그녀는 편안해 보였다. 그러나 그는 그녀 앞에 나설 수 없었다. 아직 마음의 준비가 되지 않은 탓이었다. 그는 그녀를 깨우지 않고 조용히 물러났다.

지금 여인은 그 어느 때보다도 절박한 심정이었다. 그녀의 손에는 되돌아온 편지가 쥐여 있었다. 어렵게 용기를 내어 연락을 취했지만, 그의 행방이 묘연하다는 사실을 확인했을 뿐이었다. 그에게 뭔가 나쁜 일이 생긴 게 틀림없었다. 잠에서 깨어났을 때, 그녀는 다시금 신성한 잠으로부터 놀라운 계시를 받았다. 의자를 불에 태우면, 그 속에 깃들어 있는 애인의 액운도 함께 타 없어져서 조만간 그가 돌아오리라는 것이었다. 처음에 그녀는 고개를 설레설레 저었다. 의자를 불태운다는 생각만으로도 몸이 떨릴 정도로 두려웠다. 차마 그럴 수는 없는 노릇이었다.

그러나 다음 순간, 어쩌면 그것이 의자를 위해서도 좋은 일일지도 모른다는 생각이 들었다. 의자를 이제 그만 인간들 내면에 깃들어 있는 지옥으로부터 벗어나게 해주고 싶었다. 의자를 불태우는 것은 의자를 저주받은 운명으로부터 풀어주는 길이었다. 마침내 의자에게 느껴온 연민을 실천에 옮길 때가 다가온 것이었다.

그녀는 기도실에서 반쯤 탄 양초 두 개와 성냥을 챙긴 뒤 의자를 들고 이층의 한 구석방으로 올라갔다. 오랫동안 관광안내원으로 일하고 있었던 터라 성당 구석구석 모르는 곳이 없었다. 그곳은 한때 가족 전용 기도실로 사용되던 작은 방이었는데, 오래전부터 잡동사니를 넣어두는 공간으로 버려져 있었다. 그녀는 스테인드글라스 방향으로 의자를 놓은 뒤, 무릎을 꿇고 이마를 의자에 대고서 기도를 올렸다. 오랜 기도를 마친 뒤 촛불 두 개를 켜서 의자 위에 올려놓고 밖으로 나왔다.

9.

이 대목에서 화가가 다시 등장한다. 그날 저녁 화가는 일찌감치 저녁식사를 하고서 알토와 함께 거리를 산책하는 중이었다. 그는 성당 앞에서 걸음을 멈추고, 가고일이라고 불리는, 본당 건물의 홈통 주둥이로 쓰는 괴물 석상을 올려다보았다. 날개와 꼬리가 달리고 턱이 뾰족한 가고일도 두 손으로 턱을 괴고 그를 내려다보고 있었다.

문득 붉게 물든 아름다운 석양을 배경으로 의자를 그리고 싶은 충동이 일어났다. 얼른 성당 안으로 들어가서 사물함에 넣어둔 화구를 챙겨들고 고해실로 갔다. 하지만 고해실에는 의자가 없었다. 의자를 찾아 이리저리 돌아다니다가 탑으로 통하는 계단을 올라갔을 때 이층의 한 구석방 문틈으로 불빛이 새어 나오는 것을 보았다. 문을 열자, 방 한가운데에서 시작된 불길이 벽에 걸린 장식 융단에 막 옮겨붙고 있었다. 실내가 매캐한 연기로 가득차 있었다.

여자는 의자만 타고 불이 꺼질 줄 알았는데, 바닥에 깔려있는 실이나 지푸라기 같은 것에 불길이 번진 모양이었다. 화가는 장식 융단을 벽에서 뜯어내어 발로 밟아서 불을 껐다. 하마터면 성당의 동쪽 날개가 큰 피해를 입을 뻔했다. 화가는 자기가 찾던 의자가 다리 두 개만 덩그러니 남긴 채 거의 타버린 것을 보았다. 그 모습이 그에게 다시 강한 영감을 불러일으켰다. 그는 우선 창문을 열고 환기를 시켰다. 그런 뒤에 전등을 켜는 대신 촛불을 켜 놓고 그 자리에 주저앉아 불에 약간 그슬린 스테인드글라스를 배경으로 불에 탄 의자를 그리기 시작했다. 알토가 그 곁을 지켰다.

10.

집으로 돌아온 여자는 늦게까지 잠 못 이루다가 새벽녘에 선잠이 들었다. 그러나 이내 다시 깨어나 벌떡 일어나 앉았다. 그제야 자신이 위험한 짓을 저질렀다는 생각이 들었다. 서둘러 겉옷을 챙겨 입고 성당으로 달려갔다. 신도들을 위한 출입문이 잠겨 있어서 그녀만이 아는 쪽문을 통해 안으로 들어갔다. 이층으로 올라가기 위해 본당을 가로지르다가 문득 이상한 느낌이 들었다. 이 늦은 시각에 분명 고해실 안에 누군가가 앉아 있는 것 같았다.

그녀는 천천히 고해실 앞으로 다가갔다. 고해실 안에서는 아무런 기척도 없었다. 조심스레 문을 열고 안을 들여다보자, 한 늙수그레한 남자가 앉아 잠들어 있었다. 그는 아무도 앉지 않는 낡고 부실한 의자를 연상시켰다. 게다가 바싹 여윈 팔다리가 뻣뻣하게 마비되어 있어서 영락없이 의자를 닮은 형상이었다. 그녀가 묵상 중에 자주 보았던 애인의 모습이었다.

그러고 보니 고해실 안에는 새 의자가 놓여 있었고, 애인은 그 위에 앉아 있었다. 가만히 보니 예전에 그녀가 젊었을 때 고해실을 찾을 때마다 앉던 의자였다. 그녀의 애인이 원래의 의자를 제자리에 돌려놓은 것이었다. 아마도 십여 년 전에 몰래 고해실로 숨어들어 의자를 바꿔치기했을 때, 오래전부터 고해실을 지키던 그 의자를 처리하는 문제를 놓고 고민하다가 예배당 한쪽 구석에 숨겨놓았던 게 분명했다. 훗날 좋은 시절이 오면 다시 의자들을 바꿔 놓을 생각이었을 것이다.

그녀는 돌아온 애인을 오랫동안 내려다보았다. 그의 얼굴에는 피곤한 기색이 역력했지만 표정은 평화로웠다. 생각 같아서는 신부님 자리로 들어가 구멍 뚫린 칸막이를 사이에 두고 앉아서 그가 깨어나기를 기다리고 싶었다. 그러나 지금 그녀에게는 해야 할 일이 있었다. 그리고 그 일을 그와 함께하고 싶었다. 그녀는 어깨를 가볍게 흔들어 그를 깨웠다. 그는 그녀가 이끄는 대로 몸을 맡겼다. 그들 사이에는 한 마디도 말도 오가지 않았다. 말이 필요 없었다. 두 사람은 서로 손을 잡고 이층 구석방으로 올라갔다.

그곳에는 화가가 그림을 완성하고서 불에 타다 만 장식융단 자락 위에 누워 잠들어 있었다. 다리 두 개만 덩그러니 남은 불에 탄 의자가 그들의 눈에 들어왔다. 창문이 반쯤 열려 있었지만 여전히 매캐한 냄새가 코를 찔렀다. 알토가 깨어나서 꼬리를 흔들며 그들을 맞았다. 그들은 화가가 그린 그림을 들여다보았다.

그림 속의 의자는 사그라지는 불길 속에서 굳건히 두 다리로 버티고 서 있었다. 그 모습은 마치 죽음의 순간에 체념과 수긍의 미소를 짓는 순교자를 연상시켰다. 그 장엄한 광경 앞에서 두 사람은 무릎을 꿇었다. 의자가 스스로 고통 받으며 고통 받는 사람들을 인도하고 있었다. 그녀는 의자가 그러했듯이 앞으로 자신도 영혼의 관광 안내원이 되기로 다짐했다. 그렇게 그녀는 고해실의 의자와 다시 하나가 되었다.

11.

아직 이야기는 끝나지 않았다. 그날 그 방안에 있던 세 사람이 전혀 모르는 사실이 있었다. 그건 촛불이 의자를 태운 게 아니라는 사실이었다. 심지가 촛농에 파묻혀 막 불이 꺼지려 할 때, 의자 스스로 불길을 끌어들여 제 몸을 태웠던 것이다.

그동안 의자는 마음고생이 심했다. 처음에는 타락하고 부도덕한 인간들을 부끄러워하기도 했다. 의자는 바리케이드 위에서 총알받이가 되기도 했다. 노숙자를 위에 앉히고 길에서 눈비를 맞으며 세상 구경, 인간 구경을 하기도 했다. 도둑질을 당해 정치가의 손에 들어가 살인과 고문의 가증스런 도구가 되기도 했다. 심령술사의 의자가 되었을 때는 혹세무민의 앞잡이가된 기분이었다. 그런가 하면 음탕한 성적 방종의 무대가 되어 하루에도 몇번이나 낯을 붉힌 적도 있었다.

그러다가 고해실의 의자가 되었을 때, 마침내 다다를 곳에 다다랐다는 느낌이 들었다. 인간들이 자기 위에 앉아서 죄인처럼 몸을 웅크릴 때, 의자는그들이 하는 말 한마디 한마디에 가슴 아프게 공감했다. 그럴 때면 자신이의자인지 인간인지 모를 지경이었다.

그래도 그동안 두 가지 위안이 있었다. 하나는 볼품없이 넉넉하게 살이찐 중년 여인과의 만남이었다. 애인을 잃고 오랜 고독 속에서 혼자 살아가는 그 여인의 외롭고도 단순한 마음은 의자의 마음도 달래주었다. 그녀가앉으면 의자는 마치 휴식을 얻는 기분이었다.

또 한 가지 위안은 노화가가 그리는 그림이었다. 날마다 조금씩 작업이진행되는 그의 그림 속에서 의자의 모습은 사랑스러우면서도 성스러웠다.

그 덕분에 지금까지 의자는 인간들이 털어놓는 죄에 대한 이야기를 반복해 들으면서 망가지고 부서진 의자들 같은 그들과 고통을 공유하고 병을함께 앓아주었다. 나중에는 인간들로 하여금 진실한 고해를 할 수 있도록 도와줄 수도 있었다. 하지만 이제 의자는 영원한 휴식에 대한 열망을 느끼고 있었다. 그녀에게 의자를 불태우라는 계시를 내린 것도 의자 자신이었다. 의자는 조만간 그녀의 애인이 돌아오리라는 것을 알고 있었다.

하지만 이 속된 인간 세상을 그저 떠나려는 건 아니었다. 지금까지 고해실에서 들어온 인간들의 모든 죄를 끌어안고, 그 온갖 기억을 자기 속에 봉인한 채 한 줌의 재로 변하려는 것이었다. 그리하여 새 의자가 자기 자리를 대신하여 새로운 역사가 열리게 하려는 것이었다. 말하자면 의자 스스로 다비식을 하는 것, 그것이 의자의 마지막 선택이었다.

양초가 다 타버리고 심지에 남아 있던 불꽃이 바닥에 깔린 촛농을 타고 푸르스름한 빛을 띠며 넓게 번져나갔다. 의자는 꺼져가는 불씨 위로 인간의 죄에 대한 모든 기억을 마른 지푸라기처럼 뿌렸다. 곧 불똥이 튀어 오르면서 불길이 되살아났다. 이윽고 등받이부터 서서히 타들어갈 때, 의자는 자신의 몸이 조금씩 사라지면서 화가의 그림 속으로 옮겨지는 것을 느꼈다. 화가의 그림이 완성되었을 때, 그림 속의 의자는 사그라지는 불길 속에서 굳건히 두 다리로 버티고 서 있었다. 죽음의 순간에 체념과 수긍의 미소를 짓는 순교자의 모습이었다.

의자는 그림 속 의자의 눈으로 방안에 있는 살아 있는 존재들을 물끄러미 바라보았다. 자기 앞에 무릎 꿇은 두 남녀, 죽은 듯이 잠들어 있는 노화가, 그리고 알토라는 이름의 개 한 마리, 의자는 그들에게서 사랑스럽고 성스러운 사그라다 파밀리아, 성 가족의 모습을 보았다.

• **최수철(49회)** _ 1958년 춘천 출생. 1981년 조선일보 신춘문예 소설 부문에 「맹점」 당선. 창작집으로 「공중누각」, 「화두, 기록, 화석」, 「내 정신의 그믐」, 「분신들」, 「모든 신포도 밑에는 여우가 있다」, 「몽타주」, 「갓길에서의 짧은 잠」, 「포로들의 춤」이 있음. 장편소설로 「고래 뱃속에서」, 「어느 무정부주의자의 사랑」 4부작, 「벽화 그리는 남자」, 「불멸과 소멸」, 「매미」, 「페스트」, 「침대」, 「사랑은 게으름을 경멸한다」가 있음. 장편동화로 「물음표가 느낌표에게」가 있음. 윤동주문학상, 이상문학상, 김유정문학상, 김준성문학상 수상. 현재 한신대학교 문예창작학과 교수.

콩 이야기

김도연

지금부터 하려는 이야기는 바로 콩 이야기다.

사실 나는 꽤 오래전부터 콩과 관련된 이야기를 글로 쓰고 싶었다. 하지만 그러지 못했다. 막상 쓰려고 하면 그동안 발갛게 달아오른 프라이팬 속의 콩들처럼 소란스럽던 머릿속이 이상하게도 텅 비어버린 것처럼 여겨졌기 때문이다. 그러니 막상 뚜껑을 열면 연기만 풀풀 날 뿐 내용물은 거의 없을 거란 의심마저 들었다. 시간 낭비나 하는 건 아닌가, 머리를 주먹 쥔 손가락 마디로 콩콩 두드려보아야만 했다. 콩이라니! 대체 그 자그마한 알 속에 무슨 얘기가 들어 있단 말인가! 더 중요하고 재미난 이야기들이 넘쳐나는 세상인데 겨우 콩알이나 만지작거리는 내가 한심해서 결국 들고 있던 콩 주머니를 컴컴한 곳간 속으로 던져버리지 않을 수 없었다.

그러나, 그렇다고 해서, 콩이 내 마음속에서 영영 사라진 것은 아니었다. 콩보다 더 무겁고 값이 나가는 것들, 감자나 배추 당근 당귀 무 옥수수 등

등에 대부분의 시간과 힘을 들이다가도 흙 묻은 손을 털고 집으로 돌아오는 저물녘이면 아주 잠깐 '아, 콩이 있었지.'라고 아무도 몰래 중얼거리곤 했다. 물론 집으로 들어가면 하루의 피곤에 밀려 콩 생각은 저만치 밀어두곤 그대로 잠에 빠져드는 나날이었지만. 고작해야 어지러운 꿈의 끄트머리에서 겨우 한 마디 웅얼거릴 뿐이었다. 언젠가는 콩 이야기를 쓸 거야. 그렇게 웅얼거리다가 지난 십 년의 세월이 훌떡 지나가 버렸다. 잘 아시다시피 세월이란 게 참 잔인하다 싶을 정도로 빨리 흘러가는 것처럼 느껴질 때가 있고 그때 어떤 사람들은 지나간 시간 속에서 이루지 못한 무엇을 아쉬워하는 경우가 있는데 내게 있어 그것은 다름 아닌 콩이었다. 막연히 콩이었다. 콩과 관련한 아무런 애틋함도 기억 속에 없었는데 바로 콩이었다. 그러니 막막할 수밖에. 이게 대체 뭔가? 왜 하필 팥도 아니고 콩이지? 내 마음이 공연히 억지를 부리는 건 아닌가. 지난 가을, 한 포기에 15000원까지 치솟은 배춧값에서 나만 비껴 난 분풀이를 콩에게 하려는 것은 아닐까. 뭐 이러저러한 잡념에서 빠져나오지 못하고 있다가 결국 나는 면 소재지에 있는 작은 도서관을 찾아가게 되었다. 세상 사람들이 콩에 대해 뭐라고 말하고 있는지 알아보려고. 결론부터 말하자면, 도서관에서 내가 본 것은 예상했던 대로 고작 이 정도였다.

각종 백과사전 속의 콩과 관련된 항목. 콩이 들어간 속담 책. 몇 가지 동화책 속의 콩.

한숨이 나왔다. 도서관에는 콩다운 콩이 없었다. 도서관에서 콩을 찾으려고 했던 내가 한심했다. 그나마 눈에 들어온 내용은, 세계적으로 모두 550속 1만 3000에서 1만 5000여 종의 콩이 있다는 것과 여자들이 들으면 분명한 마디 할 게 틀림없는 '닭은 콩과 기생첩은 곁에 두고 못 참는다' 라는 속담이 전부였다. 결국 나는 넓은 책상 위에 펼쳐놓은 두꺼운 백과사전을 베개 삼아 도서관 열람실에서 낮잠이나 청했다. 중간고사를 마치고 도서관으로 몰려온 중학생들의 재잘거리는 소리를 자장가 삼아서. 도서관에 콩밭이 있길 내심 바랐는데 굴러다니는 콩알 하나 보이지 않으니 어쩔 수 없이 직접 콩밭으로 가는 수밖에 없었다.

"……?"

책상을 두드리는 소리에 깨어났다.

"코 고는 소리 때문에 아이들이 공부를 할 수 없다고 하네요."

도서관 사서는 싱글싱글 웃고 있었다. 주변을 둘러보니 도토리 같은 아이들도 키득키득 웃고 있는 게 보였다.

"어제 술 마셨죠?"

"……조금."

"도서관이 여관도 아니고…… 목욕탕에라도 갔다 오지 그래요?"

"……그래야겠네요. 콩 때문에 머리가 아프네요."

"콩?"

나는 침이 흘러 젖어버린 백과사전의 콩 항목을 사서 몰래 덮고 자리에서 일어났다. 열람실을 나오면서 돌아보니 아이들은 허수아비마저 사라진 콩밭의 참새 떼처럼 다시 재잘거리기 시작했다. 사서한테 그 사실을 이르고 싶은 마음이 간절했지만 입을 꾹 다물었다. 그래 봤자 득보다 실이 더 많다는 것을 지난 십 년 동안 무수히 겪어왔기에.

"콩이라뇨? 무슨 콩?"

"그냥 모든 콩."

사서는 분명 한심하다는 의미가 담긴 눈으로 계단을 내려가는 내 뒤통수를 바라볼 게 틀림없었다. 나는 고독한 자세를 유지하려고 바지주머니에 두 손을 넣고 어깨를 최대한 움츠렸다. 그러나 왠지 모르게 조금 외로웠다.

면 소재지에 하나밖에 없는 목욕탕은 전과 다름없이 전체적으로 지저분했다. 탈의실 곳곳에는 먼지 뭉치와 꼬불꼬불한 털들이 작은 바람에도 굴러다녔고 평상 밑에는 손톱 발톱 각질 들이 널려 있었다. 이발 의자에 앉아 술냄새를 풍기며 낮잠을 자는 이는 때밀이였다. 어느 날 갑자기 세신 요금을 3000원이나 올리는 바람에 거의 아무도 때를 밀지 않았다. 한 달에 한 번은 때를 밀던 나 역시 마찬가지였다. 그렇다고 때를 미는 기술이 탁월한 것도 아니었다. 하지만 미안한 마음은 사실이어서 나는 그가 잠에서 깨어날까 봐 조심스럽게 옷을 벗고 욕탕으로 들어갔다.

"야, 때가 많네!"

당연히 많으니까 돈 주고 때를 밀지 아니면 왜 밀겠어, 라고 나는 예전에 말하지 못했다. 때가 많았던 손님들에 대해 그가 계속해서 주절주절 떠들었기에 내 마음은 그리 편하지 않았다. 때 밀어서 번 돈을 다방아가씨에게 몽땅 바치고 목욕탕에서 쫓겨났다가(영업이 끝나면 으레 다방아가씨를 목욕탕으로 불렀기에) 겨우 되돌아온 전력을 모르지 않기에 한마디 하려다가 간신히 참았다. 마침 그가 중요한 곳을 밀고 있었기 때문이었다. 다른 때밀이와 달리 그는 손님의 사타구니까지 정성껏 밀어주었는데, 처음에는 당황했지만 익숙해지자 그게 의외로 편안했다. 묘한 기분이 들기도 하고. 그러니까 왼쪽 손은 남자의 물건을 감싸서 아랫배 위에다 고정시킨 뒤 때수건을 두른 오른손으로 고환을 박박 미는 방식이었다. 그런 서비스에도 불구하고 손님들은 3000원 인상에는 납득할 수 없다고 고개를 젓는 것 같았다. 때를 미는 침대가 물 한 방울 없이 매번 말라 있는 것을 보면 말이다.

샤워를 마친 나는 부유물이 둥둥 떠 있는 온탕을 포기하고 뜨거운 한증막으로 들어갔다(때를 미는 손님이 급감하자 때밀이는 청소하는 일부터 손을 놓았음이 분명했다). 냉수에 적신 수건을 머리에 쓰고 손님도 별로 없는 목욕탕 풍경을 흐린 유리창 너머로 내다보며 본격적으로 땀을 흘릴 준비를 했다. 아니, 콩 생각을 하려고 마음을 다잡았다. 디지털 온도계가 알려주는 한증막의 온도는 69도였는데(고장 나지 않은 온도계인지는 분명하지 않다) 치열하게 한 소식 얻기에는 그럴듯한 온도처럼 여겨졌다.

훅훅 스팀을 내뿜는 한증막에 앉아 나는 명상에 잠기기 위해 숨을 가다듬었다. 사실 콩을 생각하면 안 좋은 기억이 먼저 떠올랐다.

늦가을 저물 무렵 밭에서 콩을 줍던 일이 그것이다. 중학생 시절 학교에서 돌아와 가방을 내려놓기 무섭게 아버지의 불호령에 콩밭으로 호출되던 날이 있었는데 그때 내가 해야 하는 일이 바로 다래끼를 들고 콩을 줍는 거였다. 아버지가 낮 동안 꺾어놓은 콩을 지게에 싣고 떠나면 그 자리에 떨어진 콩알을 하나하나 주워야 했다. 콩알이란 게 특이하게도 꼭 한 번에 한 알밖에 주울 수 없었다. 날은 추워서 손가락은 곱아오고 더군다나 어두워지고 있었다. 자그마한 콩알은 아무리 주워도 다래끼 바닥에서 키를 키우지 않았다. 침침한 눈을 손등으로 비벼도 콩알은 점점 보이지 않았고 곱은 손을 사타구니에 넣고 불알을 만지작거리며 녹였지만 꺼내면 이내 다시 차가워졌다. 아픈 무릎을 두드리며 작은 콩알을 하나씩 줍느니 영어 단어 하나를 더 외우는 게 미래를 위해선 나을 것 같았지만 식구들 누구에게도 통하지 않았다. 날이 완전히 어두워질 때까지 꼼짝없이 콩알을 줍는다는 것은 세상 모든 게 다 콩으로 보이거나 아무것도 보이지 않는 것과 마찬가지였다. 집으로 돌아와 전등불 아래서 다래끼를 들여다보면 그야말로 콩 반 돌 반이어서 고생했다는 말보다 퉁바리맞는 게 먼저였다.

줄줄 흘러내리는 땀이 고이는 사타구니를 바라보다가 나는 벌떡 일어났다. 콩에 대한 명상이고 나발이고 냉탕이 먼저였다. 69도가 확실한 모양이었다.

"에이, 씨발. 술이 안 깨네!"

샤워를 하던 때밀이는 노란 오줌을 목욕탕 바닥으로 쫄쫄 흘리며 욕설을 내뱉었다. 피부각질과 비듬, 사타구니 털, 머리카락, 때, 그리고 정체를 알 수 없는(그러나 짐작은 가는) 분비물들이 둥둥 떠 있는 냉탕 속에서 나는 머리만 내놓은 채, 마치 의자에 앉은 것 같은 자세를 유지하고 있었다. 때밀이는 팔의 알통 바깥에 조잡한 하트와 그것을 관통하는 화살 모양의 낡은 문신을 하고 있었는데 왜 그동안 한 번도 보지 못했는지 알 수 없었다. 나는 냉탕의 부유물들이 입 가까이 접근하면 손으로 물살을 만들어 밀어내며 때밀이의 문신에 대해 고개를 갸웃거리다가 마침내 고개를 끄덕였다. 때를 밀 때면 개구리처럼 알몸으로 누워 있다는 게 왠지 창피하기도 해서 잠을 자는 것처럼 눈을 감는 게 오래된 내 습관이었다. 그러니까 때밀이의 문신은 감은 눈 밖에 늘 있었던 게 분명했다. 물론 콩과는 별 상관이 없어 보였기에 나는 이내 시선을 거두고 물속에서 손으로 내 팔뚝을 슬쩍 밀어보았다. 당연히 때가 밀렸다. 하지만 아무리 생각해도 3000원 인상은 너무 과했기에 나는 결심을 바꾸지 않았다. 혹, 그 문신이 콩깍지나 콩 모양이었다면 또 모를까.

"지겹지 않아요?"

"……뭐가요?"

콩과 관련된 두 번째로 좋지 않은 기억을 막 떠올렸을 때 사서가 차 한 잔을 내밀며 말을 붙였다. 학생들이 빠져나가자 심심해진 게 분명했다.

"이 도서관이 문을 열 때부터 지금까지 줄곧 다녔다면서요?"

"햇수로는 십일 년째고 만으론 십 년이죠."

그동안 한 세 번쯤 도서관 직원들이 전근발령을 받고 다른 밭으로 떠나갔다. 물론 콩을 심으러 간 건 아니겠지만.

"안 질려요?"

"질리죠."

떠나간 직원들처럼 달리 갈 곳이 없었다고 말하긴 싫어서 입을 다물었다. 시골도서관을 한 십 년쯤 다녔으면 직원들이 심심할 때 말상대도 해줘야 하고 심지어는 술도 마셔줘야 했다.

"앞으로도 계속 다닐 건가요?"

"왜, 불편해요?"

"아뇨. 혹시 환갑도 여기서 맞는 건 아닌가 하는 생각이 들어서요!"

사서가 입을 가리고 웃었다. 전혀 뜻밖의 이야기에 나는 마치 새로운 콩을 발견한 기분이었다. 환갑을 도서관에서? 나는 재빨리 셈을 했다. 십오 년을 더 다니면 도서관에서 환갑을 맞이할 수 있다는 계산이 어렵지 않게 나왔다.

"그럼 영광이죠."

대답은 기분 좋게 했지만 따라오는 여운엔 왠지 쓸쓸함도 묻어 있었다.

"참, 아까 콩 때문에 머리가 아프다는 이야기는 무슨 얘기죠?"

"……요즘 이상하게 머릿속에 콩이 가득 들어 있는 것 같아요."

"난 콩 싫어하는데. 밥에 콩이 들어가면 젓가락으로 하나하나 골라냈어요."

"도서관 사서가 편식을 하다니. 책들이 싫어하겠어요."

"뭐, 누구나 취향은 있는 거니까요. 아, 두부는 좋아해요! 콩국수, 된장국, 콩나물, 콩자반, 아, 땅콩도 콩인가요?"

"콩이죠. 땅속에서 자라는 콩. 저기…… 제가 지금 콩 이야기를 써야하거든요."

"……쓰세요. 콩 이야기!"

사무실로 돌아가는 사서의 들썩이는 어깨를 놓고 볼 때 아무래도 나를 비웃는 것 같았다. 불과 이 년 전만 하더라도 그녀는 어떤 존경의 눈으로 나를 대했었다. 그 존경이 무의미한 눈빛으로 되돌아가는 데 걸린 시간은 그리

길지 않았다. 봄날 콩을 심고 가을에 콩대궁을 꺾기도 전에 이미 식어 있었다. 어쩌면 그녀의 말대로 나는 산 아래에 있는 조그마한 이 도서관에서 환갑 진갑을 모두 지내고 심지어는 열람실의 책상에 엎드려 죽음까지 맞을지도 모른다는 생각이 들었다. 그 정경을 떠올려 보았는데 이상하게도 슬픔과 기쁨의 경계가 분명하게 나눠지지 않았다. 마치 낮과 밤의 경계가 뒤섞였던 그 늦가을 저녁의 손이 곱아오는 콩 줍기처럼. 죽기 직전까지 시골도서관에서의 콩 줍기라. 사실 나는 그동안 도서관에 다닌 과거와 도서관에 있는 현재에만 급급했지 도서관에서 맞을 미래에 대해선 한 번도 생각해 본 적이 없었다. 그건 정말이지 새로운 콩 이야기였다. 색깔이 불분명한.

"마당에 있는 울콩 경주상회에 가지고 가서 팔아라."

"그거 몇 푼이나 받는다고 팔아요!"

"오늘 팔아야 안 시들어!"

"에이!"

어느 여름날, 도서관에 가려고 가방을 메고 나온 내게 어머니는 울콩(강낭콩)을 팔아 오라는 주문을 했다. 콩은 구멍이 촘촘하게 뚫린 붉은 양파자루에 담겨 있었다. 아침나절에 딴 풋콩이었다. 이루 말할 수 없을 정도로 귀찮은 일 가운데 하나가 바로 자루에 담긴 콩을 장거리에 내다 파는 일이었다. 덥고 힘들고 귀찮고 당연히 폼도 나지 않는 일이었다. 그렇다고 콩값이 금값도 아니니 투덜거리지 않을 수 없었다. 나는 책과 노트가 들어 있는 가방끈을 왼쪽 어깨에 걸치고 오른손에 콩 자루를 쥔 채 집을 나섰다. 오전의 마지막 시내버스를 놓치지 않으려면 부지런히 걸어야 했다. 집에서 버스정류장까지 걸어서 십 분 정도 걸리는데 덥고 손이 저려오는 터라 버스가 오나 안 오나 확인하며 몇 번을 쉬어야만 했다. 온갖 투덜거림을 콩에게 쏟아놓으며. 그래도 거기까진 보는 사람이 없어 괜찮았다. 마침 장날이라 평소 한가하던 버스는 이 골 저 골에서 나온 사람들로 북적거렸다. 그들은 당연히 콩 자루를 들고 버스에 올라탄 나를 주시하며 한 마디씩 했다. 강낭콩이네. 콩이 벌써 나오네. 콩 값이 어터 되나? 앉을 자리도 없었다. 모두 낯이 익은, 그러나 말을 나눠본 적은 없는 얼굴들이었다. 나는 말없이 뒤쪽으로 가서 콩 자루를 아무렇게나 바닥에 던져놓고 버스가 멈출 때 쓸려가지 않도록 신발로 주둥이를 대충 밟고 섰다. 천정에 매달려 흔들거리는 둥그런 손잡이를 잡고 흘러내리려 하는 가방을 고쳐 맸다. 겨드랑이는 축축하게 젖어 있었다. 버스는 흔들거리며 달렸다. 내 앞 자리에는 환갑은 지났을 아주머니 한 분이 아기를 등에 업고 앉아 있었다. 나는 그 아기의 맑은 눈을 무심코 들여다보다가 이내 시선을 차창 밖으로 돌렸다. 나무들이, 집들이, 밭의 농작물들이 휙휙 지나갔다. 간밤의 진땀나고 어지러웠던 꿈들이 조각조각 떠올랐다가 사라졌다. 가방의 무게가 어깨를 짓눌렀다. 분명 다 읽지도 않을 거면서 쓸데없이 많은 책을 넣은 탓이었다. 버스는 마을마다 섰고 그때마다 장을 보러 가는 사람들이 새로 탔다. 브레이크를 상습적으로 밟아대는 운전기사의 습관 때문에 속이 울렁거렸다. 십오 분이면 도착하는 면소재지까지의 거리가 한없이 멀게 느껴졌다. 5일마다 돌아오는 장날은 정말이지 버스를 타고 도서관에 가고 싶지 않았지만 운전면허가 없고 자동차도 없을뿐더러 그렇다고 집에 있을 수도 없었다. 늦게 일어나는 터라 학생들이 이용하는 첫 버스를 타는 것도 불가능했다.

"……?"

뭔가 이상한 느낌에 나는 몽상 속에서 빠져나와 현실로 복귀했다. 이런! 얇은 강보에 싸인 아기가 나를 바라보고 있었다. 한참 전부터 그 아기가 나를 주시하고 있었다는 것을 느낄 수 있었다. 아직 말도 배우지 않았을 것으로 보이는 아기는 그 맑은 눈으로 내게 말을 하고 있었다. 굳이 번역하자면 이렇다.

"왜 그렇게 사냐?"

얼굴이 화끈 달아올랐다. 나는 천천히 시선을 이동시키며 주변을 둘러보았다. 혹…… 그 아기의 말 아닌 말을 누가 들었을까 조바심을 내며. 다행히 버스 안의 사람들은 자기들 얘기에 몰두하느라 아기의 말을 듣지 못한 것 같았지만 내 마음과 시선은 그때부터 당연히 편하지가 않았다. 나는 다시 아기의 맑은 눈과 마주쳤다.

"콩 좀 내다 파는 게 그렇게 창피해?"

"……몇 살?"

어떻게 시내버스에서 내렸는지 모르겠다. 서둘러 콩을 처분하고 숨은 곳은 도서관이 아니라 돼지머리 삶는 냄새가 진동하는 술집이었다. 콩 팔은 돈으로 나는 묵묵히 술을 마셨다. 눈앞에서 어른거리는 아이의 맑은 눈을 떨쳐버리려면 한 마디 내뱉어야 했다.

"마빡에 피도 안 마른 놈이!"

산 아래 있는 조그마한 도서관이 어두워지고 있었다. 도서관 앞 보건소 사람들이 퇴근하는 게 보였다. 건너편 보일러가게 주인은 왱왱거리는 기계톱을 들고 통나무를 잘랐다. 커피 배달을 나온, 킹콩처럼 덩치가 큰 여자는 그 옆 화물취급소 사물실로 들어갔다. 나는 잠시 노트북 자판에서 눈을 떼고 손등으로 눈을 비비며 창 너머 풍경을 멍하니 바라보았다. 아직 꽃도 피지 않은 스산한 봄날이었다. 사서는 저녁으로 중국음식을 시켜먹었는지 열람실로 짬뽕 냄새가 은은하게 흘러들었다. 나는 시내버스에서 나를 빤히 바라보던 그 아이의 현재를 손가락으로 헤아려보았다. 아마 초등학교 고학년이거나 중학생이 되었을 것이다. 그리고 나는 여전히 같은 도서관에 앉아 있었다. 거의 억지로, 콩을, 생각하며. 도서관에서 콩을 생각하고 명상하다가 환갑, 진갑 다 지나고 결국 콩 한 알로 변해 아무도 찾지 못하는 곳으로 또르르 굴러가 자취를 감추는 건 아닐까. 충분히 가능한 일이기에 갑자기 몰려오는 우울함을 달래려고 나는 자리에서 일어나 짐을 꾸렸다.

"콩 심으러 가세요?"

칫솔을 들고 여자 화장실에서 나온 사서의 농담에 나는 고개를 끄덕였다. 아버지가 입에 달고 다녔던 말이 그제야 떠올랐다.

"콩 심어서 돈 번 사람 못 봤다!"

당연히 뼈가 있는 말이었다. 사실 나는 매년 여름 강낭콩을 내다 팔은 돈의 거의 대부분을 어머니에게 전해주지 않고 그냥 내 주머니에 넣어버린 게 대부분이었다. 액수가 좀 크다 싶으면 어쩔 수 없었지만 나머지는 차비와 담뱃값, 점심으로 사 먹는 김밥…… 등등의 용도로 사용했다. 부모 자식지 간에 충분히 있을 수 있는 일이었다. 어린 시절에 농촌생활을 겪어본 사람은 알 것이다. 덩치가 큰 농작물이 아버지의 소관이라면 자잘한 것들은 어머니의 영역에 속한다는 것을. 어머니는 그 잡곡들을 장에 갈 때마다 한 말씩 머리에 이거나 배낭에 지고 나가서 팔아 자잘한 생필품이나 반찬거리들을 사오곤 했다. 거기에다가 그런 곡물이나 봄날의 산나물 같은 것들은 누가 키웠고 누가 뜯었느냐가 중요한 게 아니라 내다 판 사람이 임자라는 농촌의 우스갯말도 있었기에 나는 별다른 죄책감조차 느끼지 않았다. 물론 내가 매일 콩 한 자루를 메고 나와 팔아버린 것도 아니었다. 가끔, 아주 가끔일 뿐이었다. 그런데…… 다시 곰곰이 그때를 생각해보니 어쩌면 어머니는 내가 도시에서 벌여놓았던 일들을 모두 말아먹고 거의 무일푼이 되어 고향으로 돌아온 처지를 모두 알고 있었던 것 같다. 하루에 오천 원을 가지고 도서관을 들락거린다는 사실도. 내게 팔아오라고 건네준 콩 자루는, 그러니까…… 어머니의 배려임이 분명했다. 터미널 옆 치킨 집에 앉아 튀긴 닭이 나오기를 기다리며 생맥주를 홀짝거리던 나는 고개를 꺾어야만 했다.

"주문한 거 포장해 주세요."

"반 마리를요?"

"반 마리는 안 됩니까?"

"……됩니다."

치킨집 사장의 얼굴엔 반 마리로 누구 코에 바르냐는 표정이 담겨 있었지만 나는 애써 모른 척했다. 튀김이 나올 때까지 우중충해진 마음을 달래려고 옥수수튀밥으로 생맥주 한 잔을 더 비웠다.

콩의 종류는 다양하다. 그중 집에서 가장 많이 심는 것은 노란 메주콩과 검은콩이다. 나머지는 강낭콩 종류다. 사실 나는 집에서 재배하는 콩의 종류에 대해 잘 알지 못한다. 다른 작물에 비해 비슷한 품종들이 많기 때문이기도 하고 부모님이 부르는 콩의 이름과 바깥의 이름이 전혀 다른 경우도 많았다. 사전이나 농작물 관련 책들을 들여다보면 더 혼란스럽기만 했다. 그 혼란스러움의 중심에 각종 강낭콩과 완두콩이 자리하고 있었다. 팥이 콩인지 아닌지는 여전히 아리송하다. 땅콩은 그냥 뒤에 콩 자(字)가 붙어서 콩이라고 여겼다. 사람 키보다 큰 섶이나 줄을 타고 올라가는 마당가의 덩굴 콩은 그저 콩노굿이 예뻐서 꽃이 활짝 피었을 때면 한참씩 바라보는 게 전부였다. 다른 작물에 비해 왜 그렇게 다양한 모양과 이름, 용도의 콩들이 존재하는지를 곰곰 생각해볼 겨를도 없었다. 대단하지도 않은 그깟 콩의 종류에 몰두하느니 차라리 술잔을 기울이는 게 나아 보였다. 알의 크기가 아이 머리통만 했던, 중학교 시절의 그 감자를 떠올리는 게 더 현명한 일이었다. 물론 그 신품종의 감자는 몇 해를 견디지 못하고 이내 사라졌지만. 하여튼 잘고 잘은 콩의 종류 따위를 놓고 왈가불가하기에는 내 청춘이 아까웠다. 콩 때문에 도서관에 가는 일정을 누군가가 때려치우라고 한다면, 결국 그렇게 되었다면 당장 콩밭을 갈아엎고 배추를 심는 쪽을 택할 것이었다(작년의 배추는 한 포기에 무려 15000원이나 되었다!). 그런데 콩이라니! 말도 안 되는 얘기였다. 그런데…… 나는 지금 그 '콩 이야기'를, 처음에는 '콩의 종류(무슨 농업사전인 것 같아 포기했다)'라고 이름 붙였던 이야기를 쓰려고 끙끙거리고 있다. 시골 마을의 도서관에서 한 십 년을 버티다 보니 별일이 다 생긴 것이다.

"아버지는?"

"술 취해 잔다!"

"닭 튀겨 왔는데."

"인나서 닭 먹고 자요!"

어머니가 즐겨보는 KBS의 일일연속극이 나오는 시간이었다. 저녁 먹은 밥그릇과 반찬, 수저들이 그대로 놓여 있는 밥상 귀퉁이에 닭을 올려놓고 나는 술을 마셨다. 깊은 잠에 들었는지 아버지는 방에서 나오지 않았다. 쭈그려 앉아 연속극을 보며 닭을 뜯는 어머니의 굽은 등을 나는 오래 바라보지 않았다. 연속극도 건성으로 보며 술잔을 기울였다. 이상하게도 언제부턴가 집에만 들어오면 말을 하기 싫어졌다. 꺼내놓는 말이란 게 고작해야 아주 짧은, 그날그날의 안부가 전부였다. 뭐라고 어머니가 물어도 거의 대답하지 않고 침묵을 고수했다. 대답을 해도 단답형이 전부였다. 그게 일상이 된 지 오래여서 더 이상 내 말을 채근하지도 않았다. 텔레비전 화면 속 연기자들이 내뱉는, 슬프고 기쁘고 화내는 목소리만 밤의 거실을 떠돌 뿐이었다. 그들만이 출생의 비밀 때문에 눈물 흘리고 흘러넘치는 우연의 일치로 놀라거나 기뻐했다. 아버지와 어머니, 그리고 나는 말 없이 그들의 희로애락을 바라보다가 졸리면 각자의 방으로 들어가 잠들 뿐이었다. 간혹 코를 골거나 잠꼬대를 하며.

"자기들끼리 뭘 먹는 거야?"

"깨우니 일어나지도 않더구만. 닭 먹어요."

낡고 늘어난 러닝셔츠와 헐렁한 사각팬티 차림으로 마당에 나가 볼일을 보고 들어온, 술이 덜 깨서 눈이 퉁퉁 부은 아버지가 상 앞에 앉았다. 아버지의 등도 어머니 못지않게 굽었다. 어머니와 달리, 고된 농사일 때문이 아니라 지난 여름밤 술에 취해 집 뒤 개울에 떨어진 게 화근이었다. 아버지는 닭 대신 술잔에 소주를 따랐다.

"술은 그만 마시고 닭이나 먹어요."

물론 아버지는 어머니의 당부를 무시하고 술잔부터 단숨에 비웠다. 입술 끝엔 닭지 않은 침이 허옇게 붙어 있었지만 어머니는 발견하지 못했고 나는 알려주지 않았다. 고개를 숙인 채 닭의 날개만 쭉쭉 빨았다. 깊어가는 봄밤에.

"집에 오면 뭐 좀 얘길 해라. 이거 원, 재미가 있어야지."

"얘가 언젠 뭐 말을 했나. 밖에 나가선 잘 떠든다고 하더만. 아, 술만 마시지 말고 안주도 좀 먹어요!"

"아, 남이야 안주를 먹든 말든!"

"입술에 붙은 침이나 닦고 마셔요!"

일일연속극이 끝나자 나는 재빨리 리모컨을 이용해 스포츠 채널로 돌렸다. 나이 마흔이 넘은 지 한참인데 부모랑 시시콜콜 잡담이나 나누고 있겠는가, 라고 속으로 웅얼거리며.

"아, 아홉 시 뉴스 봐야지?" 아버지였다.

"매일 똑같은 뉴스 봐봤자 뭐해요."

어머니가 내 편을 거들었다.

"그래도 봐야지."

"콩은 언제 심어요?"

나는 스포츠채널에서 낚시채널로 건너갔다.

"콩은 왜?"

"콩을 심어야 겨울에 꿩을 잡죠. 두부도 해 먹고."

"뭔 소리를 하는지. 아이고, 취한다!"

아버지는 무릎걸음으로 텔레비전 앞으로 다가가 잠시 화면을 들여다보다가 옆에 놓인 베개도 베지 못하고 그대로 엎드렸다.

"아, 방에 들어가 자요!"

어머니는 녹음기로 재생하듯 늘 같은 말을 취한 아버지에게 던지지만 효과는 전혀 없다. 효과가 없는 걸 뻔히 알면서도 십여 년째 같은 말을 던지는 어머니가 신기할 뿐이다.

아버지와 어머니, 그리고 나는 튀긴 닭 반 마리를 뼈만 남겨놓고 모두 먹었다. 모자라지도 남지도 않았다. 남은 뼈는 내일 아침 대문 밖에 있는 개의 몫이 될 것이다. 나는 큼직한 등받이쿠션에 기댄 채 오른손으로 리모컨의 단추를 눌렀다. 볼만한 프로가 나타나지 않았다. 아버지에게 방으로 들어가 자라고 하던 어머니는 싱크대 앞에서 두루마리 화장지를 베고 모로 누운 채 잠들었다. 그러니까, 각자의 방으로 들어간 사람은 아무도 없는 것이다. 길쭉한 거실에서 제각각 누워 있는 세 사람은 마치 한 개가 빠진 윷가락처럼 보였다. 오십여 개가 넘는 채널을 두 바퀴 돌았지만 여전히 구미가 당기는 프로는 찾을 수 없었다. 조금 관심을 끄는 프로는 거의 두세 번 보아버린 재방송이기 십상이었다. 그렇다고 방으로 들어가 책을 읽기도 힘들었다. 술을 마시면 책이 눈에 들어오지 않았기에. 한밤중에 콩을 심으러 나갈 수도 없는 노릇이었다. 두 분이 방에서 자면 볼륨을 약하게 해놓고 조금 야한 영화 채널을 찾아볼 수도 있는데…… 결국 나는 쿠션당구를 중계하는 채널에서 손놀림을 멈추고 리모컨을 던져버렸다. 빨갛고 하얗고 노란 당구공들이 초록의 당구대 위에서 굴러다니고 있었다. 그것들은 마치 작은 콩에 유전자 조작을 해서 커다랗게 변한 것 같았다. 하지만 당구를 치는 선수와 굴러가서 부딪치는 당구공들을 쫓아가는 것도 십여 분이 지나자 슬슬 싫증을 느꼈다. 대신 심판을 보는, 흰 남방에 검은 색 짧은 치마를 입은 미모의 여자에게 더 눈길이 오래 머무르려 한다는 사실을 알았다. 그런데 그녀는 당연히 자주 화면에 나타나지 않았다. 그녀의 아름다운 얼굴과 매끈한 허벅지를 화면이 더 오래 담고 있으면 분명 시청률이 오를 텐데 가뭄에 콩 나듯이 보여주는 처사를 납득할 수가 없었다. 답답함을 참지 못하고 리모컨으로 다가가는 오른손을 나는 다시 거둬들였다. 모든 채널이 거기가 거기라는 생각에. 아버지는 온몸으로 거실을 닦듯 조금씩 자리를 이동했고 어머니는 약하게 코를 골고 있었다. 아버지의 머리 옆에는 갑갑해서 빼놓은, 언제보아도 기괴한 모양의 틀니가 형광등 불빛을 받아 반짝거리고 있어서 나는 가급적 그쪽으로 눈길을 보내지 않으려고 애를 썼다. 어머니의 것은 분명 개수대의 바가지 속에서 씻지 않은 다른 그릇들과 함께 물에 잠겨 있을 터였다. 마침 목이 말라 개수대로 가니 아니나 다를까 윗니와 아랫니가 설거지물 속에서 다른 것은 다 사라지고 이와 치골만 남은 물고기처럼 나를 바라보고 있어 깊은 밤 홀로 흑흑거리지 않을 수 없었다.

"뭔 소릴 하는지. 아, 사람이 좀 듣게 얘기해. 혼자 중주발거리지 말고!"

"귀가 막혔나. 못 들었으면 쓸데없이 떠들지 말아요! 자기한테 한 소리 아니니."

"사람이 알아듣게 얘길 해야지."

"밥이나 먹어요!"

아침 단잠을 깨우는, 일주일에 한 번쯤은 듣게 되는 소리였다. 토씨 하나 틀리지 않는 같은 대화를 지치지도 않고 반복하는 두 사람이 신기할 정도였다. 얼마간은 정말 싸우는 줄 알고 오만상을 찌푸리며 잠에서 깨어나곤 했는데 어느 때부터인가 그마저 자장가가 되었다. 틀니가 불편한 어머니는 틀니를 빼놓고 말하면 말을 흘리는 경우가 많았는데 설상가상 마주앉은 아버지는 나이 들어가면서 청력이 약해진 탓에 벌어지는 일이었다. 나야 뭐 소닭 보듯 누구의 편도 들지 않고(그럴 겨를도 없지만) 잠이 덜 깬 눈으로 볼일을 보러 마당으로 나가거나 이불을 머리까지 뒤집어쓴 채 계속 꿈나라를 여행하는 게 다였다. 아, 그 와중에도 나는 눈을 감은 채 한 가지 다짐은 한다. 이를 열심히 닦아 늙어 틀니는 끼지 말자고. 하지만…… 치아가 튼튼하거나 그렇지 않은 것은 유전적 요소가 강하다던데. 에라, 모르겠다. 잠이나 자자.

바가지 속의 틀니를 애써 외면하며 차가운 물 한 잔을 마셨지만 나는 자리로 돌아가지 않고 냉장고 앞에서 잠시 망설였다. 파리똥이 다닥다닥 붙어 있는 냉장고를 열고 김치와 소주를 꺼냈다. 물 컵의 반쯤 소주를 따라 세 번에 나눠마셨다. 김치를 우적우적 씹었다. 그만 잠을 자야 했다. 거실의 불을 끄고 내 방으로 들어와 눈대중으로 누울 자리를 확인하고 불을 껐다. 캄캄했다. 골짜기 외딴집으로 어떤 소리도 들어오지 않았다. 자리에 누워 나는 생각했다. 이게 콩 이야기인가, 아닌가…… 급하게 마신 소주가 뱃속에서 부글부글 끓고 있었다.

"뭔 소릴 하는지. 아, 사람이 좀 듣게 얘기해. 혼자 중주발거리지 말고!"

"귀가 막혔나. 못 들었으면 쓸데없이 떠들지 말아요! 자기한테 한 소리 아니니."

"사람이 알아듣게 얘길 해야지."

"밥이나 먹어요!"

"닌 밥도 안 먹고 아침부터 어딜 그렇게 가나?" 아버지는 소주잔을 잡고 있었다.

"일이 있어요."

"밥은 먹고 가지."

어머니는 다 안다는 듯한 표정이었다.

술이 덜 깬 탓인지 자장가로 들리지 않는 부부의 대화를 피해 서둘러 가방을 들고 뒤도 돌아보지 않고 거실을 나왔다. 집에서 나오기 전 나는 고광에 들어가 몇 종류의 콩을 챙겨 호주머니에 넣었다. 때론 아무리 나이를 먹어도 콩 한 알에 짜증이 날 때도 있는 법이었다.

"아예 도서관에다 콩을 심으려고요?"

작은 분무기로 화초에 물을 주던 사서는 어지러운 메모로 가득한 노트 위에 올려놓은 각종 콩을 신기한 듯 들여다보며 중얼거렸다.

"심을 데가 있을까요?"

"찾아보세요."

목욕탕에서 세수와 양치질, 면도를 하고 아침밥도 장거리의 식당에서 먹고 도서관에 와 앉았지만 마음은 당연히 편치 않았다. 다른 일은 안 하고 마치 콩 점을 치듯 노랗고 까만 점들이 박혀 있는 콩을 이리 굴리고 저리 굴렸다. 볼펜으로 툭툭 쳐보다가 콩으로 콩이라는 글자를 만들었다. 앙증맞은 콩의 눈을 한참 들여다보다가 피식 웃음을 흘렸다. 마음에 드는 콩 다섯 개를 골라 손바닥에 올려놓고 공기놀이의 뒤집기를 했지만 손등엔 어떤 콩도 안착하지 못했다. 사방으로 굴러간 콩을 찾아 사서의 눈치를 받으며 기다란 탁자 밑으로 기어들어가는 소동까지 피웠다. 콩은 잘 굴러갔다. 하지만 나는 다섯 개 모두 찾았다. 공기놀이에는 콩이 적당하지 않다고 고개를 끄덕였다. 대신 모든 콩을 두 손바닥으로 감싼 채 흔들어 보았다. 적당하게 간지러운 콩의 소리가 들렸다. 마침 다시 사서가 내 곁으로 다가오자 재빠르게 콩을 양손에 나누고 움켜쥔 오른손을 내밀며 물었다.

"홀일까요, 짝일까요?"

"자꾸 콩 가지고 장난하면 내쫓을 겁니다."

"알았어요. 홀? 짝?"

"……짝."

나는 손바닥을 펼쳤다. 반들반들해진 콩들이 손바닥 위에서 눈을 반짝이고 있었다.

"홀이네요."

"콩 이야기 쓰는 거 정말 맞죠?"

나는 고개를 끄덕였다. 사서의 표정에는, 만약 사실이 아니면 아무리 십여 년 동안 줄곧 도서관을 드나들었다 해도 영영 추방시키겠다는 의지가 담겨 있었다. 나는 두 손에 있던 콩을 작고 투명한 비닐봉지에 담았다. 홀이라는 사실이 왠지 슬퍼졌다.

"다 쓰면 보여드릴게요."

"이 콩들은 잠시 압수합니다. 눈앞에 콩이 있어야만 콩 이야길 쓸 수 있는 건 아니겠죠?"

적절한 지적이었다. 거의 매니저나 편집자와 다름없는 사서였다. 나는 사서가 돌아가자마자 자세를 고쳐 앉았다. 노트북 화면은 커서를 깜박거렸고 노트에 가득한 각종 메모들은 어서 빨리 자신들을 인용하거나 내용을 부풀려주길 원하고 있었다. 심호흡을 한 뒤 나는 그동안 준비한 콩의 일생을 천천히 눈에 담아나갔다. 그런데…… 졸렸다. 졸음이 몰려왔다. 사서가 흉을 보더라도 잠깐 눈을 붙인 뒤 그다음에 일을 시작해야만 했다. 나는 펼쳐놓은 국어사전의 '콩'을 베개 삼아 얼굴을 묻었다.

한동안 나는 아버지와 어머니가 봄날 언제 콩을 심었는지 알지 못했다. 밭둑을 따라 걷다 보면 흙을 비집고 올라오는 작은 잎이 있었는데 그게 콩이었다. 밭을 모두 차지하는 게 아니라 대부분 다른 작물을 심은 밭 가장자리나 길옆에 시간이 날 때마다 심었기 때문이었다. 그러니까 돈이 되는 다른 작물에 밀린 게 콩이기도 하지만 그런 변두리에 심으면 더 잘된다고도 했다. 물론 간혹 콩 값이 좋은 해는 당당히 밭을 독차지할 때도 있었지만 드문 경우였다. 농사를 지으면 원래 자투리 공간이 생기기에 거기에 콩을 심어도 충분하기 때문이다. 잡곡이라는, 태생적 운명의 그늘도 포함돼 있을 것이다. 콩을 둘러싼 속담들도 대부분 사소하고 자잘하고 오밀조밀하다. 마치 겨울 밤 동네 아주머니들이 한 집에 모여 밤새 화투를 치면서 주고받는, 그렇게 심각한 내용도 아닌데 끝이 없는 것처럼 계속 이어지는 이야기와도 비슷했다. 콩, 팥, 콩, 팥, 콩…… 쌀밥의 콩, 보리밥의 콩, 옥수수밥의 콩…… 콩이 났네, 팥이 났네…… 나는 화투구경을 하다 그 옆에 쓰러져 잠들면서도 끊임없이 귓속으로 들어오는 그녀들의 이야기들을 데리고 꿈속까지 갔던 경우도 많았다. 그 어떤 옛날이야기나 연속극보다도 월남집, 버드나무집, 대장집, 장광최씨집…… 아주머니들이 나지막하게 꺼내놓는 밤의 이야기가 훨씬 더 흥미진진했기에 꽉 찬 오줌보가 고추를 땡땡하게 만들었음에도 불구하고 자리에서 일어나지 않았다. 오줌을 누려고 일어나면 겨울밤의 야한 콩 이야기가 멈출 게 뻔했으므로.

여름의 끝자락으로 접어들면서 풋콩이 나왔다. 콩을 노리는 산짐승들이 서서히 기지개를 펴는 계절이었다. 풀을 주식으로 하는 동물들이 최고의 먹이로 치는 게 바로 콩이었다. 그 콩이 조금씩 단단해지는 가을이 시작되면 새들까지 날아들었다. 어린아이의 그림으로 표현하자면 산 밑 콩밭을 둘러싸고 번득이는 산짐승들의 눈이 도처에 가득하다고 보면 된다. 아버지는 허수아비를 만들고 빨간 노끈을 이리저리 연결하고 밤이면 양은 세숫대야를 들고나가 두드리거나 밭 옆에 장작불을 피워놓곤 했다. 고라니, 노루, 산토끼, 꿩, 멧비둘기, 산돼지가 그것들이었다. 심지어는 외양간에서 잠자던 소마저 어떻게 밧줄을 풀고나가 태연하게 그것들과 합류한 적도 있었다. 그런 날 아침이면 어머니와 아버지는 전날 저녁 누가 마지막으로 외양간에 소를 묶었느냐를 두고 한바탕 말싸움을 했고 나는 부리나케 밥그릇을 비우고 책가방을 둘러맨 채 학교로 갔다. 범인은 바로 나였기에.

"너, 어른들 콩 까는 거 본 적 있냐?"

"……많이 봤지."

"새끼, 그거 말고! 이거 하는 거."

주변을 둘러본 뒤 까까머리 친구 녀석은 의미심장한 눈으로 마주 잡은 두 손바닥을 비볐다. 얼굴이 발개진 나는 할 말이 없었다. 녀석은 네가 어찌 그런 걸 봤겠냐는 듯 이내 거만해졌다.

"봤어? 어디서? 누가 하는 거?"

"도시락 반 줄 거지?"

"지어낸 거 아냐?"

"새끼, 속고만 살았나! 어제 집에 온 우리 누나하고 매형 얘기다."

"반콩 얘기면 너 죽는다!"

콩깍지 속의 콩이 단단하게 여물어가는 늦가을이었다. 아버지는 잘 말린 콩짚을 마당에 골고루 펴놓고 도리깨질을 했다. 어머니와 내가 하는 일은 콩을 묶은 단을 나르거나 도리깨로 한번 털은 콩짚을 단단한 물푸레나무 몽둥이로 다시 터는 일이었다. 볕 좋은 가을날 아버지가 도리깻장부를 휘두를 때마다 도리깨바람소리가 윙윙 울렸다. 도리깨꼭지에 매달린 세 가닥의 휘추리가 마른 콩대를 때릴 때마다 사방으로 노란 콩알들이 혼비백산 튀어나갔다. 나도 해보겠다고 우겼지만 —도리깨질을 아무나 하는 건 줄 아냐! —며 번번이 무시당했다. 그저 꺼끌꺼끌한 콩 단이나 부지런히 안아서 날라야만 했다. 나는 공산당이 싫어요. 나는 콩사탕이 싫어요! 나는 콩사탕이 정말 싫어요! 나직하게 중얼거리며(당시 초등학교와 중학교에선 심심찮게 각종 웅변대회가 열리곤 했는데 운동장에서 뜨거운 땡볕을 맞으며 웅변을 듣는 일은 고역 중의 고역이었다). 나는 콩깍지에서 튀어나오는 콩알에 온몸을 가격당하며 기회를 노리고 있었는데 동네 아저씨의 방문으로 마침내 벽에 기대놓은 도리깨로 슬금슬금 다가갈 수 있었다. 도리깨는 생각보다 무거웠다. 저편에서 술을 마시는 아버지와 아저씨의 비웃는 소리가 들렸다. 나는 장검의 손잡이처럼 두툼한 도리깻장부를 두 손으로 잡고 몇 번의 탄력을 이용해 힘차게 휘둘렀다. 그러나 뒤편에서 원을 그리며 날아온 휘추리는 정확하게 내 뒤통수를 후려갈겼다. 아이고! 사방으로 콩알이 튀어나가는 게 아니라 눈알이 빠져나올 지경이었다. 하지만 거기에서 멈출 수 없었다. 농군의 자식 아닌가. 두 팔을 뻗어 도리깨를 몸에서 최대한 멀리 위치시킨 채 다시 휘둘렀다. 오, 아니나 다를까. 휘추리는 기분 좋게 허공을 한 바퀴 돌아 콩짚이 아닌 맨땅으로 내리꽂혔다. 도리깻장부 끝의 구멍에 끼워져 있던 나무비녀(가장 중요한 부속품이다)가 깨졌고 내 손은 220볼트 전기에 스친 듯 찌르르 떨렸다. 맙소사! 나는 정말로 콩사탕이 싫어요!

"잠만 자는군요."

"……어린 시절의 콩 이야기를 쓰고 있었어요. 잠을 잔 게 아니라."

"잠도 쫓을 겸 잠깐 와보세요."

사서가 나를 데리고 간 곳은 도서관 옥상이었다. 계단을 올라가는 동안 몇 가지 상상들이 교차하면서 내 가슴은 콩닥거렸지만 오래 가지는 않았다. 한때 나는 도서관 옥상의 자물쇠가 달린 철문을 열고 나가면 사철 내내 시원한 여름 바다가 펼쳐져 있다는 내용의 이야기를 쓴 적이 있었다. 폭설이 길을 덮는 날들이 많았던 한겨울에 쓴 이야기였다. 등장인물들은 모두 산골 마을의 도서관에서 언제 끝이 날지 모르는 어떤 공부를 하느라 지친 사람들이었다. 그들은 지치고 피곤할 때마다 옥상으로 올라가 바다를 보며 다소나마 위안을 받곤 했었는데 문제는 옥상으로 가는 열쇠를 사서가 가지고 있다는 거였다. 거기에서 사건이 벌어졌다. 하지만 모델이 되었던 당시의 사서는 군청으로 자리를 옮긴 지 오래되었다. 독서에는 별반 흥미를 보이지 않는 지금의 사서가 그 이야기를 읽은 것 같지는 않았기에 나는 어느 정도 여유를 가질 수 있었다. 그리고 당연히 십여 년 뒤의 도서관 옥상에는 바다가 없었다. 사서는 낡은 깃발들이 걸려 있는 세 개의 게양대 아래로 나를 데려갔다. 거기에는 흙만 담긴 화분들이 가지런히 놓여 있었다. 화분 속의 흙은 젖어 있었다.

"아까 그 콩들을 모두 여기에 심었어요. 잘했죠?"

나는 콩이 묻혀 있을 흙을 말없이 내려다보았다.

"바다보다는 나은 것 같지 않아요?"

"……그렇군요."

"언제쯤 싹이 돋을까요?"

"……글쎄요. 한 일주일쯤."

"이 게양대를 타고 쭉쭉 올라가며 꽃을 피우면 아름답겠죠? 동화에 나오는 콩나무처럼."

나는 도서관 옥상의 화분에서 싹을 틔워 게양대를 감고 올라간 덩굴 강낭콩이 쉬고 있을 것만 같은 하늘의 뭉게구름을 바라보았다. 왠지 코끝이 찡했다. 그 구름을 보며 중얼거렸다.

"서녁에 술 한 잔 할래요?"

"우리들 중 누구한테 하는 말이에요?"

누군가 내 옆구리를 툭툭 쳤다. 돌아보자 지난 십여 년 동안의 사서들이 콩노굿처럼 웃고 있었다.

택시에서 내린 나는 집을 향해 걸었다. 별들이 총총한 봄밤이었다. 잠시 걸음을 멈추고 밤하늘을 한 바퀴 둘러보았다. 내가 아는 별자리는 많지 않았지만 상관없었다. 고작해야 눈에 잘 띄는 북두칠성과 카시오페이아가 전부였다. 콩 이야기가 끝나면 북두칠성의 네 번째 별에 대한 이야기를 쓰고 싶다고 생각한 적은 있지만 자신할 순 없었다. 사실 콩 이야기만이라도 잘 끌고 나갈 수 있을지 의문이었다. 도서관에 앉아 내가 한 일은 고작 손바닥이나 노트북 자판 위 여기저기에 콩들을 올려놓고 들여다보거나 휴대폰으로 사진을 찍은 것 정도가 전부였다. 그 콩들이 스스로 입을 열고 내게 말을 걸어왔다고 거짓말을 할 수도 없었다. 사실 자그마한 콩 속에 어떤 이야기가 들어 있는지도 확실하지 않았다. 집으로 건너가는 다리 위에서 나는 술 냄새가 가득한 한숨을 하늘로 올려 보냈다. 낮 동안의 구름들은 모두 어디론가 사라지고 별들만 촘촘한 하늘로. 북두칠성의 네 번째 별은 다른 여섯 개의 별들과 달리 그러한 내 마음처럼 희미하게 깜박이고 있었다. 그래도 여기 있는 게 얼마나 다행이냐고 내게 속삭이는 것 같기는 했다. 마치 까만 쥐눈이콩의 작은 눈처럼. 그러고 보니 왠지 하늘의 별이나 지상의 콩이 별반 다르지 않다는 생각도 들었다. 누가 되지 않는다면 그 별들에게 새로운 이름을 지어주고 싶었다. 목욕탕에서 때를 미는 때밀이, 할머니 등에 업혀 장에 가는 아기, 도서관 옥상에서 콩을 심는 사서, 콩 자루를 들고 툴툴거리며 시내버스를 타는 나, 매일같이 콩과 팥을 나누고 합치고 다시 나누는 어머니와 아버지…… 야, 이거 괜찮은 별과 콩의 이야기구나! 나는 집으로 가는 길에 신이 나서 별들의 새 이름을 지어주었다. 아주까리콩, 흰콩, 선비제비콩, 누렁콩, 우렁콩, 푸른콩, 얼룩콩, 밤콩, 좀콩, 작두콩, 완두콩, 까치콩…… 그러다 결국 돌부리에 걸려 손도 못 내민 채 앞으로 넘어지고 말았다. 뭐, 인생에서 가끔 벌어지는 일이었다. 옷에 묻은 흙을 털고 얼얼한 뺨을 무지르는데 개 짖는 소리가 들려와 고개를 드니 집에서 흘러나오는 불빛이 어둠 속에 오롯이 앉아 있는 게 보였다.

　술 취한 아버지는 잠들었고 돋보기를 쓴 어머니는 둥근 상 위에 콩을 가득 올려놓고 하나하나 고르는 중이었다. 오래된 경전을 읽듯이. 내 꼬락서니를 훑어본 어머니가 입을 열었다.

　"애비나 자식이나……"

• **김도연(58회)** _ 강원도 평창 출생. 강원대학교 불문학과 졸업. 2000년 중앙신인문학상 당선. 소설집으로 〈콩 이야기〉〈이별전후사의 재인식〉〈십오야월〉〈0시의 부에노스아이레스〉가 있음. 장편소설로 〈마지막 정육점〉〈소와 함께 여행하는 법〉〈삼십 년 뒤에 쓰는 반성문〉〈아흔아홉〉〈산토끼 사냥〉〈누에의 난〉 등. 산문집 〈눈 이야기〉〈영〉 등이 있음.

제 4 부

수필

백승관

한상량

이응철

향수鄕愁

백승관

내가 태어나 자란 곳은 겨울 산천어 축제가 열리는 화천이다. 용화산 아래 좁다란 골짜기에 백여 호 남짓한 초가집들이 모여 있는 거례리 마을이 고향이다. 마을 앞에는 북한강물이 흐르고 넓은 강 뜰에는 소 떼들이 한가롭게 풀을 뜯던 곳이었다.

강나루 건너 밤나무 숲이 우거진 범말 동네에 우리 집이 있었다. 해마다 유월이 되면 집집마다 아름드리 밤나무에 밤꽃이 하얗게 피었다. 강펄 따라 사래 긴 보리밭은 초록빛 물결로 일렁거렸다. 동구 밖 강 버덩에는 참외, 수박이 달콤하게 익어가고 있었다.

어둠이 내리면 초가집 굴뚝에는 흰 연기가 몽실몽실 오르고 앞산 마루엔 휘영청 보름달이 떠올랐다. 짐동골 서낭당에서 소쩍새가 구슬프게 울부짖었다. 늦은 밤 찬 바람이 설렁하면 샘골 너럭바위에서 늑대가 밤새껏 처량한 목청으로 짖어댔다.

마을에 동갑내기 불알친구들이 한 열대여섯 명 있었다. 힘이 제일 센 '동희'를 따라 동네 골목에서 장난치며 신나게 놀았다. 점심에 감자, 옥수수 몇 알 먹고는 온종일 돌아쳤으니 배가 고팠다. 저녁 내내 놀다 배가 출출하면 동구 밖 주인 없는 참외밭에 들어가 서리를 했다. 아랫마을 범말에 널따란 과수원을 가진 박 부잣집이 있었다. 할머니와 먼 친척 벌이 되어 우리와 아주 친하게 지냈다. 배가 고프면 혼자 박 부잣집 대문 앞에서 서성거리며 놀았다. 얼굴이 하얗고 고운 박 부잣집 아주머니는 나를 데리고 집으로 들어갔다. 넓은 대청마루에 앉아 과일을 먹으며 '순애' 하고 소꿉놀이를 했다. '순애'는 나보다 서너 살 아래 인 박 부잣집 외동딸이었다. 살결이 하얗고 웃기도 잘하고 나를 졸졸 따라다녀 참 귀여웠다.

무더운 여름날 저녁에 온 가족이 마당에 둘러 앉아 커다란 양푼에 칼국수를 퍼먹었다. 아홉 식구라 칼국수는 금방 동이 나고 이어 옥수수와 감자를 호호 불며 배를 채웠다. 싸리문 밖에서 친구들이 놀자고 재촉을 했다. 고무신을 질질 끌며 뛰쳐나가니 할머니는 조금 놀다 들어오라고 소리쳤다. 나는 할머니가 꼭 데리고 주무셨다. 범말과 아랫골 불알친구들이 한 열 명 정도 모여 기다리고 있었다.

기운 센 동희가 "모두 강 뜰에 나가 놀다 밤이 깊어지면 참외 서리 가자"고 했다. 우리는 강 뜰에 나가 달빛 아래 하얀 모래 벌에서 신들린 강아지처럼 뛰어놀았다.

실컷 놀다 보니 어느덧 밤이 깊어지고 배도 고팠다. 힘이 센 동희가 참외 서리를 가자고 했다. 친구들이 동희를 따라서 참외밭 가시철망 울타리 밑에 몰래 숨었다.

환한 달빛 아래 동글동글한 노란 참외들이 넝쿨에 주렁주렁 매달려 있었다. 원두막은 인기척이 없고 아주 조용했다. 드디어 동희가 가시철망 울타리를 헤집어 개구멍을 내고는 손짓을 했다. 우리는 한 사람씩 조심스럽게 개구멍을 넘어 밭으로 들어갔다. 모두가 밭이랑 이곳저곳에 누워서 낄낄거리며 노란 꿀참외를 맛나게 깎아 먹었다.

이제는 배도 어느덧 불러 참외를 따서 서로 던지며 낄낄거렸다. 한참을 놀다 수박을 한 덩이씩 끌어안고 나오려는데 갑자기 원두막 밑에서 개 짖는 소리가 들렸다.

우리는 밭이랑에 바짝 엎드려 원두막 쪽을 보았다. 주인이 잠에서 깬 듯 원두막에서 내려와 망아지만한 시커먼 개를 풀어 놓았다. 껑껑 거리며 쏜살같이 우리를 향해 달려 왔다. 날카로운 이빨을 드러내고 물어뜯을 듯 으르렁거렸다. 몸을 바짝 웅크려 얼굴을 팔로 감싸고 숨을 죽였다. 저쪽 친구들이 개를 향해 참외를 던지니 그쪽으로 달려가 으르렁댔다.

여기저기서 참외와 수박덩이가 날라 와 개는 이리저리 뛰고 참외밭은 아수라장이 되었다. 달빛이 환한 밭고랑 사이로 아저씨가 또 한 마리의 개를 데리고 두리번거리며 걸어왔다.

그때 저쪽에서 동희가 "개구멍이 이쪽이다, 빠져나가자!"고 소리를 쳤다.

모두가 살금살금 기어서 한 사람씩 개구멍을 빠져나갔다. 주인이 개를 데리고 철조망 쪽으로 점점 다가왔다. 나는 부리나케 개구멍을 빠져서 도망치려는 순간 발이 미끄러지면서 물에 풍덩 빠지고 말았다. 물속에 처박혔다 일어나니 친구들은 지독한 똥 냄새가 풍기는 커다란 물구덩이에서 허우적거렸다. 참외밭 가장자리에 깊게 파놓은 똥구덩이었다.

지독한 냄새 때문에 서로 기를 쓰고 구덩이 벽을 기어오르면 뒤에서 친구들이 잡아당겼다. 이윽고 참외밭 주인아저씨가 시커먼 개를 데리고 구덩이 가에 무섭게 서 있었다. 달빛에 비친 아저씨 얼굴을 보자 나는 아연 질색을 했다.

'아뿔싸, 박 부잣집 아저씨가 아니었던가.'

너무 당황해 가슴이 콩닥거리고 몸이 후들후들 떨렸다. 달빛에 비쳐진 아

이들 얼굴을 보며

"응 너는 물레방앗간 집 아들, 쟤는 뱃사공 최 씨 아들이구먼, 물에 오래 있으면 똥똥 올라 죽는다." 빨리 올라오라고 했다.

친구들은 서로 먼저 올라가라고 눈짓을 하며 실랑이를 했다.

아저씨는 "아니 저건 누구야, 어허 백 씨네 큰아들도 있잖아"

할 수 없이 친구들 모두가 웅덩이를 기어올라 아저씨 앞에 줄줄이 꿇어앉아 빌었다. 주인아저씨는 아무 말 없이 아이들을 일일이 훑어보고는 원두막으로 돌아갔다. 차라리 큰소리로 야단을 치는 것보다 더 무섭고 두려워 모두가 어리둥절했다.

친구들이 모두 꿇어앉아 서로 눈치를 보고 있자니 몸에서 지독한 냄새가 풍겼다. 할 수 없어 모두 강가로 달려가 물장구치고 놀다 모래밭에 뒹굴며 냄새를 씻었다. 나 때문에 야단을 덜 맞았다고 하면서 친구들이 나를 업고 낄낄거리며 돌아쳤다.

이제는 박 부잣집 앞마당에서 놀지 못할 것 같아 은근히 걱정이 되었다. 다행히 용서를 해준다 해도 얼굴을 들고 아주머니를 보지 못 할 것 같았다.

'친구들 몰래 아무리 속으로 울어도 걱정이 되어 답답할 뿐이었다.'

한참 동안 물속에서 첨벙대도 냄새는 여전히 났다. 할 수 없어서 강벌에 모닥불을 해 놓고 냄새를 없애려 벌거숭이로 불길을 넘나들며 몸을 그슬렸다. 머리는 다 노랗게 타 버리고….

어느덧 밤은 깊어 찬바람이 불고 달도 서쪽 하늘로 기울어졌다. 모두가 젖은 옷을 불더미에 대고 뒤흔들었다. 모두가 내일 어떤 야단을 맞을지 걱정을 하며 헤어졌다. 나는 싸리문을 살짝 밀고 할머니 방으로 들어가 정신 없이 잠을 잤다.

자다 보니 식구들이 지독한 냄새가 난다고 해서 일어나니 창가에 아침 햇살이 비쳤다.

할머니는 얼른 나를 우물가로 데리고 가서 빨랫비누로 몸을 박박 문지르며 씻겼다. 그리고 몸에 토종꿀을 발라주며 똥 냄새가 왜, 나는지 솔직히 말해 보라고 했다. 친구들과 놀다가 똥구덩이에 빠졌다고 둘러댔다. 지난밤에 참외 서리가 들통 날 가 봐 두려워 아침밥을 먹고 서둘러 학교로 도망치듯 갔다. 온종일 걱정되어 마음이 불안하고 밥맛도 없었다.

아니나 다를까, "어젯밤 동네 아이들이 박 부잣집 참외밭 서리를 해서 모두 망가트렸다."고 마을에 소문이 자자했다. 아버지는 "세 살 버릇이 여든 살 간다."며 화가 몹시 나서 회초리로 종아리를 마구 때렸다. 무릎을 꿇고 "다시는 서리를 하지 않겠다."고 빌었다.

추석 지나고 며칠 후 할머니는 나를 데리고 박 부잣집으로 갔다.

그날은 아저씨 생신이라 동네 사람들이 많이 와 있었다. 아주머니는 나를 보더니 웃으시며 안방으로 데리고 갔다. 조그만 상에 맛있는 음식을 차려 주고 '순애'와 같이 놀며 먹으라고 했다. 아주머니는 참외 서리 한 것을 모르는지 할머니와 다정하게 애기를 나누셨다. 한참을 놀다가 마당으로 나오는데 아저씨와 맞닥드려 얼굴을 들지 못하고 서 있었다.

아저씨는 내 머리를 쓰다듬으며 "순애하고 더 놀다 가라."고 하셨다.

나는 목이 메어 대답도 못 하고 뛰쳐나와 대문 밖 구석진 곳에서 혼자 울었다.

나중에 알았는데, 아버지들이 미안해서 하루씩 돌아가며 박 부잣집 가을걷이를 해줬다는 애기를 할머니한테 들었다.

몇십 년 만에 박 부잣집 아저씨 장례식에 조문을 가서 외동딸 순애를 만났다. 그동안 오빠가 보고 싶었다며, 중학교 선생님이 되어 시집가서 행복하게 살고 있다고 했다. 눈물을 흘리는 순애의 두 손을 꼭 잡고 서글픈 마음을 달래 주었다. 할머니 생각과 함께 지금도 박 부잣집 아주머니의 포근한 정이 그리워 산 너머 고향 하늘을 바라다본다.

• **백승관(38회)** _ 강원 화천군 출생. 1966년 춘천고등학교 졸업. 2009년 남양주시 송라초등학교장 정년 퇴임. 2015년 《한국문인》 수필 등단. 2017년 《아동문학세상》 동화 등단. 수필집으로 〈내 삶에 맺힌 인연〉이 있음. 한국문인협회, 강원한국수필가협회 회원. 한국아동문학회 연구원 및 한글서예 초대작가.

한국 나이

한상량

엘리베이터 안에서 마주친 애기가 하도 귀여워 "애기가 몇 살이에요?"하고 애기 엄마한테 물으니, 머뭇거리다가 "17개월 되었어요."한다. 한국 나이로 하면 세 살이 되어야 하나 너무 많은 나이에 아직 행동이 미흡하여 개월로 말한 것 같다. 산책하다가 지쳐서 벤치에 앉아 쉬시는 할아버지께 "올해 춘추가 어떻게 되셨어요?"하고 여쭈니 "세월이 하도 빨리 지나가니 나이 먹는 것도 잘 모르겠군, 올해 여든하나인 것 같아."하신다. 올해란 용어를 쓰시고, 연세 드신 분들은 한국 나이에 젖어 살아오셨으니 당연히 한국 나이로 말씀하셨을 것이다.

결혼 적령기의 노처녀들은 이십 대와 삼십 대는 어감이 다르므로 나이를 줄이기 위하여 만 나이를 씀으로써 31세를 29세로 낮추어 말한다. 살아오면서 만 나이와 한국 나이를 널뛰기 한 젊은이들은 이도 저도 아닌 연 나이 (현재 연도- 출생연도)로 국적 없는 어정쩡한 나이로 얼버무리고 만다. 우리는 나이에 관해서는 평생을 엉거주춤 살아왔다고 생각된다. 이제는 바로 잡을 때가 된 것 같다.

이런 불합리함은 고집 센 국민과 역대 정부들의 안일과 무능으로 국민의 삶과 직결되는 이런 것 하나 제대로 잡아 놓지 못하고 있으니 선진국 문턱에 들어가기는 아직도 먼 것 같다.

어느 것이 합리적인지 다 함께 생각해 보자. 한국 나이는 태어나면서 1살을 먹고, 매년 1월 1일이 되면, 누구나 한 살을 더 먹는 것이다. 그래서 극단적으로 2017년 12월 31일 23시 59초에 태어난 아이는 1초가 지나서 2018년 1월 1일이 되었으므로 바로 두 살이 되는 것이다. 만 나이로는 0살이고 출생 후 1년이 되는 2018년 12월 31일 지나야 만 1살이 되는 것이다. 즉 만 나이는 생일이 지나간 햇수가 나이가 되는 것이다. 그러므로 한국 나이에서 생일이 지나가지 않았을 경우, 만 나이보다 2살이 많고, 생일이 지나갔으면 한 살이 더 많은 것이다. 우리나라 사람들은 자기 나이를 상황의 유불리를 따져 그때그때 위아래를 오르내리며 이렇게 오랜 기간 1~2살이 유동적인 것을 안고 살아오다 보니 참 나의 나이를 혼동할 때가 많은 것 같다.

이를 바로 잡기 위하여 1962년 정부에서 민법상 한국의 공식적 나이는 만 나이=(국제 표준 나이)라고 발표를 했지만 대중매체와 완강한 국민은 변함없이 한국 나이(=후진국 나이=엉터리 나이=불합리한 나이)를 써 오고 있는 것이다. 이것이 음력과 함께 사용하면 더욱 아리송해지는 것이다. 중국, 일본을 비롯한 동양권에서 처음에는 한국과 같은 나이를 사용하였으나 불합리성을 알고 지금 거의 모든 나라가 만 나이로 바뀌었다.

우리나라는 공공기관이나, 행정적인 곳에서는 만 나이를 쓰다가 일상생활로 들어서면 한국 나이를 사용하고 있다. 60갑자가 되어야 환갑이 되는 환갑만은 만 60세로 하고 나머지 70, 80세 축하는 모두 한국 나이로 하는 이중성을 가지고 있다.

교육수준이 높은 우리나라에서 왜 만 나이 사용이 더딜까? 그것은 사회 문화와 국민성의 영향이 큰 것 같다. 우리나라는 나이의 서열이 명확한 나라이다. 이것을 중요하게 여긴다. 상대의 나이를 묻는 것은 실례임을 무릅쓰고, 기어이 질문을 던져 선후배를 따져서 조금이라도 나이가 적으면, 하대조로 말투가 달라진다. 그리고 조직에서 궂은일을 연소자에게 맡기게 된다. 나이 어린 것은 죄인 乙이요, 연장자는 권력을 쥔 甲인 것이다. 조금이라고 상대가 나이에 거품이 들어갈 것 같은 미심쩍은 데가 있으면 남자들의 세계에서는 국민 공통으로 겪으며, 동연대에 이루어지는 고등학교 학창시절과 군대의 밥그릇 수까지 따져가며 복무 시기로 확인을 한다.

영어권에서 호칭을 you만으로 해결할 것을 형님, 동생을 따진다. 영어에서는 brother, sister면 될 것을 elder나 younger를 붙여야 직성이 풀린다. 몇 분 차이로 태어난 쌍둥이에도 형님(언니)과 동생을 철저히 따져서 붙여야 된다. 이런 상황이므로 만 나이를 사용하게 되면, 선배인 경우에도 후배 대우를 받는 곤욕을 치르게 되는 것이다.

우리나라 말은 존댓말이 발달 되어 있다. 나이를 알아야 말을 골라서 써야 하는데 그래서 나이로 서열을 떠져야 대화가 시작될 수 있는 것이다. 존댓말을 들으려면 한국 나이를 써야 했을 것이다. 그래서 처음 만난 남자들에서는 대부분 나이 족보 케기에 들어가는 경우가 많다. 애기에게도 존댓말을 쓴다고 생각하고 모두가 듣기 좋아하는 공손한 말을 쓰는 것이 좋지 않을까?

옛날에는 살기가 힘들어 세월이 많이 빨리 지나가기를 바랐을 것이고 평균 수명이 짧을 때 너무 젊은 나이에 사망하는 것이 창피하니 한국 나이로 나이를 몇 살이라도 더 늘리고 싶은 심정도 있었을 것이다.

한국 나이를 지지하는 궤변론자는 태어나자마자 1살은 수태하여 출산 전까지 10개월의 세월이 지났으니 당연한 것이 아니냐? 그러면 수태된 날을 생일로 하여야 할 것이며, 10개월도 1년이 아니지만 7삭 동이 8삭 동이 있고, 태어나기 전에는 인간이 아니지 않는가? 설득력이 떨어진다. 한국 나이는 우리나라의 전통적으로 내려오는 고유한 문화의 가치가 있는 것이 아니냐? 할는지 모르지만, 한국 나이는 중국으로부터 시작된 것으로 고유한 우리의 것도 아닌 것이며, 가치까지 운운할 것이 못 된다고 생각한다.

아마도 교육수준이 높은 우리 국민이 이러한 것은 모두 공감을 하고 있을 것이다. 그러나 이런 것이 개선되지 않는 것은 국민 모두 한국 나이를 쓰고 있는데 나만 만 나이를 쓰고 있으면 통용이 안 되며, 오류가 생긴다. 그러므로 문화라는 것은 참으로 거대하고 고치기가 어려운 것이다. 이런 불합리한 것을 제도적으로 개선할 수 있는 힘을 가지고 있는 것이 정부이다. 후진성의 나이 문화를 개선하려면, 정부의 적극적인 노력으로 홍보와 계도를 하고 대중매체의 힘이 큰 매스컴을 통하여 사용되는 모든 나이는 만 나이만을 쓰도록 하고 잘 안되면, 강제조항을 넣어서라도 바로 잡아 나아가야 할 것이다.

그러나 문화를 거슬리는 것은 정착이 될 때까지의 혼동과 저항이 따르게 된다. 인기영합에 급급한 약삭빠른 나약한 정부는 이런 무리수를 두지 않으려 하니 곪아 터지게 된다. 지금이 곪아 터지는 때가 아닌가? 정부가 방아쇠를 당겨야 한다. 잘 안 지켜지던 자동차 안전벨트 미착용에 벌금을 부과함으로써 단기간에 정착이 되듯이 하여야 할 것이다. 한국 나이=만 나이만이 존재하도록 하여야 엉거주춤한 혼동된 문화 하나를 바르게 정립하는 것이 될 것이다.

AI 사용이 확대되면서 공간과 시간이 좁혀지고 이제 나이의 권위와 무게는 점점 위축되어 가고 있다. 나이가 경력의 위용이 될 수 없다. 이제 나이의 거품을 제거하고 실제의 나이로 자리 잡아야 할 것이다.

• **한상량(38회)** _ 2014년 《한국문인》 수필부문 등단. 수필집으로 〈왜냐하면 그러므로〉가 있음. 춘천여자고등학교 교장, 강원도교육청 중등인사담당 장학관, 강원도청소년수련관 관장 역임.

성전聖殿 마삼내

이응철

공직의 사슬이 풀려 날개를 달았다.

자유인은 시간의 구애를 받지 않고 마치 식도락처럼 입맛에 따라 하루를 유영할 수 있어 좋다. 그 중 호수를 끼고 도시 인근의 마삼내(麻三川)란 작은 마을을 시도 때도 없이 즐겨 찾는다. 젖살처럼 살이 오른 인공 호수가 물안개 숲에 낚시터 수상가옥들을 배(腹) 위에 올리고 재롱을 연출하는 모습은 보기만 해도 솜사탕처럼 아련하다.

활시위처럼 잔뜩 굽은 산자락 아래 감색 수상낚시터에 준비된 낚시도구 없이 단신으로 쪽마루를 찾아, 막 개봉한 뜨거운 사발면을 놓고 정좌한다. 앞만 보고 달려온 세월의 고삐를 대어(大魚)를 낚을 때 풀어주듯, 아니 얼레를 풀듯 뒤로하며 수상낚시터 위에서 한 올의 면을 건져 올리며, 어머님 빗장 또한 올려본다.

도깨비 뿔처럼 솟은 삼악산 정상으로 시선을 던지고 여덟 봉우리들을 천천히 낚는다. 수정처럼 날카로운 정상과 창칼 모양의 조각도 같은 대어들이 우르르 몰려든다. 그 아래 백여명이 넘는 박사 마을을 뒤로 줄레줄레 늘어선 산등성이를 따라 시선을 옮긴다. 순간 어디서 갑자기 모터보트가 시야를 가리고 잿빛 두루미 한 쌍이 선회하더니 고기를 낚아 훌쩍 고목에 날개를 접는다.

태초의 강물소리에 귀를 기울인다. 스포츠 타운으로 일약 자리매김하면서 한 여인의 분홍빛 삶을 간직하고 있던 마을 마삼내(麻三川)는 도시 발전에 겁탈 당했지만, 이십여 년 전만 해도 그 원형을 고스란히 보전한 어머님의 박물관이셨다.

20년 전, 한가위를 앞두고 모처럼 노모와 두 형님을 모시고 벌초를 가던 중 마삼내(麻三川)를 지날 때였다. 큰 형님께서 갑자기 차를 멈추라고 급히 청하신다. 뜻밖이었다. 야트막한 산 아래 허름한 집 몇 채가 졸고 있었다.

— 아니, 아직도 저 집이….

순간, 상기된 표정으로 놀라시던 어머님-. 그리고 이내 묵비권으로 일관하시며 어서 가자고 채근하시던 내 어머님, 해묵은 밤나무 아래 헐벗은 초가삼간은 한평생 가난의 멍에를 짊어진 한 여인의 둥지였다. 그 후, 어머님이 작고한 뒤에 조상 묘 이장(移葬)으로 다시 이 마을을 찾을 때 예기치 않게 구순의 동네 어른 한 분을 알현했다.

— 자네 모친은 외모가 천생 색시였어. 우두댁이라고 불렀지. 새댁은 빈한한 가세를 일으키며 홀시아버님을 모셔 동네에선 효부라 칭송이 자자했었네.

지그시 눈을 감으시며 후손을 바라보시던 분은 마삼내(麻三川) 지주였던 최씨 종가집 어르신이셨다. 일제 때, 초가삼간에서 어렵게 첫발을 내디던 어머님의 분홍빛 시절 이곳은 석전(石田)이었다. 적수단신(赤手單身)으로 낙향한 선대(先代)의 삶은 가난의 대물림이었다.

귀동냥으로 들었다. 이른 봄이면, 송암 고개 마루터 보리밭에 똥장군으로 거름을 퍼나르시던 어머님. 긴긴 밤이면 호롱불 아래 감투할미와 세요각시를 다독이며 한 땀 한 땀 가난의 파고를 넘으시던 내 어머님-.

설핏한 석양을 등지고 접동새 우는 저녁이면 갈대숲을 바라보시며 홀연히 천고(千苦)의 시름을 인고(認苦)하시던 작은 여인이셨다. 물안개 피어나는 강가에 한 마리 물총새가 되고, 강변에 조약돌과 하많은 애기들을 나누셨으리라. 아니 인천서 소금을 싣고 정기적으로 샘밭까지 거슬러 오르던 발동선을 하염없이 바라보며 건너 마을 친정이 그리워 얼마나 눈물을 적시었을까!

우후죽순으로 모텔이 즐비한 마삼내 마을이다. 입구엔 퐁퐁 솟는 샘터가 있다. 삼경이면 몽당 실 한 올 입에 물고, 사립문 열고 조롱박으로 허기진 배를 채우셨으리라. 다시 좌정해 잠든 애들 이불 덮어주며 반짇고리 열고 밤을 지새우시던 어머님-, 풀 먹인 한복, 두루마기에 시침질과 동정을 달고 인화부인을 달래며 잿빛 새벽에 당도하셨으리라.

구겨진 어머님 표정이 호수에 선연하다. 삶의 주름을 펴나가시느라 며느리로 아내로 얼마나 선잠을 이루셨을까! 높이 나는 새는 뼛속까지 비워야 한다고 했다. 얼마나 탐하고 싶던 분홍 시절의 욕구들을 비워야 했던 어머니-. 높이 날기 위해 몸부림치셨던 어머니의 터에서 무덤덤으로 일관했던 나란 존재는 또 무엇인가!

두리번거려 본다. 침식은 되었지만 백 여 년 전 삼악산(三岳山) 역시 눈물 짓던 한 여인을 기억하리라. 사계절 깊고 푸른 산과 호수, 나무와 풀 한 포기 아니 작은 돌멩이 하나 모두 내겐 소중한 인연이 아닐 수 없다.

백사장 사이로 유유히 흐르던 소양강은 어머니의 지친 마음을 하염없이 달래 드렸으리라! 열여섯 어린 나이에 홀시아버님을 괴던 엄니-. 당시는 다 그렇겠지 하다가도 그동안 생전에 따뜻한 말 한마디 못해 드린 자식이 아닌가! 허기진 배를 졸라매고 바느질감과 밤새 워 씨름하던 분은 남의 어머니가 아니다. 가혹한 삶을 흐르는 강물에 띄워 보내시지 않고 강한 모성애를 하나하나 쌓으시며 인고하시던 한국의 어머님이시다.

어서 가자고 등을 밀던 생전의 내 어머님-. 두 번 다시 기억조차 떠올리기 싫은 아리고 쓰린 고약한 마삼내-. 모진 폭풍에서도 구 남매를 훌륭히 키워 낼 수 있던 원동력이라고 왜 어머니를 위로해 드리지 못했을까! 회한이 돌풍처럼 인다. 삶의 지혜가 고뇌에서 생긴다면, 고뇌의 터전인 이곳이야말로 지혜로 무장한 어머니의 성전(聖殿)이 틀림없다.

─아저씨! 문 닫을 시간인데요.

주인아주머니가 행주치마 어깨끈을 내린다. 예-. 나 역시 어머니 성전에 빗장을 내리고 새댁인 어머님과 작별을 한다. 어렵던 시절 금생(今生)에서 구 남매를 인간으로 만드시고 상선(上仙)이 되신 그 터 마삼네가 가까이 있어 고맙다. 어머님 옥색 치마가 보인다. 통한의 눈물이 물안개 되어 스멀거린다.

* 마삼내(麻三川) : 춘천시 삼천동 옛 지명

• **이응철(39회)** _ 1997년 《수필과비평》 등단. 수필집으로 〈어머니의 빈손〉〈바다는 강을 거부하지 않는다〉가 있음. 수필화집으로 〈달을 낚고 구름밭을 갈다〉가 있음. 강원수필문학상, 2016 춘천시민상 (문화예술부문) 수상. 현 강원수필문학회 회장.

춘천고등학교 문인회 명단 (2019년 1월 현재)

05회 : 이태극(시조) 작고	36회 : 조영수(시)	44회 : 이언빈(시)
16회 : 신영철(시조) 작고	36회 : 한수산(소설)	45회 : 김현식(소설)
24회 : 류광열(시) 작고	36회 : 홍종원(시조)	45회 : 조성림(시)
27회 : 지호영(시조)	36회 : 황원갑(소설)	45회 : 지창식(수필)
28회 : 박재릉(시) 작고	37회 : 김진갑(수필)	45회 : 최명걸(수필)
29회 : 김영기(평론)	37회 : 신동화(희곡)	45회 : 최승호(시)
32회 : 김응길(시)	37회 : 엄흥식(소설)	46회 : 김주갑(시)
32회 : 길건영(시)	37회 : 이도행(소설)	47회 : 박찬일(시)
32회 : 김희목(시)	37회 : 이춘용(시조)	47회 : 양승준(시)
32회 : 류근(재근-시)	37회 : 최종남(소설)	47회 : 이낙봉(시)
32회 : 송병훈(시)	38회 : 김완기(시조)	47회 : 장승진(시)
32회 : 심상운(시)	38회 : 백승관(수필)	48회 : 권혁수(시)
32회 : 유장균(시) : 작고	38회 : 임세한(동윤-시)	49회 : 박순일(소설)
32회 : 윤종삼(수필)	38회 : 주근환(시조)	49회 : 최수철(소설)
32회 : 이국남(시)	38회 : 한상량(수필)	49회 : 정정조(시조)
32회 : 이무상(시)	39회 : 이응철(수필)	50회 : 신준철(시)
32회 : 이승훈(시) 작고	39회 : 정병국(시)	53회 : 권준호(시)
32회 : 전상국(소설)	40회 : 김병찬(소설)	53회 : 최계선(시)
32회 : 허남헌(수필)	40회 : 신중경(소설)	58회 : 김도연(소설)
33회 : 김규성(아동) 작고	41회 : 김종복(수필)	59회 : 한승태(시)
33회 : 전태규(시조)	42회 : 김두중(시)	73회 : 이보형(소설)
33회 : 황영찬(소설)	42회 : 이병욱(소설)	
34회 : 박민수(시)	43회 : 박노영(수필)	김종복(수필)
34회 : 윤용선(시)	43회 : 신현봉(시)	송춘섭(송언-소설)
35회 : 노화남(소설)	43회 : 이영진(희곡)	이문신(소설)
35회 : 이영세(시)	43회 : 최현순(시)	이영주(수필)
35회 : 장영민(시)	44회 : 김용선(시)	정도경(시)
35회 : 최창순(시)	44회 : 송광호(수필)	

※ 창간호에 수록하지 못한 동문작품은 다음 호에 우선하여 게재해 드립니다. (편집부)

춘천고등문문집

상록常綠

ⓒ춘천고문인회, 2019. printed in seoul, Korea

초판 1쇄 2019년 2월 5일

지은이 춘천고문인회
펴낸이 임세한
책임편집 박해림
디자인 유재미 정지은

펴낸곳 시와소금
등록 2014년 1월 28일 제424호
주소 춘천시 충혼길20번길 4, 1층 (우-24436)
편집 서울시 중구 퇴계로50길 43-7 (우-04618)

전자주소 sisogum@hanmail.net
구입문의 ☎ (070)8659-1195, 010-5211-1195

ISBN 979-11-86550-86-1 03810

값 15,000원